Sombres Supplices

Lena Scarlett – Tome 2

Célia Barrachina

ISBN : 978-2-9577895-1-1

REMERCIEMENTS

Ce second tome a rencontré quelques embûches sur sa route, et si je suis capable de le tenir dans mes mains aujourd'hui, c'est grâce à tout le soutien que j'ai reçu.

Merci à ma famille qui m'a aidée à faire face à ces moments difficiles. Il y a eu des périodes de creux, et vous m'avez permis de surfer sur la vague pour rester forte. Je vous aime.

Merci à celles et ceux qui ont relu le manuscrit à différentes étapes : ma Maman, Élodie, Fred, et Stéphanie. Votre assistance m'est précieuse, vous n'avez pas idée à quel point !

Je tiens à remercier chaudement Alodis Sekhmet pour l'illustration de la couverture. Merci pour ta patience quand j'ai changé d'avis au dernier moment !

Merci à Marine qui a envoyé mon tome 1 en vacances à la plage.

Merci à tous les lecteurs et lectrices qui m'ont empêchée de baisser les bras en me réclamant la suite des aventures de Lena.

Et enfin, merci à tous ceux qui croient en moi, en mes histoires, et qui me soutiennent jour après jour. Cette page ne peut malheureusement pas contenir tous vos noms.

PROLOGUE

Une odeur d'épices et de chocolat flottait dans l'air. En sourdine, je distinguais une de ces chansons de Noël dont les grelots de l'introduction m'avaient obligée à changer de station au moins trois mille fois ces derniers jours.

Deux immenses sapins, décorés de blanc et de rouge, encadraient la cheminée en face de moi. Leurs guirlandes lumineuses clignotaient, chacune à un rythme différent. Ce manque de synchronisation créait une sorte de cacophonie visuelle particulièrement désagréable. Des cadeaux emballés dans des papiers bariolés, se mariant mal les uns avec les autres, s'entassaient à leurs pieds.

Les flammes de l'âtre venaient lécher deux chaussettes de Noël qui semblaient pleines à craquer. Des branches de sapin, décorées elles aussi, recouvraient le manteau de la cheminée.

J'étais assise sur un magnifique fauteuil de velours rouge au cadre en bois doré et je me demandais ce que je faisais là. L'ambiance des fêtes régnait partout où mon regard pouvait se poser. J'avais la vilaine impression que quelqu'un, qui n'avait aucun goût, avait tenté d'en faire trop. À cause du manque d'harmonie manifeste, le résultat n'était ni féerique ni enchanteur.

Le bruit caractéristique d'un train miniature attira mon attention. Je remarquai que ses rails couraient dans toute la pièce, s'enroulant autour de mes jambes et des arbres.

Le père Noël se matérialisa soudain à mes côtés, un plateau à la main, comme si de rien n'était. J'y pris les deux coupes de champagne rosé et il s'assit à côté de moi alors que je lui en tendais une. Le fauteuil semblait s'être étiré pour lui laisser la place de s'installer sans que je m'en rende compte.

— Je te souhaite un joyeux Noël, dis-je en trinquant avec l'homme à la barbe blanche.

— Un joyeux Noël à toi !

Le père Noël pivota et me fit face. Un immense sourire se lisait sur ses traits grimés qui me paraissaient vaguement familiers. Ses yeux étaient deux saphirs étincelants qui reflétaient les lumières intermittentes des sapins.

Je pris une gorgée de champagne. Il avait une saveur ferreuse, un peu désagréable. Je me retins néanmoins d'en faire la remarque à mon hôte.

Quelque chose me disait que, pour mon bien, je devais m'abstenir.

Le petit train poursuivait son circuit dans toute la pièce, passant non loin de mes pieds, et j'avais l'impression que le feu dans la cheminée enflait de plus en plus.

— Est-ce que tu as été sage, cette année ?

— Je crois que oui.

Je me sentis rougir en répondant à la question traditionnelle sans savoir réellement pourquoi.

— Alors j'ai peut-être un petit quelque chose pour toi !

Le père Noël me tendit un gros cadeau doré entouré d'un ruban blanc. Quand il le posa sur mes genoux, j'eus l'impression que la boîte s'agitait. Mon cœur accéléra sous le coup de la surprise.

— Il ne fallait pas !

— Mais si ! Allez, ouvre-le !

Je soulevai le couvercle du présent pour y trouver un adorable chaton gris tigré. Une minuscule écharpe rouge était nouée autour de son cou, et il portait un bonnet de Noël.

— Il est trop mignon !

Je pris le petit animal à deux mains, le sortant de sa boîte, et le déposai sur le canapé à côté de moi. Il tourna sur lui-même une fois, puis deux, avant de s'allonger, la tête sur ses pattes.

— Je savais qu'il allait te plaire. Mais, ce n'est pas fini !

Le père Noël me tendit un second cadeau. Je déchirai le papier doré pour y découvrir un écrin bleu foncé. Je l'ouvris, m'attendant à trouver un bijou, mais il contenait une sorte de dague antique. Le manche, finement ciselé, était orné de pierres précieuses. Je ne parvenais toutefois pas à distinguer ce qu'il représentait. Sa lame était légèrement courbée. Je n'avais jamais rien vu de tel. Je pris l'arme en main, et sentis comme une puissance en émaner et envahir tout mon corps.

— Ça a l'air d'être un objet rituel, chuchotai-je.

— Avoir de bons outils, c'est important !

— Merci beaucoup, dis-je en me penchant vers le père Noël pour lui déposer un baiser sur la joue.

Il me sourit en caressant le chaton qui semblait s'assoupir. J'allais ajouter quelque chose quand l'une des chaussettes épinglées sur le manteau de la cheminée s'enflamma.

Je me tenais immobile, la dague en main, à regarder l'incendie se propager, incapable de bouger. J'avais soudain l'impression de ne plus être que spectatrice de mon absence de réaction. Il me semblait normal que je reste plantée là, à contempler le feu qui rampait le long des branches de sapin décoratives pour enfin gagner les arbres eux-mêmes. Les piles de cadeaux s'embrasèrent ensuite, les flammes atteignant le canapé dans lequel nous étions installés. Contre toute attente, je ne sentais aucune chaleur, et aucune panique ne montait en moi. Le chaton ouvrit alors les yeux avant de pousser le plus adorable des miaulements et de se rouler en boule. Le costume du père Noël était en train de brûler, mais son regard était toujours fixé sur moi.

— Il faudrait peut-être faire quelque chose pour le feu, non ? demandai-je le plus calmement du monde.

Les flammes m'entouraient, léchant ma peau, mes vêtements. Je ne ressentais pourtant pas de douleur. Rien. Le père Noël m'attrapa alors violemment par les poignets.

— Reste avec moi !

Sa barbe et son visage dégoulinaient, comme s'ils fondaient.

— Mais qu'est-ce qui te prend ?

— Reste avec moi, je te dis ! Ça va aller ! Les secours arrivent bientôt !

Je ne comprenais rien à ce qui se passait. Il continuait à me secouer, me tenant la tête à présent. La lueur des flammes m'aveuglait, et je finis par ne plus rien y voir du tout. Le père Noël m'avait lâchée et il ne restait plus que le néant le plus absolu.

Après un temps qui me parut extrêmement long, les contours d'un autre visage commencèrent à apparaître. Ces joues rebondies, ces yeux sombres maquillés de noir, cet anneau dans la narine. Je savais qui c'était.

— Dieu, merci, tu es réveillée !

1

Le visage souriant d'Olivia, penchée au-dessus de moi, avait remplacé les flammes. Tout cela n'était donc qu'un vilain cauchemar. La réalité ne me laissa pas le temps de me demander quelle pouvait en être la signification.

— Comment tu vas ?

Des mèches de cheveux aux extrémités roses me chatouillaient les joues tant elle était proche.

— Toi, tu as encore changé de couleur de cheveux, lui répondis-je péniblement.

Ma gorge et ma bouche étaient sèches, comme si je n'avais pas bu depuis des jours. Le passage des mots me blessait tels des morceaux de verre. Je ne savais pas si j'avais réellement réussi à prononcer ma phrase en entier.

— Oui, mais on s'en fout ! Comment tu vas ?

Elle s'éloigna et versa de l'eau dans un gobelet. Elle me le tendit et glissa la paille entre mes lèvres. J'avalai une gorgée.

— Ça va, je crois.

Je voulus tourner la tête, mais n'y parvins pas. Je n'avais pas la moindre idée de ce qu'il se passait. Tout mon corps me paraissait anormalement lourd et cotonneux à la fois. Je sentis une vague d'angoisse et de panique déferler sur moi.

Je ne reconnaissais pas ces murs verts. Pourquoi est-ce que je n'arrivais pas à bouger comme je le souhaitais ? Un de mes bras refusait également de réagir. Où est-ce que j'étais ?

— Calme-toi. Tout va bien, me chuchota-t-elle en s'approchant tout près. Tu es à l'hôpital.

— Qu'est-ce qui s'est passé ?

Alors que je posais la question, le souvenir d'un choc me revenait vaguement.

— Tu as eu un accident. Il semblerait que tu te sois endormie au volant, ou que tu aies fait un petit malaise, d'après les médecins.

— Il y a des blessés ? Et ma voiture ?

— Tu as heurté une borne en béton et ta voiture est tombée dans le port. Personne n'a été blessé, à part toi, et ta voiture est au fond de l'eau.

— Dans l'eau ?

Je ne me souvenais pas du tout de ce que je pouvais bien être allée faire au port. J'avais beau me concentrer, la seule chose que j'avais en mémoire était une sensation d'impact qui comprimait mon thorax.

— Tu y serais probablement restée si personne n'avait été sur place. Les pompiers ont dit qu'un homme a plongé pour te sortir de ta voiture !

Je n'en revenais pas. J'avais eu une chance folle pour que quelqu'un soit là juste au bon moment.

Je partis dans un éclat de rire incontrôlable. La situation n'avait pourtant rien de comique, mais je ne pouvais vraiment pas m'en empêcher. C'était plus fort que moi.

— Ça doit être la morphine, murmura Olivia en me regardant comme si j'avais perdu l'esprit. Je vais chercher quelqu'un.

Je voulais me tenir les côtes, mais mon bras gauche ne répondait pas à mes ordres. Je savais qu'à rire ainsi, mes abdominaux auraient dû être douloureux. De façon fort surprenante, il n'en était rien. De vagues chatouilles remontaient mon ventre, rien de plus. Je finis par réussir à me calmer après quelques secondes.

Olivia revint accompagnée d'une grande femme en blouse blanche. Ses cheveux grisonnants étaient attachés en une haute queue de cheval. Elle prit des lunettes dans sa poche de poitrine et les hissa sur son nez avant d'attraper un bloc-notes au pied de mon lit. Elle le feuilleta un instant et le plaqua ensuite contre elle, croisant ses doigts dessus.

— Mademoiselle Scarlett, vous avez beaucoup de chance de vous en être tirée avec aussi peu de blessures. Je suis le docteur Harper. Est-ce que vous savez ce qui vous est arrivé ?

Olivia s'était placée à côté de moi, une main posée sur la mienne, celle que je parvenais encore à bouger. J'attrapai ses doigts, prise d'une angoisse soudaine à l'idée d'en apprendre plus sur mon état. Elle affirma sa présence en les serrant un peu plus fort.

— J'ai eu un accident.

— Oui, et votre voiture a atterri au fond de l'océan. Les tests de dépistage pour l'alcool et les stupéfiants se sont avérés négatifs. Tout porte à croire que vous ne rouliez pas anormalement vite non plus, puisque vos blessures ne sont pas trop graves. Le choc vous a cassé ou fêlé plusieurs côtes, et votre bras gauche est fracturé dans la partie haute de l'humérus. Nous avons stabilisé toutes ces fractures, et vous êtes pour l'instant sous morphine pour la douleur.

Au fur et à mesure que le médecin énumérait mes blessures, des larmes étaient montées à mes yeux, et je sentais qu'elles s'apprêtaient à dévaler la pente de mes joues.

— Je me suis noyée ? murmurai-je.

Cette question me turlupinait sans que je le réalise depuis qu'Olivia avait mentionné la chute dans l'eau. La poser à voix haute me noua la gorge.

— Non. Vous n'en avez pas eu le temps. L'homme qui a assisté à l'accident a eu les bons réflexes. Il a plongé et vous a sorti de la voiture avant même que celle-ci n'ait fini de couler. Il a dit aux pompiers qui sont arrivés que vous étiez inconsciente, mais que vous n'aviez pas arrêté de respirer. À aucun moment.

J'éclatai en sanglots, à la fois soulagée et sous le choc. Olivia se pencha et me prit délicatement dans ses bras, comme si elle manipulait un objet d'une grande fragilité. Une de ses mains me caressait les cheveux avec douceur.

— Chut, ça va aller. Le plus important, c'est que tu ailles bien. Chut.

Je pleurais, je reniflais, le visage enfoui dans son épaule.

— Vos blessures sont quand même sérieuses, et à l'heure actuelle, nous ne savons pas ce qu'il s'est exactement passé. Nous allons donc devoir vous garder un jour ou deux en observation. Est-ce que vous vous êtes sentie mal avant l'accident ? Ou étiez-vous particulièrement fatiguée, peut-être ?

Je réfléchis, mais aucun souvenir ne me revenait en mémoire.

— Je ne me rappelle de rien... murmurai-je.

— Vous savez ce que vous faisiez là-bas ?

— Je suis désolée...

— Ce n'est pas grave. Pour le moment, vous devez vous reposer. Je repasserai un peu plus tard dans la soirée.

J'entendis les mots du médecin, mais tout ce que je voyais, c'était les carreaux de la chemise d'Olivia. J'avais blotti ma tête contre son épaule. Je restai là, lovée contre elle, pendant de longues minutes après m'être calmée et avoir arrêté de pleurer. Cela me réconfortait, mais je sentais qu'elle en avait besoin, elle aussi. Je lui avais probablement causé une peur bleue. Elle est ma personne à contacter en cas d'urgence. Je n'imaginais pas ce qu'elle avait dû ressentir quand l'hôpital l'avait appelée.

— Azraël !

— Quoi ?

Je me rendis compte que j'avais prononcé son nom tout haut en me reculant vivement. Olivia ne connaissait pas Azraël, du moins, elle n'avait gardé aucun souvenir de leur seule et unique rencontre.

— Non, rien, balbutiai-je.

— Tu veux encore un peu d'eau ?

Elle me servit un nouveau verre et m'aida à le boire avant de s'asseoir à côté de moi dans le lit. Elle me faisait face, une jambe repliée sous ses fesses. Elle attrapa ma main, et prit un air sombre et sérieux. J'en conclus que ce qu'elle allait me dire était grave.

— Ma puce, tu sais que je t'aime, mais là, il va falloir que tu arrêtes tes conneries !

Ses yeux noirs étaient fixés sur moi comme deux petites dagues. Je ne savais pas vraiment si j'étais censée répondre quelque chose. Dans le doute, je préférai me taire.

— J'ai bien vu que ça ne va pas depuis l'affaire de Benjamin. Tu ne peux pas continuer comme ça ! Tu te surcharges de travail... Tu n'annules pas nos rendez-vous pour que je ne m'inquiète pas, je le sais bien. Mais ça ne fonctionne pas ! T'as des cernes de malade, t'as vachement maigri, et t'es encore plus pâle que d'habitude, ce qui relève presque de l'exploit ! On dirait que tu dors plus, que tu manges plus... Que tu...

Sa voix était empreinte de tristesse, mais aussi de reproche. Elle se faisait véritablement du souci pour moi. Et elle n'avait pas totalement tort. Je dormais à peine, je grignotais plus que je faisais de vrais repas. Toutefois, elle pensait que je croulais sous le travail suite à la soudaine médiatisation de mon enquête précédente, alors que la situation était bien plus complexe...

— Tu dois réagir ! Tu as vu ce qui aurait pu se passer aujourd'hui ? Ton travail ne mérite pas que tu te mettes en danger comme ça ! Surtout qu'il n'y a pas si longtemps, tu songeais à laisser tomber !

Elle ne criait pas vraiment, mais la façon dont elle me réprimandait me rappelait certains moments de mon adolescence, face à ma mère.

— Je suis désolée, murmurai-je.

Elle me caressa le bras avec compassion.

— Tu sais ce que tu vas faire ?

— Non.

— Tu as pensé à rejoindre une agence de détectives déjà existante ?

— Pff, ces andouilles ne sont intéressées que par le coup de pub que ça leur ferait si j'acceptais leur offre.

Je n'ai pas envie d'aller bosser chez eux et de me faire exploiter.

— Ça se comprend. Et sinon, recruter une secrétaire, ou prendre un associé ? Ça, tu y as pensé ?

— Une secrétaire ?

Cette idée ne m'avait même pas effleuré l'esprit. Encore un mois plus tôt, si j'avais deux rendez-vous dans la semaine, c'était le maximum. Engager quelqu'un pour gérer mon planning, c'était de la pure science-fiction.

Je me demandai comment j'en étais arrivée là. Ma vie tout entière avait été chamboulée récemment, et j'avais totalement perdu pied.

J'avais cru que ma précédente affaire serait une banale enquête concernant un étudiant disparu, mais il était mort, les médias s'étaient emparés de l'histoire, et je m'étais retrouvée sous les feux des projecteurs pendant quelques jours. C'était un évènement dramatique comme la petite ville de Cape Thorns n'en avait jamais connu. Depuis, je ne croulais pas tout à fait sous les rendez-vous. J'étais, certes, beaucoup plus sollicitée qu'auparavant, mais je peinais surtout à réussir à m'organiser. Et à identifier les vrais clients au milieu des journalistes qui tentaient de décrocher une interview pour aller déterrer une quelconque exclusivité dans l'affaire Cruise. Mon principal problème résidait toutefois dans le fait que j'étais submergée par des question-nements métaphysiques sur le fonctionnement de l'univers dès que j'avais une seconde de libre. Mon esprit était beaucoup trop torturé depuis quelques semaines, et cela, elle ne le savait pas.

— Ça t'allégerait déjà un peu d'avoir quelqu'un qui gère ton agenda, ta paperasse, non ? reprit Olivia face à mon long silence.

— Je ne sais pas trop...

— Ou un associé. Tu resterais décisionnaire, mais tu pourrais accepter toutes les affaires...

Je voyais bien qu'elle essayait de me proposer des solutions, mais elles n'auraient pallié qu'une petite partie du problème. De toute façon, je n'étais vraiment pas réceptive à cet instant précis. J'étais épuisée.

— Je vais y réfléchir.

Une fatigue extrême m'écrasa soudain de tout son poids. Je me laissai aller contre les oreillers.

— Tu promets ?

— Promis.

— Allez, les visites seront bientôt terminées. Tu écoutes ce que te disent les médecins et les infirmières ! J'essaie de repasser demain.

Je sentis qu'elle déposait un baiser sur mon crâne alors que mes paupières se fermaient.

Quand j'ouvris à nouveau les yeux, seules les lueurs des lampadaires de la rue éclairaient la chambre. Je voulus me redresser pour trouver de l'eau, mais j'avais du mal à bouger. Je me hissai péniblement en position assise, et réalisai que ma vessie avait besoin d'une vidange. Je devais me lever. Après tout, le médecin avait parlé de mes cervicales, de mes côtes, de mon bras, mais pas de mes jambes. Je devais donc pouvoir y arriver.

Je basculai mes pieds dans le vide en pivotant difficilement avant de les poser au sol. Je sentis quelque chose de désagréable dans la partie gauche de mon abdomen. Ce n'était pas vraiment de la douleur. C'était plus comme si quelque chose bougeait de façon inhabituelle. J'attendis que cette sensation disparaisse, puis je me levai en prenant appui sur le lit avec mon bras droit. Je me saisis de la perche de ma perfusion et la fis rouler tout en m'en servant de canne. À petits pas tremblotants, je finis par arriver à la porte dans l'angle de ma chambre.

Après avoir fait ce qui était nécessaire, je me dirigeai vers le lavabo. Le reflet que j'aperçus dans le miroir me fit sursauter.

La lueur peu flatteuse des néons donnait à ma peau un air luisant. Les médicaments n'aidaient probablement pas non plus. Mes longs cheveux bruns semblaient fatigués avec leurs boucles distendues qui ne présentaient pas leur volume habituel. La minerve bleu marine entourait mon cou et masquait une partie de mon menton, faisant paraître mon visage anormalement bouffi. Une attelle de la même couleur enserrait mon bras gauche, du coude à l'épaule. Une large lanière le maintenait collé à mon tronc en passant sur ma poitrine et sous mon aisselle droite. Ce n'était pas étonnant que j'aie du mal à bouger avec tout cet attirail ! Je soulevai ma blouse pour découvrir que mon thorax était bandé depuis la taille jusqu'au-dessous de mes seins.

— Heureusement que j'ai eu de la chance, marmonnai-je en me débattant afin de remettre le vêtement en place.

Mes blessures n'étaient pas trop sévères, d'après le médecin. Comme je ne m'étais encore jamais réellement fait mal de toute ma vie, cela me paraissait tout de même extrêmement grave.

J'étais presque arrivée à mon lit quand du mouvement de l'autre côté de la chambre me fit m'arrêter net. Quelqu'un était assis dans le fauteuil, dans l'angle de la pièce. Mon cœur accéléra et la sensation étrange dans mon thorax pointa à nouveau le bout de son nez. La lumière des lampadaires à l'extérieur ne me permettait pas de distinguer l'intrus et je n'avais pas la moindre idée d'où pouvaient bien être les interrupteurs.

Prenant mon courage à deux mains, je parcourus la distance qui me séparait encore de mon lit pour me rapprocher de mon visiteur. Impossible de savoir qui c'était. J'étais seulement persuadée que ce n'était pas un médecin ou une infirmière.

— Qui est là ? finis-je par demander.

— Qui tu veux que ce soit ?

Ce ton moqueur et désinvolte. Cette voix aussi douce que du miel.

— Azraël ? Tu m'as fichu une de ces trouilles !

Soulagée que ce ne soit que lui, je tentai de me hisser dans mon lit avec difficulté. Il apparut aussitôt devant moi.

— J'ai peur de te faire mal, fit-il après avoir approché puis retiré vivement ses mains.

— Ne t'en fais pas. Ils m'ont donné tellement de médicaments contre la douleur que ça ne craint rien.

Rassuré, il me saisit par la taille et, comme si je ne pesais pas plus lourd qu'une plume, me souleva pour me placer le dos contre les oreillers. La sensation étrange dans mon thorax se manifesta à nouveau. Je me demandai s'il s'agissait de l'écho de ce qu'aurait dû être la douleur si les médicaments ne faisaient pas leur travail.

— Ça va comme ça ?

— Super ! Merci. C'est parfait.

La tête calée contre les coussins, en position semi-allongée, je regardais l'éclat bleuté de ses yeux dans la pénombre. Se pouvait-il que je distingue vraiment leur couleur malgré le cruel manque de lumière, ou était-ce mon imagination ? Je compris après quelques secondes qu'il avait allumé le néon qui courait le long du mur, au-dessus du lit.

Il retourna s'asseoir dans le fauteuil après l'avoir déplacé afin que je puisse le voir sans devoir me tourner.

— Tu m'expliques ce qui s'est passé ?

— J'ai eu un accident de voiture...

— Merci. Ça, je l'avais compris ! Mais pourquoi tu ne m'as pas appelé ?

— J'ai perdu connaissance apparemment.

— Mais tu le fais exprès, c'est pas possible ! dit-il en serrant les poings, l'air exaspéré. C'est le lien qui a causé ton malaise ! Tu as oublié de me dire que tu partais. Le temps que ça me réveille et que j'arrive à venir en pleine journée, il était déjà trop tard. Les pompiers étaient en train de t'emmener.

— Désolée. Je... Je ne me souviens pas de grand-chose...

Il balaya mes excuses d'un geste désinvolte de la main.

— Le plus important, c'est que tu ailles bien. Tes blessures te font mal ?

— Bras cassé, côtes cassées, cou tordu. Apparemment, je m'en sors bien.

Je vis un sourire peiné se dessiner sur ses lèvres.

— Je sais, j'ai entendu ce que les médecins t'ont dit tout à l'heure. Est-ce que tu souffres ?

— Non, je ne sens presque rien. Peut-être que quand ils enlèveront la morphine, ce sera moins drôle...

— J'ai entendu ce que t'a dit Olivia aussi, murmura-t-il en baissant la tête.

— À quel propos ?

— Que tu étais débordée et que tu te mettais en danger !

— Ah, ça...

— Tu as promis de faire quelque chose.

— Je ne suis pas sûre que ce soit le bon moment, là... Et puis, comment tu as entendu tout ça, d'abord ?

— J'étais dans le couloir. Je voulais passer te voir, mais il y a beaucoup trop de va-et-vient pour le genre de conversations qu'on a en général.

— On ne peut pas être deux minutes tranquille dans cet hôpital, plaisantai-je.

— C'est pour ça que j'ai préféré attendre que ça se calme un peu...

Azraël est un vampire. À la suite d'évènements complexes, nous nous sommes retrouvés liés l'un à l'autre. Lors de mon enquête précédente, je l'avais d'abord soupçonné d'être responsable de la disparition de l'étudiant que je recherchais. Il a tenté d'utiliser ses pouvoirs pour dissiper mes réserves à son égard, et quelque chose a mal tourné. Depuis, nous ne pouvons pas être trop éloignés sans que cela nous affecte physiquement. D'une certaine façon, nos émotions et nos pensées se mêlent en un bazar métaphysique que nous avons encore quelques difficultés à appréhender.

— Tu as songé au fait que je pourrais être ton assistant ? Ou ton associé ? Ça réglerait la plupart des soucis causés par le lien...

Je levai les yeux au ciel. Malgré tous les médicaments que j'avais dans le sang, cette idée me paraissait toujours terrible. Il m'avait déjà posé cette question plusieurs fois, et jusqu'à présent, j'avais pris cela pour une sorte de lubie plus qu'autre chose. À cet instant, toutefois, je compris que sa proposition était des plus sérieuses. Je ne savais pas pourquoi, mais j'en étais convaincue. Il restait de toute façon un problème majeur qui venait rendre son projet impossible.

— Tu sais bien que c'est réglementé. Il te faut des diplômes, une licence de privé...

— Maintenant qu'on en parle...

Un sourire carnassier étira ses lèvres. Il était beaucoup trop fier de lui pour que je ne comprenne pas qu'il y avait anguille sous roche.

— Qu'est-ce que t'as fait ?

Ma voix trahit un état proche de l'hystérie tant elle montait dans les aigus. Je craignis un instant qu'une infirmière m'ait entendue et vienne vérifier que j'allais bien.

— J'ai tous les papiers, et toutes les autorisations officielles pour exercer en tant que détective privé ! Je cherchais juste un bon moment pour te l'annoncer !

— C'est les médicaments ! Je suis en train de planer, hein ? Tu n'es même pas là, s'il faut !

J'avais envie de secouer la tête, mais le collier cervical m'en empêchait.

— Non, c'est vrai ! Je peux officiellement travailler avec toi !

— Comment tu as fait en aussi peu de temps ?

— J'ai passé tout un tas de diplômes dans ma longue vie. J'ai réussi à valider des équivalences pour obtenir ma licence de détective. C'est aussi simple que ça !

— Et pour les stages ?

— J'ai fourni assez de preuves pour qu'ils ne m'embêtent pas trop.

— Tu as triché et falsifié ton dossier ?

— Pas tout à fait... J'ai peut-être un peu menti sur les dates, des choses comme ça. Et j'ai aussi peut-être convaincu une ou deux personnes d'accélérer le traitement de mon dossier...

— C'est de l'abus de pouvoir, ça, Monsieur !

J'essayais d'avoir l'air sévère, mais devinais à son sourire qui ne bougeait pas que c'était un échec.

— Rien de tout ça. Disons qu'il est possible que j'aie quelques relations qui peuvent aider dans ce genre de cas...

— D'accord...

Mon mot flotta dans la pièce. Je l'avais soufflé du bout des lèvres.

— Tu es d'accord pour qu'on travaille ensemble ?

Azraël s'était levé, son sourire s'agrandissant encore plus.

— Euh... Non. Ce n'est pas ce que je voulais dire !

Azraël se rassit doucement et croisa ses mains sur ses genoux.

— Je me trompe, ou tu n'es pas particulièrement ravie ?

Je pris un instant pour choisir mes mots. Je n'avais pas envie de le blesser.

— Non, je suis contente pour toi, c'est super chouette !

— Mais...

— Mais j'ai peut-être besoin d'un peu de temps pour réfléchir à comment on pourrait travailler en binôme. Tu sais, normalement, dans les agences où ils sont plusieurs, chacun mène ses propres enquêtes. Là, à cause du lien, tu voudrais qu'on enquête à deux sur les mêmes dossiers, c'est bien ça ?

— Tout à fait ! Comme Mulder et Scully !

Azraël faisait preuve d'un entrain presque enfantin.

— Et il faudrait que je déménage ?

— C'est sûr que ton bureau est un peu... spartiate.

Je marquai une pause. Je devais me montrer honnête avec lui, totalement. De toute façon, si je lui mentais, il risquait de le sentir.

— Je sais qu'on en a déjà parlé plusieurs fois, mais quand j'ai accepté l'enquête de Mme Cruise, je pensais sérieusement à arrêter. Les affaires étaient toutes plus barbantes les unes que les autres et ma vie n'était franchement pas folichonne ! Ça peut paraître étrange, mais en fin de compte, ton monde ténébreux m'a sortie de cette routine qui ne me faisait plus rêver. L'affaire a été dingue, et maintenant que j'ai un peu plus de demandes, je ne fais que penser à la magie et aux vampires. Je n'arrive à penser à rien d'autre ! Toute ma vie est une sorte de chaos bouillonnant, et je ne sais plus trop quoi faire... C'est cool, hein, tout ce qui se passe ! Ne crois pas le contraire... C'est peut-être juste un peu brutal, et j'ai du mal à vivre la transition. Et là, il faudrait que je déménage, que je m'associe à toi... Ça fait beaucoup. J'ai toujours été quelqu'un qui se débrouille tout seul. J'ai essayé d'être forte et indépendante. Et là, j'ai la sensation que tout s'écroule. J'essaie de trouver comment arriver à m'en sortir. Bref, je sais que tout ce que tu souhaites, c'est m'aider...

— Mais tu as du mal à lâcher assez prise pour me permettre de le faire, c'est ça ?

— Oui, soufflai-je, les larmes aux yeux.

C'était exactement ce que je ressentais, ou du moins, ce dont j'avais l'impression. Azraël tordit sa bouche et réfléchit un instant. Il avait vraiment l'air de se creuser les méninges.

— À quoi tu penses ? lui demandai-je après un moment.

— Si on était dans un monde parfait, où tu pouvais faire tout ce que tu voulais, comme tu le voulais, comment est-ce que tu voudrais gérer tout ça ?

— On pourrait briser le lien qui nous unit d'un claquement de doigts ?

— Non, il faudrait continuer à vivre avec !

C'était une sacrée bonne question... Et dans ma situation actuelle, je doutais d'être capable de prendre la meilleure décision possible.

— Non ! Ta réponse, du tac au tac. C'est ça que je veux savoir, me pressa Azraël alors que je réfléchissais.

— Mais...

— Pas de « mais », allez, réponds !

— J'aimerais qu'on puisse trouver deux endroits proches l'un de l'autre, chacun ayant son chez-lui en fonction de ce qu'il souhaite. On aurait chacun son intimité comme ça.

— Et pour le travail ?

— Je ne trouve pas de solution qui me convient. Peu importe ce à quoi je pense, il y a toujours un problème.

— Qu'est-ce qui t'embête ?

— Déléguer le travail de terrain et me contenter du boulot de bureau, ça ne me plairait pas. Et travailler avec toi, de jour, ce serait trop contraignant, parce que ça te demanderait de renoncer à tes pouvoirs et à ton mode de vie. Je ne veux pas t'imposer ce genre de choses. Tu as déjà fait assez de sacrifice ces derniers temps à cause de moi.

— Tu sais bien que ce n'est rien !

— Tu es obligé d'habiter dans un minuscule appartement tout près de chez moi, alors que tu as une superbe maison à l'autre bout de la ville !

— Oui, mais le lien ne nous permet pas encore de nous éloigner autant. La preuve en est que tu as eu ton accident dans le port, donc pas très loin de ma maison, finalement...

Je me sentis honteuse à l'évocation de mon malaise. Comment avais-je pu oublier de le prévenir ? Il avait dû déménager, tout ça parce que je ne voulais pas que nous vivions sous le même toit...

— Revenons à nos moutons. Et si tu pouvais travailler de nuit ?

— J'ai comme l'impression que tu penses à quelque chose de précis, dis-je alors que mes yeux restaient fermés de plus en plus longtemps à chaque battement de cils. Crache le morceau !

— Tu pourrais te spécialiser dans les enquêtes concernant les populations surnaturelles ! Travailler la nuit ne serait plus un problème pour toi, et avec ton allergie au soleil, ce serait parfait ! Moi, je pourrais venir avec toi. Pas de soucis pour les pouvoirs, et là, tu ne pourras plus jamais dire que tu trouves le boulot ennuyeux !

— Je crois que je suis trop fatiguée...

Je ne savais pas si j'avais vraiment prononcé cette phrase ou non. Les brumes du sommeil m'avaient happée et je n'arrivais pas à m'en échapper.

2

Les visites du personnel médical rythmèrent ma journée suivante, ainsi que mes siestes intempestives. Elles me permettaient de faire des pauses dans les téléfilms de Noël. C'était comme si absolument toutes les chaînes dont disposait l'hôpital ne diffusaient que cela. La seule autre option, c'était les informations. Entre la peste et le choléra, j'avais choisi les niaiseries de Noël.

Le médecin avait réduit mes dosages d'anti-douleurs, et j'avais un peu peur de découvrir la réelle étendue des dégâts que l'accident de voiture m'avait causés. Je bougeais le moins possible pour retarder au maximum l'inévitable. Le kinésithérapeute m'avait montré comment mobiliser tout mon bras, à l'exception de l'épaule, plusieurs fois dans la journée. Je craignais que cela soit trop éprouvant et me limitais donc aux doigts et au poignet lorsque je réalisais mes exercices.

Vers 15 heures, Olivia passa me faire un petit coucou.

— Tu sais que regarder ces trucs-là toute la journée risque de laisser des séquelles irréversibles ?

Un poing sur sa hanche, elle fixait l'écran de télé avec un air de dégoût.

— Tu n'es là que depuis quelques minutes à peine, alors ne te plains pas ! Moi, je dois encore rester là un jour ou deux...

— Ma pauvre !

Elle passa avec moi tout le créneau de visite autorisé, à parler de tout et de rien. À aucun moment le sujet de l'accident ne fut abordé, ni celui de mon travail. Toutefois, à plusieurs reprises, certains mots qu'elle employait me remémoraient la proposition d'Azraël. J'aurais aimé pouvoir en discuter avec elle, lui demander son avis. Mais cela m'était impossible. Je devais conserver le secret. Cela la gardait en sécurité, loin des dangers que pouvaient représenter les vampires.

Elle m'aida à me relever pour aller aux WC avant de partir, et mes côtes me causèrent un mal de chien. La douleur avait fini par se réveiller sur ce mouvement, et elle le faisait savoir. Chaque respiration se transformait en une épreuve plus difficile que la précédente. Si cela continuait à s'aggraver, je me fis la réflexion que je ne tiendrais jamais le coup.

— Je fais un crochet par le bureau des infirmières, leur dire que tu souffres beaucoup trop, me dit-elle alors que je gémissais en m'allongeant à nouveau dans mon lit. J'aurais aimé ne pas te laisser toute seule... J'essaie de passer te voir demain après le boulot. Courage !

Une infirmière aux courts cheveux bruns vint me rendre visite grâce à l'intervention d'Olivia. Elle m'examina en détail, palpant mes côtes. Chacun de ses gestes me faisait geindre.

— On a peut-être baissé un peu trop le dosage. J'ajuste ça tout de suite.

Vers 22 heures, la porte de ma chambre s'ouvrit tout doucement. Le personnel ne s'embêtait pas avec ce genre de délicatesse. Je devinai instantanément que c'était Azraël.

— Comment tu fais pour venir en dehors des heures de visite ? lui demandai-je.

— Je suis plein de ressources, ne t'en fais pas ! Comment tu vas aujourd'hui ?

— Quand ils enlèvent les médicaments, j'ai super mal, alors ils remettent des médicaments différents, si j'ai bien compris. Tu crois que je vais finir complètement droguée ?

— Ne dis pas de bêtises, ils savent ce qu'ils font !

Je haussai l'épaule droite. Il avait probablement raison.

— Tu crois que ça va durer combien de temps ?

— De quoi ?

— Mon état.

— Tu as toujours guéri vite, non ? Donc moins longtemps que pour les autres gens.

— Ce n'est pas une vraie réponse, ça !

J'étais à l'hôpital, blessée, depuis à peine plus de 24 heures, et j'en avais déjà plus que marre. Je détestais être scrutée en permanence par le personnel, ne pas pouvoir aller prendre de douche quand je le souhaitais, ni bouger sans gémir. De colère, je me saisis de la télécommande et coupai le poste. Je ne saurais donc jamais si tous ces petits chiots trouveraient des familles d'accueil avant Noël... C'était terrible !

— Tu sais que ça peut s'arrêter immédiatement, si tu veux ? me proposa Azraël.

— Ne me tente pas !

Il faisait allusion au pouvoir de guérison du sang vampirique. S'il m'en donnait, même un tout petit peu, je me rétablirais beaucoup plus vite.

— Moi, je ne fais que proposer !

Bien qu'il ait levé les deux mains en signe d'innocence, je savais que sa proposition était plus que sérieuse.

— Tu imagines la tête des médecins si demain matin, ils me retrouvent sur pieds, en pleine forme, comme si de rien n'était ?

Je partis dans un éclat de rire incontrôlable. La douleur que cela déclencha frôla la limite du supportable, sans la dépasser grâce aux médicaments. Malgré cela, je n'arrivais pas à me calmer. Je visualisais le personnel de l'hôpital en train de défiler pour étudier celle qui avait réussi à guérir de ses fractures en quelques heures à peine. Je voyais leurs yeux exorbités. J'entendais leurs applaudissements face à un miracle. Je pleurais en réponse au millier d'épines qui se plantaient dans mon thorax à chaque mouvement de mes côtes.

— Tu sais que si je te donne juste quelques gouttes, ça va accélérer ta récupération et réduire ta douleur, et ils te laisseront probablement partir plus vite ?

Quand j'avais questionné le médecin un peu plus tôt, elle m'avait dit ignorer combien de temps ils allaient devoir me garder. Elle avait parlé d'ajuster les dosages d'antidouleurs, et je n'avais pas tout compris. Je savais seulement que cette nuit ne serait pas ma dernière à l'hôpital, mais si la suivante pouvait l'être, cela ne serait pas si mal.

— Tu es sûr que ça passera inaperçu ? demandai-je, curieuse et intéressée.

Azraël haussa les épaules avant de me tendre un mouchoir pour que j'essuie mes larmes.

— Tu crois qu'ils vont penser quoi ? Qu'un vampire t'a donné un peu de son sang à boire pour t'aider à récupérer ?

Cela paraissait effectivement assez improbable, mais je me montrais tout de même un peu frileuse. Je ne voulais pas que cela produise l'effet inverse et qu'ils souhaitent me garder plus longtemps en observation. Je pris un moment pour peser le pour et le contre. Finalement, le choix n'était pas si compliqué quand je mis dans la balance ma difficulté actuelle à respirer sans avoir mal.

— Alors d'accord ! Si la douleur pouvait diminuer assez pour qu'ils m'enlèvent la perfusion, ce serait vraiment chouette...

Azraël sourit et se leva du fauteuil. Il contourna le lit pour atteindre la petite table roulante sur laquelle était posée la carafe. Il remplit un gobelet pendant que son visage se métamorphosait. Malgré la mauvaise lumière de la chambre, je vis ses yeux devenir intégralement noirs, et sa mâchoire s'avancer pour se dilater. Les deux crocs caractéristiques de son espèce pointèrent et il appuya son index contre l'un d'eux avant de le presser au-dessus du verre d'eau.

Il compta ainsi trois gouttes, à haute voix, avant de mettre son doigt dans sa bouche comme s'il s'était coupé avec une feuille de papier. Son visage retrouva doucement son apparence habituelle et il me tendit le gobelet.

— Pourquoi s'embêter avec le verre ?

— C'est pour mieux doser la quantité.

Cette explication me suffit et j'avalai le mélange. Je ne détectai aucun effet immédiat. La dernière fois qu'il avait dû me donner de son sang, je m'étais sentie euphorique, comme quand on a un peu trop bu. Azraël m'avait dit que c'était courant.

— Je ne sens rien, fis-je remarquer.

— C'est normal, à cette dose. Le but est que l'effet soit discret ! Repose-toi, maintenant.

Je me détendis contre les oreillers et sentis le sommeil arriver.

La matinée suivante fut animée. Une infirmière avait constaté une anomalie sur ma perfusion et réalisé que je n'avais pas reçu de médicaments depuis un moment. Je me demandai si Azraël avait manigancé cette supercherie, ou s'il s'agissait d'un pur hasard.

— Je n'ai pas l'impression d'avoir mal, pourtant.

Elle alla chercher un médecin pour décider de la marche à suivre. Je m'attendais à voir le Dr Harper, mais un homme vint à sa place. Il devait avoir une cinquantaine d'années. Ses tempes grisonnantes contrastaient avec ses cheveux noirs et il paraissait amusé.

— Alors comme ça, on vous a enlevé vos médicaments et vous n'avez rien senti ?

— Il faut croire que mon état s'améliore...

— Laissez-moi voir ça.

Il m'examina et palpa mes côtes délicatement. La douleur n'avait pas totalement disparu. Elle se réveillait à chaque pression de ses doigts.

— Vous pouvez vous lever et faire quelques pas ?

Je m'exécutai, prenant appui sur la perche de ma perfusion. J'étais probablement capable de marcher sans elle, mais cela me rassurait. Je revins vers le lit et grimpai péniblement dessus à l'aide de mon seul bras valide.

— On dirait bien qu'on va pouvoir vous donner des cachets et que vous allez sortir bientôt !

— Bientôt comment ?

— Si vous tenez la journée comme ça, pourquoi pas demain ?

Cette phrase me mit tellement en joie que j'eus l'impression que mon cœur tentait de s'enfuir de ma poitrine.

— Demain ? Ça serait...

— Je comprends que cela puisse vous faire peur de vous retrouver seule dans cet état, mais...

— Oh, non ! Je suis ravie de partir ! m'exclamai-je en lui coupant la parole.

— On ne prend pas soin de vous correctement ici ? me demanda le médecin en haussant un sourcil.

— Si je vois encore le moindre film de Noël, je crois que je me jette par la fenêtre !

L'homme sourit et hocha la tête. J'avais l'impression qu'il comprenait ma peine.

— Essayez de tenir encore la journée, s'il vous plaît. Ce genre d'accident ne ferait pas bonne presse à l'hôpital !

Il se moquait ouvertement de moi ! Je lui rendis son sourire et il sortit.

Une infirmière le remplaça pour me retirer la perfusion, insistant sur le fait que je ne devais pas hésiter à appuyer sur le bouton d'appel si la douleur était intenable. Elle me donnerait des cachets supplémentaires.

Comme je n'avais pas envie d'allumer cette maudite télé, j'en profitai pour lui demander où je pouvais trouver mes affaires personnelles. Elles étaient rangées dans le placard mural.

Après quelques instants d'appréhension, je pris mon courage à deux mains et sortis du lit. La perche à perfusion n'était plus là, et j'allais devoir marcher jusqu'à l'armoire sans elle. Le manque d'exercice de ces deux derniers jours me donnait l'impression que mes jambes étaient faibles, mais je réussis à atteindre mon objectif sans m'écrouler. Je me saisis du sachet en plastique et revins m'installer confortablement dans mon lit pour l'ouvrir. J'étais vraiment ravie de ne pas être tombée. Cela aurait été humiliant de devoir appeler des secours, allongée de tout mon long sur le linoléum gris de la chambre.

Mes vêtements avaient été pliés avec soin, mais il n'y avait pas grand-chose d'autre. Mon sauveur n'avait pas pensé à récupérer mon sac à main sur le siège passager. D'ailleurs, maintenant que j'y songeais, je n'avais pas la moindre idée de qui m'avait repêchée. J'aurais aimé savoir qui c'était pour pouvoir le remercier. Après tout, il m'avait sauvé la vie ! Le contenu de mes poches avait été glissé dans une enveloppe. Quelques pièces, et surtout ce que je recherchais : mon téléphone.

Je préférais encore jouer à un jeu idiot plutôt que de subir un énième film niais. J'essayai de l'allumer sans succès. J'espérais que la batterie était tout simplement à plat, mais mon instinct me chuchotait que ce genre d'appareils n'appréciait pas beaucoup l'eau.

Frustrée, je remis le téléphone dans le sac et le lançai au pied du lit. Je savais que je me montrais impatiente, mais je n'aimais pas l'idée de rester un jour de plus ici.

Vers midi, le médecin repassa voir comment j'allais.

— Je vois que ça ne va pas. Qu'est-ce qui vous arrive ?

— Je m'ennuie, marmonnai-je alors qu'il palpait mes côtes.

Il appuya plus fort à un endroit et je gémis en tentant de reculer pour soulager sa pression.

— Ne vous inquiétez pas, demain vous serez chez vous ! Je crois qu'on a des vieux magazines qui traînent en salle de repos...

Il revint une quinzaine de minutes plus tard m'apporter un peu de lecture. Je l'accueillis comme le messie tant cela me fit plaisir.

— Merci beaucoup !

— Je ne pouvais pas laisser une patiente souffrir autant, dit-il en désignant l'écran de télé éteint d'un geste du pouce.

Je pris un moment pour étudier le trésor qu'il m'avait amené. Trois magazines féminins parlaient des meilleures astuces minceur pour être au top en maillot de bain pour l'été, et un vieux numéro du National Geographic promettait de me révéler tous les mystères de l'Égypte antique. Je décidai de feuilleter ce dernier. La plage, ça n'a jamais été mon truc.

Quand Olivia frappa à la porte en fin de journée, je n'avais pas vu l'après-midi passer.

— Comment ça va ?

— Ils m'ont enlevé les médicaments, et je devrais pouvoir sortir demain !

— C'est une super nouvelle ça ! me félicita-t-elle en se laissant tomber dans le fauteuil. Et tu crois que ça va aller toute seule ?

Je savais parfaitement que si je lui demandais un coup de main, elle viendrait habiter chez moi quelque temps pour me faciliter la vie. Toutefois, je comptais sur Azraël pour me redonner du sang et accélérer ma guérison dès que j'aurais mis un orteil dehors. Elle ne pouvait donc pas être mêlée à tout ça.

— Le médecin a dit qu'il était important que je mobilise mon corps le plus possible malgré la douleur... Une immobilisation trop longue serait plutôt mauvaise...

Elle tourna la tête vers moi et je vis un peu de doute dans ses yeux sombres alors que je balbutiais et m'enlisais dans mon histoire. Elle savait que je lui mentais sur les raisons de sa mise à l'écart.

— Je vois... T'as déjà demandé à Jack, c'est ça ?

Jack ? Qu'est-ce qu'il venait faire là-dedans, lui ? Mince ! Je ne l'avais même pas prévenu ! Il était supposé être mon petit ami, après tout... Enfin, quand je n'étais pas trop débordée. Je devais avouer que j'utilisais régulièrement l'excuse de mon emploi du temps chargé pour annuler nos rendez-vous.

— Je...

— Ne me dis pas que tu ne lui as rien dit, quand même ?

— Je n'ai plus de batterie !

C'était tout ce que j'avais trouvé à rétorquer pour ma défense. Olivia me regarda avec un air de reproche avant de fouiller dans son sac.

— Et voilà ! Je savais bien que j'avais un chargeur là-dedans. Mais tu sais qu'il est possible que ton téléphone soit mort ?

Olivia s'affaira à brancher mon portable pendant que je me demandais ce que j'allais bien pouvoir dire à Jack.

Nous étions sortis ensemble trois ou quatre fois. Je l'avais rencontré sur la scène de crime pendant l'enquête sur la disparition de Benjamin Cruise. Il était inspecteur de police, beau garçon, et très attentionné. Peut-être un peu trop à mon goût...

— Il ne réagit pas… Tu vas devoir t’en acheter un autre ! Par contre, ta puce n’a pas l’air endommagée, donc tu ne devrais pas avoir perdu grand-chose.

— Merci Oli.

— Tu veux que je te prête mon téléphone pour que tu l’appelles ?

— Il est flic. S’il s’inquiète de ma disparition, il sait comment me trouver, je pense.

— Je me trompe, ou tu n’es pas très investie dans cette relation ?

Un sourcil accusateur levé, elle me fixait et attendait visiblement une explication.

— Qu’est-ce que tu veux que je te dise ?

Je tentai de hausser les épaules, mais n’y parvins qu’à moitié. Mon visage se tordit sous le coup de la douleur.

— Ça va aller ? Tu veux que j’aille chercher quelqu’un ?

Olivia avait bondi vers moi quand j’avais grimacé. Je respirais rapidement par le nez.

— Ça va ! Ça va !

Avant que j’aie fini de parler, elle m’avait prise dans ses bras, sans ménagement. J’eus l’impression que mes côtes essayaient de se planter dans mes poumons.

— J’ai eu si peur, sanglota-t-elle.

— Je vais bien, la rassurai-je. Mais là, tu me fais très mal.

Elle se retira vivement en s'excusant avant d'éclater de rire.

— Je m'inquiète pour toi, et après, je viens te broyer les os ! Je suis désolée !

Je n'eus pas le temps de répondre quoi que ce soit. Le médecin entra dans la pièce.

— Il est l'heure de faire un dernier bilan pour voir si nous pouvons vous laisser retourner à une vie normale !

Je hochai la tête et Olivia me fit promettre de l'appeler une fois rentrée chez moi.

— Ne t'en fais pas !

Le médecin procéda à ses examens, et après avoir jugé que tout était satisfaisant m'apporta les papiers pour ma sortie. Je signai une quantité folle de formulaires et l'infirmière qui passa les récupérer m'expliqua que je ne pourrais quitter l'hôpital qu'à partir de 10 heures.

Il ne me restait donc plus que quelques heures à patienter...

— Est-ce que vous avez des questions ?

Je pris un moment pour réfléchir. D'un point de vue médical, tout était parfaitement clair. Je gardai pour moi mes interrogations concernant mes frais d'hospitalisation. Je me doutais que ce n'était pas avec elle que je devais aborder le sujet. Ce n'était pas son métier, et il était inutile de lui faire perdre du temps. Toutefois, avant qu'elle parte, je souhaitais lui poser une question supplémentaire. J'ignorais si elle pourrait me fournir une réponse, ou même ce que cela changerait, mais je savais que je le regretterais si je ne faisais rien.

— On m'a dit que quelqu'un m'avait sortie de l'eau. Vous croyez que je peux avoir son nom ?

Elle prit un instant pour réfléchir.

— Je peux voir sur votre rapport d'admission si on a cette info. Peut-être que les pompiers sauront, sinon... Je vais voir ce que je peux faire.

— Merci beaucoup.

Après tout, quelqu'un m'avait sauvée, je pourrais peut-être tenter de le retrouver pour le remercier. Mais comment faire ? Des chocolats ou des fleurs me paraissaient ridicules.

Une grosse demi-heure plus tard, l'infirmière repassa dans ma chambre.

— Il est noté sur le rapport des pompiers que cette personne a souhaité rester anonyme. La seule chose qui est précisée, c'est que c'était un homme. C'est tout...

— C'est gentil de vous être renseignée.

La jeune femme hocha la tête avant de disparaître.

Si je le voulais vraiment, je pourrais remonter sa piste et arriver à le retrouver, c'était mon métier, mais il avait souhaité garder l'anonymat. C'était sa décision et je me devais de la respecter. Ce mystère resterait donc irrésolu, et j'essaierai de vivre avec.

Je me rallongeai dans les coussins. Je devais tenter de dormir. La journée qui m'attendait le lendemain risquait d'être mouvementée, et je devais recharger mes batteries pour pouvoir y faire face.

3

Je n'avais pas beaucoup dormi. Entre l'euphorie causée par ma libération imminente et la douleur, cela avait été compliqué.

Dès 8 heures, j'étais sortie de mon lit et j'avais commencé à m'activer. Je m'étais difficilement douchée avant d'enfiler les vêtements que je portais lors de l'accident. Je regrettais de n'avoir à aucun moment pensé à demander à Olivia de m'apporter des affaires. Un aide-soignant m'avait expliqué comment mettre correctement, et surtout, comment fixer mon collier cervical avec une seule main. Je ne l'avais écouté que d'une oreille distraite. J'étais persuadée que tout cela ne me servirait à rien. Si Azraël me donnait de son sang, je n'aurais pas besoin de me battre avec tous ces velcros.

Une infirmière m'apporta un sac qui contenait tout un tas de médicaments, ainsi qu'une ordonnance afin de savoir quoi prendre à quel moment. Elle me tendit également des bandages de rechange si jamais je devais remplacer celui qui me maintenait les côtes en place.

— Pensez à faire contrôler votre bras d'ici une dizaine de jours chez votre médecin. C'est lui qui décidera de ce qu'il faut faire pour votre rééducation. Sinon, vous êtes libre. Prenez soin de vous.

Je la remerciai avant de me diriger vers l'ascenseur.

— Rassurez-moi, quelqu'un passe vous prendre ?

C'était la voix du Dr Harper. Je ne l'avais pas revue depuis que son collègue l'avait remplacée.

— Oui.

— Faites attention, quand même.

Elle monta avec moi dans la cabine, mais resta silencieuse jusqu'au rez-de-chaussée.

— Bonne journée, lui dis-je en sortant.

Je sortis dans le froid. Le temps était d'une tristesse infinie. Bien que d'épais nuages assombrissaient le ciel, la luminosité me fit mal aux yeux un instant. Je plaçai ma main sur mon front afin de me protéger comme je le pouvais et essayai de trouver où pouvait être Azraël. Une voiture grise s'arrêta devant moi et la portière passager s'ouvrit.

— Allez, monte !

Je me glissai sur le siège en grimaçant. Azraël me sourit et démarra en trombes.

— Tu pourrais conduire un peu plus... souplement ? La ceinture me fait un mal de chien à chaque coup de frein, finis-je par dire après quelques instants.

— Oups. Pardon.

Azraël fit attention sur le reste du trajet jusque chez moi. Je m'étais demandé s'il n'allait pas m'amener dans sa maison, mais il savait probablement que je préférais le confort de mon appartement. Après avoir stoppé le véhicule en double file et m'avoir aidée à en sortir, il me fit patienter le temps d'aller se garer correctement. Je m'appuyai contre la rambarde du perron de mon immeuble. Je pouvais tenir debout, mais tout était beaucoup plus épuisant et douloureux que d'habitude. Jamais je n'aurais pensé que mes côtes étaient autant mobilisées au fil de la journée...

Il m'aida ensuite à monter les marches qui menaient au premier étage.

— Tu préfères que je te porte ? me demanda-t-il alors que nous avions à peine commencé.

Je m'arrêtai pour lui lancer un regard furieux.

— Je n'ai pas envie qu'on nous voie !

Il haussa les épaules et je finis de gravir les dernières marches en prenant soin de ne pas trop forcer. Quand j'aperçus la porte de mon appartement, je réalisai avec horreur que mes clés devaient se trouver au fond de l'eau, dans mon sac à main.

— Je n'ai pas les clés...

Azraël me regarda comme si je lui faisais une mauvaise blague.

— Tu plaisantes ?

Je fus prise d'une soudaine envie de m'effondrer au sol et de pleurer. Je me laissai glisser, le dos contre le mur, malgré la douleur. Un éclair lancinant finit par avoir raison de ma retenue et mes yeux commencèrent à larmoyer.

— Hé ! Ce n'est rien, calme-toi.

Le vampire s'était accroupi et avait posé ses doigts sur mon épaule valide.

— Y'a tous mes papiers aussi qui sont perdus. Tout était dans mon sac. Et je n'ai plus de voiture ! Combien ça va me coûter de la sortir de là ?

— Tu as une assurance pour ça. Pour l'instant, tu dois te soigner. Est-ce que tu m'autorises à crocheter ta serrure ?

Je hochai la tête entre deux sanglots. J'aurais pu m'en occuper moi-même, mais je n'avais pas le nécessaire sur moi et avec une seule main, cela risquait d'être compliqué.

Une fois la porte ouverte, il vérifia qu'il n'y avait personne dans la cage d'escalier et me souleva du sol, un bras passé sous mes genoux. Je pleurais encore quand il me déposa sur mon canapé. Il glissa un coussin sous ma tête et je restai allongée là, à renifler. Je pensais à mon assurance, en me demandant si elle allait couvrir tous les frais, et au fait que j'avais terriblement mal dans tout le corps. J'avais refusé de prendre des comprimés avant de quitter l'hôpital et je regrettais amèrement ma décision.

J'entendis Azraël préparer du café après avoir fermé les volets et les rideaux. Quand il s'assit à mes côtés, une tasse à la main, j'avais réussi à arrêter de pleurer.

— Allez, prends ça, et après ça ira mieux.

Il m'aida à me redresser. La boisson me réconforta. Cela m'avait manqué. Comment avais-je pu survivre à mon séjour à l'hôpital sans café ?

— Merci, murmurai-je. Merci beaucoup.

— Attends, ce n'est pas fini.

Il me prit la tasse vide des mains et la posa sur la table basse. Il défit les boutons de la manche de sa chemise puis la retroussa avec soin. Je le regardais faire comme s'il s'agissait d'une sorte de rituel sacré. Je n'osais pas bouger ni prononcer le moindre mot. Ses mouvements étaient gracieux, d'une fluidité presque hypnotique. Il ferma ses yeux un instant avant de planter ses crocs dans sa peau. Dans la pénombre, je ne pouvais pas distinguer correctement le phénomène. Toutefois, je savais que le bleu de ses iris avait laissé place au noir. J'avais remarqué que cela arrivait à chaque fois qu'il se transformait.

Il me tendit son poignet blessé, et je voulus le prendre à deux mains, comme je me serais saisie d'un épi de maïs à grignoter. Mon attelle me rappela à l'ordre. J'allais devoir me contenter d'une seule main. Je plaquai ma bouche contre sa peau, épousant les contours de sa plaie, et fermai les yeux. Je savais que c'était un mauvais moment à passer, mais je ne pouvais pas refuser une telle opportunité de guérir. De toute façon, pour être honnête, je n'en avais pas envie.

J'aspirai avec force et sentis le liquide épais se répandre dans ma bouche. Le goût cuivré roula sur ma langue avant que je l'avale. J'essayai de ne pas réellement penser à ce que j'étais en train de faire. Saisie d'un haut-le-cœur, j'hésitai à poursuivre, mais Azraël pressa plus fort contre mes lèvres comme pour me signifier de continuer. Je pris une seconde gorgée, puis une autre, et encore une autre. Je crispais mon nez comme si cela allait m'aider à lutter contre le dégoût.

— Continue. Quand tu auras fini, je vais te faire dormir. Et tu te réveilleras comme neuve. Ça te va ?

Je voulus protester, mais je ne le pouvais pas. Son bras m'en empêchait, et de toute façon, je savais que c'était probablement la meilleure chose à faire. Après une hésitation, je hochai très légèrement la tête même si je n'aimais pas le fait qu'il allait user de ses pouvoirs sur moi une fois de plus. Une pointe d'angoisse se manifesta alors que je me demandais ce que cela allait encore entraîner comme conséquences sur le lien qui nous unissait. Toutefois, j'étais beaucoup trop concentrée pour que mes craintes parviennent à prendre le dessus et que j'arrête le processus.

Après quelques gorgées supplémentaires, le flot se tarit, et Azraël dégagea son poignet. Il m'essuya le coin de la bouche du bout du pouce, et plaça sa main contre ma tempe dans le même mouvement. Je le vis me sourire avec bienveillance avant de sombrer dans un sommeil très profond, sans rêves.

Une odeur de chocolat flottait dans l'air, ce qui n'était absolument pas normal. Je me redressai un peu trop vite dans mon lit. Mon dos protesta contre ce mouvement brusque. Pourquoi avais-je la vilaine impression que je ne m'étais pas endormie là ?

Peu à peu, les limbes du sommeil s'évaporèrent, et je me rappelai les évènements de la veille. Si rien n'avait changé, Azraël devait être en train de s'occuper du mieux qu'il pouvait au salon. Cela n'expliquait en rien l'odeur de chocolat, mais à la rigueur, c'était le cadet de mes soucis dans l'immédiat.

Doucement, j'essayai de bouger mon bras gauche. Il était ankylosé, mais j'arrivai à le lever au-dessus de ma tête sans trop d'effort. Je palpai du bout des doigts mes côtes et aucune douleur ne me freina. Azraël avait pris la peine de me retirer le collier cervical et mon attelle avant de me mettre dans mon lit. Il était décidément un vampire très attentionné. Toutefois, j'étais en culotte et soutien-gorge, et l'idée qu'il m'ait vue en petite tenue me gêna un instant.

Je me saisis des premiers vêtements qui traînaient sur mon valet. J'espérais que ce vieux pull et un pantalon ample suffiraient à me tenir chaud maintenant que la couette ne remplissait plus cette mission. Azraël n'avait manifestement pas pensé à enclencher le chauffage.

Je fis un crochet par la salle de bain. J'avais plutôt bonne mine, en comparaison à la dernière fois que j'avais étudié mon reflet à l'hôpital. J'avais l'air fatiguée, mais rien de bien étonnant après les évènements récents.

Je m'apprêtais à sortir quand je décidai de prendre un moment pour moi. Ces quelques jours avaient été éprouvants. Si je n'avais pas connu Azraël, je serais encore à l'hôpital, et j'aurais probablement passé plusieurs semaines en convalescence. Non, cette idée n'était pas tout à fait exacte. Si je n'avais pas connu Azraël, je n'aurais pas eu d'accident de voiture, car le lien n'existerait pas !

Toutes ces ténèbres qui entouraient ma vie depuis que je savais que le monde n'était pas tel que je le croyais me faisaient peur, mais elles exerçaient également une force d'attraction folle sur moi. J'étais curieuse tout en étant terrifiée. C'était comme se rendre dans un pays étranger sans en connaître la langue ni la culture. L'excitation que cela causait en moi était due à la fois à l'appréhension, mais aussi au plaisir de découvrir une nouvelle réalité où tout était fascinant.

J'avais la vilaine sensation d'être partagée entre ces deux états, et de naviguer dans une sorte de crépuscule nébuleux qui se situait au milieu. Quand la crainte l'emportait, je me réfugiais dans la lumière, et quand je me montrais plus téméraire, je plongeais dans le monde des ténèbres.

Cette inconstance dans mes choix, cette hésitation... Elles me donnaient l'impression de perdre les pédales par moment. Toutefois, à cet instant précis, je me rassérénai en me disant que je n'étais pas un de ces personnages de film qui sait où il doit aller, peu importe ce à quoi il fait face. J'étais une humaine lambda confrontée à des choses exceptionnelles. Je devais me laisser le droit d'hésiter, de tenter d'emprunter une voie avant de rebrousser chemin parce que j'avais changé d'avis.

Dans l'immédiat, je naviguais le long de cette frontière invisible avec confiance. Azraël m'avait soignée et je lui en étais reconnaissante. Je savais qu'il tenait à moi et qu'il était mon phare dans l'obscurité. En acceptant son sang, j'avais pris la bonne décision pour moi, et c'était finalement tout ce qui importait.

Je m'étais toujours reposée sur mon instinct. Jusqu'à présent, cela ne m'avait jamais causé préjudice. J'ignorais pourquoi le fait qu'une espèce supplémentaire marche à nos côtés devrait modifier cela, mais c'était toutefois ce qu'il se passait. Ce changement de réalité avait fait vaciller ma confiance en moi. Je devais me ressaisir, reprendre la main.

Quand j'ouvris enfin la porte sur mon salon, je dus me frotter les yeux. Quelqu'un m'avait téléportée dans une sorte d'univers alternatif, aucune autre possibilité n'était envisageable...

La première chose que je vis était un immense sapin décoré de rouge et d'or. Les guirlandes clignotantes qui l'ornaient avaient attiré mon attention. Un tapis rubis recouvrait le carrelage, et une nappe de la même couleur dissimulait ma table en verre. Des rennes, des pères Noël et autres bonshommes de pain d'épices trônaient sur la moindre surface plane disponible. De la fausse neige maculait les fenêtres. C'était bien mon appartement, je reconnaissais l'agencement, sauf qu'il n'était absolument pas décoré de la sorte la dernière fois que je l'avais vu.

Pour couronner le tout, Azraël, armé d'une spatule, était en train d'étaler un glaçage sur un gros gâteau au chocolat. Cela expliquait l'odeur. Il avait enfilé mon tablier de cuisine qui imitait le costume de Wonder Woman. C'était un cadeau d'anniversaire d'Olivia.

— Ah ! Tu es levée ! Le petit-déjeuner sera prêt dans trois petites minutes. Assieds-toi.

Son ton était enjoué. C'était à peine s'il avait quitté son ouvrage des yeux pour regarder dans ma direction.

— Euh... OK.

Azraël posa sa spatule un instant pour aller à la machine à café remplir un immense mug qu'il me tendit. Le récipient avait la forme d'une tête de renne avec des bois en relief. Était-il possible de boire là-dedans sans risquer de se crever un œil ? Alors que je le fixais, un sourcil levé, un gros nez rouge commença à apparaître sous l'effet de la chaleur.

— Merci. Est-ce que tu peux me pincer, s'il te plaît ?

— Si tu insistes, dit-il en joignant l'acte à la parole.

Je ressentis la douleur dans mon bras, mais le décor de Noël ne disparut pas pour autant. Il haussa les épaules avant de retourner à son glaçage au chocolat.

— C'est quoi, tout ça ? demandai-je en m'installant au bar, sur l'un des tabourets hauts.

— Quoi donc ?

— On dirait la couverture d'un catalogue de magasin de déco pendant les fêtes de fin d'année...

— Ah, ça ! Ça te plaît ?

Azraël était en train de découper le gâteau pour en déposer une épaisse tranche dans une petite assiette. Son sourire ne laissait aucune place au doute. Il était particulièrement fier de ce qu'il avait fait à mon appartement et je ne voulais pas le blesser.

— C'est... surprenant, finis-je par dire après quelques secondes.

— J'ai comme l'impression que tu n'as pas vraiment l'esprit des fêtes, non ?

— Mon appart était très bien, non ?

— Je m'ennuyais, hier après-midi. Et puis, c'est quand même plus sympa à cette période ! Si ça ne te plaît vraiment pas, je viendrai tout récupérer à la fin des congés.

Je me demandais de toute façon où je pourrais stocker tout cela. Je n'avais pas de place pour autant de choses inutiles.

— Je garde le mug, par contre !

Azraël me tendit l'assiette et une cuiller.

— Je savais qu'il te plairait quand je l'ai vu ! Allez, mange ! Tu dois avoir une faim de loup.

Le gâteau était succulent, ce qui ne m'étonnait pas vraiment. Azraël avait un don pour la cuisine. C'était d'autant plus surprenant qu'il ne pouvait pas en profiter.

— Comme d'hab, c'est super bon !

— Merci. Comment est-ce que tu te sens ?

J'avais l'impression que l'accident et ses conséquences n'étaient qu'un mauvais rêve. Je n'avais plus mal nulle part. J'étais en pleine forme, et la légèreté qui régnait dans l'air à cause de toutes ces décorations me conforta dans une impulsion que j'avais eue en réfléchissant à ma situation quelques minutes plus tôt.

— Je suis d'accord, finis-je par dire entre une cuillerée de gâteau et une gorgée de café.

— De quoi tu parles ?

— Pour faire un essai de travail avec toi. Mais avant, j'ai encore quelques questions.

— Je t'écoute.

Il enleva le tablier avant de le regarder en souriant. Il se hissa sur le tabouret à mes côtés, et appuya son coude sur le bar pour poser sa tête dans sa main. Ses yeux luisaient d'un éclat amusé.

— Tu as parlé de me spécialiser dans les enquêtes surnaturelles. Tu crois qu'il y a vraiment assez de demandes pour ça ?

— Et si je te disais que plusieurs personnes m'ont déjà contacté depuis qu'on a retrouvé Benjamin ?

— Les gens savent que tu as été impliqué dans cette affaire ?

— Tu sais, les rumeurs vont vite...

— Pourquoi tu ne m'en as pas parlé avant ?

— Tu avais d'autres trucs à gérer. Et tu n'avais vraiment pas l'air d'avoir envie de te plonger là-dedans. Attention, je ne te le reproche pas, hein ! C'est bien normal d'hésiter à franchir une porte qui donne sur l'inconnu. C'est surtout que je n'ai pas envie de t'emmener dans cette direction contre ta volonté. C'est une décision qui t'appartient.

Il n'avait pas particulièrement tort. Ses paroles faisaient écho à mes propres réflexions. Je me demandais s'il ne connaissait pas mon état d'esprit mieux que moi, en fin de compte. Toutefois, ce n'était pas le sujet. Je voulais en savoir plus sur ce qu'il avait à me proposer.

— De quel genre d'affaires on parle, exactement ?

— Des disparitions, des meurtres, des vols… Les mêmes choses que ce à quoi tu es habituée, mais en plus confidentiel. Tu sais, pour éviter d'attirer l'attention, on évite souvent d'aller voir la police.

— Et il n'y a que des vampires ?

— Des représentants d'autres espèces m'ont contacté, mais peu. Pour l'instant. Il faut avouer qu'on ne communique pas trop habituellement, donc ça pourrait prendre un peu de temps avant que le carnet d'adresses s'étoffe. Je pense qu'il y a un vrai potentiel là-dedans. Vraiment.

Il croyait en son propos, c'était évident.

— On n'a jamais réellement abordé le sujet, mais il existe quoi comme espèces surnaturelles, exactement ?

— Tu veux vraiment une liste exhaustive ? Parce qu'on en a pour la soirée…

— Genre, les loups-garous, ça existe ?

— Bien sûr !

— Les fées ?

— Ouais.

— Les anges ?

— Pas que je sache.

Je pris un instant de pause pour assimiler l'information. Quand il disait que je n'allais pas pouvoir m'ennuyer si je le suivais sur cette voie, il ne plaisantait pas.

— Et si on n'arrivait pas à trouver une organisation qui nous convient pour travailler ensemble ?

— Y'a qu'en essayant qu'on saura.

Je haussai les épaules. Ce n'était pas vraiment une réponse, mais c'était pertinent.

— Tu as déjà une enquête en tête, ou pas ?

Son sourire s'élargit, et il tapa des deux mains à plat sur le bar.

— Je n'ai pas « une » enquête, mais l'affaire du siècle, ma chère !

Je restai sceptique face à tant d'enthousiasme. Azraël avait beau être un vampire, il avait une nette tendance à tout voir en rose.

— Tu m'expliques ?

— Je suppose que tu te souviens de Vicky ? Ne fais pas la grimace, comme ça, ce n'est vraiment pas élégant. Bref, Vicky m'a appelé il y a quelques jours. Elle s'inquiète de ce qui se passe à St. Lucie, dans le nord de l'État.

— Pourquoi ça l'intéresse, ce coin-là ?

— Vicky nous a rejoints il y a une grosse douzaine d'années. Avant, elle faisait partie d'une autre communauté, installée là-bas. Quand elle l'a quittée, c'était parce qu'ils avaient des pratiques qui ne lui plaisaient pas. Elle croit que ces vampires pourraient être impliqués dans des choses pires que ce qu'elle pensait.

— Tu sais exactement de quoi elle parlait ?

— Elle m'a parlé de meurtres et de gens qui disparaissent.

— Et la police ne ferait rien ?

— Le quartier est mal famé. Toutes les affaires, ou presque, sont probablement attribuées au trafic de drogue ou à la prostitution.

— C'est maigre, tu ne crois pas ?

— Je pense qu'il faudrait étudier le souci, voir si c'est une impression, ou s'il se passe vraiment des choses là-bas. Au pire, ce n'est que l'affaire de quelques heures de recherches pour rien. Mais imagine que des gens disparaissent réellement...

Il me semblait quand même que ce n'était pas grand-chose. Pas assez pour monter un dossier en tout cas. Je réalisai alors que, si la police ne pouvait pas être impliquée, nous allions avoir un problème de taille.

— Dis-moi, si on met en évidence des... activités malveillantes, et qu'on ne peut pas impliquer la justice... C'est quoi la suite ?

Azraël resta silencieux un moment comme s'il n'avait pas réfléchi à cette partie de l'équation.

— Nous avons des lois, des règles, et une certaine forme de justice. J'imagine qu'on peut appeler ça comme ça. Mais pour être honnête, je crois qu'il n'y a pas de bonne réponse à ta question. Ça dépendra de chaque affaire, de son ampleur...

— On serait donc aussi bien les enquêteurs que les juges responsables des peines...

Cela ne me plaisait pas beaucoup, et je me doutais que ma voix le laissait transparaître.

— La hiérarchie vampirique est très stricte. Les décisions auxquelles tu penses ne nous reviendront pas. Et j'imagine que pour les autres... espèces, c'est la même chose. Je sais que c'est un mode de fonctionnement totalement différent du tien, mais je suis sûr qu'on pourrait faire de grandes choses.

— Et pour l'organisation pratique ? Les bureaux, tout ça ?

— Il faudrait probablement que tu déménages...

— Pourquoi ?

— Le plus simple serait qu'on ait un bureau, et qu'on habite tous les deux pas trop loin. Tu l'as dit toi-même.

— Et tu veux que je vienne habiter chez toi, c'est ça ?

— Non ! Soit on trouve tout ce qu'il nous faut près de ma maison, soit il faudra que moi aussi, je déménage. On aura besoin de deux logements, en plus des bureaux.

— Donc on habiterait chacun chez soi, mais on serait voisins, ou un truc du genre ? C'est ça ?

Azraël hocha la tête. Le projet qui commençait à s'esquisser dans mon esprit paraissait attrayant. Il avait vraiment pensé à tout. J'étais même certaine qu'il avait déjà passé au crible les annonces immobilières de la ville.

— Ça t'irait, tu crois ?

— Il faudrait que j'y réfléchisse encore un peu. J'ai combien de temps ?

— Autant que tu le souhaites !

Son sourire tendre me fit comprendre qu'il ne me forcerait pas la main, et que mon besoin de prendre un peu de recul pour y penser lui semblait naturel.

— Merci.

— Pas besoin de me remercier.

— Si, soufflai-je. Merci pour tout, vraiment.

Je me demandai si le fait de pourchasser des maris adultères loups-garous romprait réellement ma routine. Mais comme l'avait dit Azraël : si je n'essayais pas, je ne pouvais pas savoir.

Il me prit des mains ma tasse vide pour aller la remplir. Je bâillai en réfléchissant à ce que tous ces changements risquaient d'impliquer. Les premières choses qui me venaient à l'esprit étaient toujours plus de mensonges. Mentir sur mon activité, en particulier à Olivia, me paraissait inévitable.

— La guérison semble s'être bien déroulée, mais tu as l'air épuisée. Tu devrais te reposer encore un peu aujourd'hui, peut-être demain aussi. Si je te laisse seule, tu sauras être raisonnable ? Tu ne feras pas trop d'efforts et tu penseras à manger autre chose que du gâteau ?

— Oui, papa ! fis-je en lui tirant la langue. Ne t'en fais pas.

— OK, alors je te laisse tranquille pour le moment. Repose-toi bien.

4

L'idée de passer l'après-midi devant la télévision ne survécut pas à trente secondes de zapping intensif : Noël, Noël et Noël. Partout. Tout le temps. Je me demandais si des gens regardaient réellement ces téléfilms.

J'avais beau lutter, la conversation que nous avions eue avec Azraël concernant les anciens compagnons de Vicky me trottait dans la tête. Ce qu'il m'avait dit ne semblait pas inquiétant, mais ma curiosité et mon instinct me poussaient à creuser, à en savoir plus. Il avait parlé de meurtres, de disparitions. Combien ? À quelle fréquence ? Je n'avais pas la moindre idée de ce qu'il se passait, et des rumeurs seules ne suffiraient pas à me convaincre d'accepter l'enquête.

Ce qui me tracassait, c'était le fait que des vampires se soient installés en ville. Jusqu'à présent, je n'avais fait la connaissance que de quelques membres de la communauté qu'Esther avait prise à Azraël. Ils vivaient en pleine campagne, au milieu des vergers, et étaient presque totalement autonomes. J'en avais tiré la conclusion qu'il en allait de même pour tous les villages qu'ils avaient établis depuis leur arrivée d'Europe. Azraël m'avait expliqué que ces communautés avaient pour but de pouvoir profiter d'un sang de meilleure qualité. Les gens y étaient exposés à moins de toxines : ils ne prenaient pas de médicaments, pas de drogues, et ils mangeaient sainement.

Des vampires urbains, c'était quelque chose que je n'avais pas envisagé. Cela semblait aller à l'encontre des principes presque fondateurs que je connaissais. Et le fait qu'ils puissent se nourrir en tuant des habitants sans être inquiétés, puisque c'était ce qu'avait sous-entendu Azraël, me posait un réel problème. Je devais en savoir plus.

Éplucher les journaux serait un travail colossal, surtout avec aussi peu d'indices. Je manquais d'informations pour me lancer dans une tâche d'une telle ampleur. Je devais réussir à avoir accès aux dossiers de police de ces dix ou quinze dernières années...

Une idée me traversa l'esprit, mais elle nécessitait d'impliquer Jack, et je n'en avais pas très envie.

Jack Stone était inspecteur de police. Il devrait pouvoir me donner les renseignements dont j'avais besoin. Enfin, je l'espérais. Après tout, St. Lucie se situait quand même à une grosse cinquantaine de kilomètres d'ici, si ma mémoire était bonne.

Je ne possédais pas de téléphone fixe dans mon appartement, je devais donc sortir de sous mon plaid et descendre dans mon bureau. J'ouvris le petit coffret qui reposait sur une bibliothèque afin de prendre le double de mes clés. L'avoir gardé ici était stupide ! La veille, j'étais enfermée dehors, et le fait qu'il se trouve de l'autre côté de la porte ne m'avait absolument pas aidée. Il faudrait que je réfléchisse à un emplacement plus judicieux.

Le voyant rouge du téléphone clignotait quand je rentrai dans la pièce. Je résistai à l'envie d'écouter le répondeur afin de ne pas accumuler trop de retard. Je pris toutefois le temps d'enregistrer un nouveau message d'accueil pour que les gens sachent que le bureau serait fermé quelques jours. Je programmai une réponse automatique de mes mails avec la même information en ignorant autant que possible le nombre alarmant qui s'affichait à côté de « courrier entrant ».

Une fois tout cela terminé, je fouillai dans mon tiroir pour retrouver la carte de visite de Jack et composai son numéro.

— Stone.

— Salut, Jack. C'est Lena.

— Comment tu vas ?

— Ça pourrait être pire. Tu as quelques minutes à m'accorder ? C'est pour le boulot.

— Bien sûr. Dis-moi ?

— Ce serait possible que j'aie accès à tous les rapports de police concernant des meurtres et des disparitions sur quinze ans ?

— À quelle échelle ?

— St. Lucie.

— Maine ou Floride ?

— Je ne savais pas qu'il y avait une St. Lucie en Floride...

— Heureusement que tu es originaire de là-bas, hein !

Je sentis une pointe de moquerie dans son ton amusé. Ma mère et moi, nous étions venues nous installer dans le Maine quand j'avais une dizaine d'années environ. Mes connaissances de la géographie de mon État natal se limitaient au quartier où j'avais grandi.

— Presque tout est archivé au format numérique, donc en théorie, c'est faisable...

— Mais ?

— Mais je ne suis pas censé sortir quoi que ce soit sans raison valable, surtout que ce n'est pas mon secteur.

La raison existait, mais je ne pouvais décemment pas lui parler des vampires. Je réfléchis à toute allure. Il me restait deux options : mentir, ou jouer la corde sensible.

— Pas même pour ta détective préférée ?

Je prononçai ces mots avec une tristesse exagérée dans la voix. Je l'entendis étouffer un rire à l'autre bout du fil.

— C'est pour une affaire, mais tu ne peux pas m'en dire plus, c'est ça ?

Et voilà, le mensonge, qui n'en était pas tout à fait un, ne venait pas de moi.

— Quelque chose comme ça...

— Je vais faire une demande pour te sortir ça. Tu veux que je t'imprime des copies, ou le format numérique te va ?

— J'aurais le droit d'imprimer tout ça, ou il me faut des autorisations ?

— Non. On ne peut pas se permettre d'avoir des copies qui traînent dans la nature. Par contre, on peut te faire des copies officielles que tu nous rendras à la fin de ton investigation.

— On fait comme ça alors ! Tu as une idée du délai ?

— Je fais au plus vite.

— Merci beaucoup ! Tu es un amour.

Regrettant mes derniers mots, je raccrochai rapidement avant qu'il propose un nouveau dîner au restaurant. J'allais de toute façon le revoir pour qu'il me donne les dossiers. J'étais certaine qu'il s'en occuperait lui-même au lieu de m'envoyer un coursier.

Je savais que ce n'était pas très correct de ma part de l'utiliser ainsi. Je m'impliquais très peu dans cette relation naissante, comme l'avait souligné Olivia à l'hôpital. C'était agréable de passer du temps avec lui, et je me sentais bien en sa présence, mais il n'y avait pas d'étincelle. Sauf quand il m'embrassait. Ses baisers possédaient le pouvoir magique de me faire chavirer. Toutefois, c'était loin de suffire pour que je tombe amoureuse.

J'avais une vision beaucoup trop romanesque de l'amour, mais je m'en fichais. Jack n'était pas l'élu de mon cœur, je le savais, et tôt ou tard, je devrais le lui dire. Le plus rapidement serait probablement le mieux.

Je remontai retrouver mon plaid et me resservis une assiette de gâteau au chocolat. J'espérais que Jack puisse me fournir les documents dans la journée, mais je me doutais que ma requête ne serait pas prioritaire.

J'étais en train d'étudier depuis un long moment le catalogue du service de vidéo à la demande auquel j'avais souscrit afin de lutter contre les téléfilms de Noël quand quelqu'un frappa à la porte. C'était Jack, un épais dossier sous le bras.

— Salut !

Il m'embrassa avant même que j'aie le temps de dire quoi que ce soit.

— Déjà ? le questionnai-je en pointant son chargement. C'était rapide !

— C'était calme aujourd'hui, donc ça n'a pris que quelques heures. Je me suis permis d'élargir à tous les rapports saisis sur un rayon de vingt kilomètres autour de St. Lucie, comme je ne savais pas vraiment ce que tu recherchais... Ça fait une grosse demi-heure que j'essaie de te joindre. Tu as coupé ton téléphone ?

Tout en parlant, il entra dans l'appartement sans rien me demander et posa la liasse de dossiers sur la table. Elle devait mesurer près de dix centimètres d'épaisseur.

— Oh, je crois qu'il est mort...

— Qui ça ?

— Mon portable !

— Ah, OK, remarqua-t-il en enlevant son manteau. Qu'est-ce qui s'est passé ?

— J'ai eu un petit accident de voiture...

Jack eut un sursaut et vint se saisir de mes mains.

— Tu vas bien ? Tu n'as rien ?

Il semblait détailler chaque centimètre de ma personne afin de vérifier si j'étais blessée.

— Plus de peur que de mal.

— Tu as quand même l'air un peu choquée... Tu es sûre que ça va ?

— Oui, oui, je suis juste fatiguée.

— Quelqu'un t'est rentré dedans ?

— D'après les médecins, j'ai fait un malaise, mais je ne m'en souviens pas. Ma voiture, par contre, est dans le port, avec toutes mes affaires...

— Tu veux que je t'accompagne pour la récupérer ?

— C'est gentil à toi, mais ça va être compliqué : elle est au fond de l'eau.

Jack écarquilla les yeux comme s'il n'en croyait pas ses oreilles.

— Ça explique que tu ne sois pas joignable, mais je t'avoue m'être inquiété... Déformation professionnelle, je suppose... Tu as eu de la chance de t'en sortir aussi bien !

J'allais lui répondre de ne pas s'en faire pour moi quand j'entendis qu'on frappait à la porte. Je devinai que c'était Azraël, et que la situation allait devenir très gênante. Ce ne pouvait être que lui, après tout. Je n'avais toujours pas appelé Olivia pour lui dire que j'étais rentrée. J'ouvris avec mon plus beau sourire aux lèvres.

— Tu tombes à pic... marmonnai-je.

Ses yeux fixèrent Jack par-dessus mon épaule et il me rendit mon sourire.

— Mademoiselle Scarlett, je suis envoyé par l'hôpital. Nous avons oublié de vous faire signer un papier.

J'articulai en silence un « merci ».

— Bon, je vais te laisser te reposer alors, dit Jack en remettant son manteau. Tu me signes le reçu ?

J'allai jusqu'à la table remplir le formulaire de retrait de dossiers. Je ne pris pas la peine de le lire, je n'en avais pas le temps.

Jack déposa un baiser rapide sur mes lèvres avant de sortir alors qu'Azraël patientait poliment sur le palier.

— Je vous en prie, entrez.

Nous devions jouer le jeu jusqu'à ce que la porte soit fermée, chose que je m'empressai de faire.

— Je ne savais pas que vous sortiez encore ensemble, me fit Azraël en accrochant son blouson de cuir sur une patère de l'entrée.

— Parce que ça ne te regarde pas. C'est tout.

— C'est surtout que tu n'as pas le courage de le larguer parce que tu as peur de briser son pauvre petit cœur.

Il avait exagérément laissé le dernier mot s'allonger, avec une voix geignarde. J'avais très envie de lui répliquer plein de choses plus obscènes les unes que les autres, mais je me retins.

— N'empêche que grâce à lui, on va pouvoir regarder s'il se passe réellement des trucs étranges à St. Lucie. Ne me remercie pas surtout !

D'un geste théâtral, je lui montrai la pile de dossiers sur la table. Il haussa un sourcil en glissant une main dans ses cheveux.

— C'est quoi tout ça ?

— Tous les rapports de police depuis quinze ans dans cette fantastique bourgade qu'est St. Lucie, et ses alentours !

Ses beaux yeux bleus doublèrent de taille.

— Tu ne lui as quand même pas dit ?

— Mais non ! Tu me prends pour une idiote, ou quoi ? Je lui ai dit que j'en avais besoin pour une affaire. Tu es supposé avoir étudié la confidentialité pour tes diplômes, je te rappelle !

Un air amusé se dessina sur son visage. Il tira une chaise et s'assit avant de poser ses coudes sur la table.

— Tu m'expliques à quoi tu penses précisément ? Tu étais censée te reposer, je te rappelle.

— Ce n'est pas parce qu'on a l'impression qu'il se passe quelque chose, que ce quelque chose se passe réellement. Avec ça, on va pouvoir établir une carte et voir s'il y a des endroits où il se passe statistiquement plus d'incidents.

— Malin... Il nous faut une carte et des punaises, et on va faire comme dans les séries télé, c'est ça ?

— Exactement.

Je n'avais pas pensé à un tout petit détail. Je n'avais absolument pas le matériel nécessaire.

— Les magasins sont encore ouverts...

À peine avait-il fini sa phrase que nous filions à toute vitesse dans le froid de l'hiver.

Nous étions chargés comme des mules quand nous arrivâmes enfin devant ma porte. Nous avions dévalisé une papeterie : un tableau de liège, un tableau blanc, des punaises, des ramettes de papier, des feutres, et tout un tas d'autres choses dont je ne voyais pas encore l'intérêt.

L'office de tourisme ne pouvait pas nous fournir de carte de St. Lucie, car c'était une destination prisée en cette période de l'année. Ils étaient en rupture de stock. La femme s'était toutefois montrée très aimable et nous en avait imprimé une. Nous n'aurions qu'à assembler les huit pages comme un puzzle, avait-elle expliqué à Azraël en gloussant.

Le vampire commença à monter les tableaux sur leurs roulettes pendant que je faisais du café. Quand je me retournai, mon mug en forme de renne à la main, je vis que nous allions avoir un problème. Mon appartement n'était pas immense, et avec toutes les décorations, le sapin et les deux tableaux, nous n'allions plus pouvoir bouger d'un pouce. Un seul était monté pour le moment, et à part mettre le second sur le canapé, je n'avais pas d'autre solution à proposer.

— Je crois qu'il va nous falloir un endroit plus spacieux, me dit Azraël en enjambant la table basse. Beaucoup plus spacieux...

— Et merde ! Pourquoi on n'y a pas pensé avant d'acheter tout ça ?

— L'enthousiasme, je suppose. On pourrait installer tout ça dans une de mes chambres d'amis.

— Dans la maison du phare ?

— Oui, ce serait probablement la meilleure solution.

— Bon, je n'ai plus qu'à préparer ma valise...

La sonnette retentit. Je levai un sourcil interrogateur en direction d'Azraël qui me fit comprendre qu'il n'avait pas la moindre idée de qui cela pouvait être.

— J'ai un colis pour Lena Scarlett, grésilla une voix dans l'interphone.

— C'est au premier, lui indiquai-je en déverrouillant la porte d'entrée de l'immeuble.

J'ouvris au coursier en uniforme marron. Je signai le reçu et pris le paquet qu'il me tendait avant de le remercier. Je n'attendais rien, et me demandais donc ce que cela pouvait bien être.

J'eus besoin de ciseaux pour m'aider à le déballer. Un papier cadeau rouge apparut, ainsi qu'une enveloppe dorée.

J'ai pensé que tu aimerais avoir un téléphone, alors considère que c'est ton cadeau de Noël. Je me suis permis aussi d'enclencher les démarches pour repêcher ta voiture.
Appelle-moi vite !
Jack

— Cet homme est très prévenant, me souffla Azraël qui s'était penché par-dessus mon épaule.

— C'est malpoli de lire le courrier des autres !

La boîte contenait un de ces téléphones dernier cri que j'avais tendance à qualifier de transportables, plutôt que portables. Il ne pourrait se glisser dans aucune de mes poches, mises à part celles à l'arrière de mon jean...

Azraël siffla d'admiration.

— C'est un bien beau cadeau, ça ! Tu as une idée de combien ça coûte ?

— Je crois que je préfère ne pas savoir... marmonnai-je en allumant l'appareil après y avoir inséré ma puce comme me l'avait dit Olivia.

Le fond d'écran affichait une rose rouge. Je me demandai si Jack l'avait fait configurer en magasin avant de me l'envoyer, ou si c'était du pur hasard.

Le bon côté des choses, c'est que j'étais à nouveau joignable.

— Je commence à remballer tout ça, du coup.

Azraël me rappelait avec subtilité que nous nous apprêtions à partir. Je me dépêchai d'aller préparer mes affaires.

Azraël avait insisté pour que je ne porte pas trop de poids. J'avais donc mis un maximum d'affaires dans ma petite valise à roulettes, et j'étais en train de réajuster mon sac à dos en fermant la porte quand il se racla la gorge de façon très exagérée. Je me retournai pour lui demander ce qui lui arrivait et je vis Olivia plantée dans les escaliers, les poings sur les hanches.

— Tu devais m'appeler !

— Je suis désolée.

Je lui adressai le plus beau de mes sourires.

— Tu m'as fait peur, espèce d'andouille !

— Je suis désolée.

Elle me regarda de la tête au pied, les yeux exorbités.

— Et ton attelle ? Ta minerve ? Qu'est-ce que t'en as fait ?

J'hésitai un instant. J'allais devoir mentir. Encore.

— Je vais aller mettre tout ça dans la voiture, m'indiqua Azraël en commençant à descendre les escaliers.

— Ravie de t'avoir rencontré, Jack !

— Moi, je m'appelle Azraël, mais le plaisir est partagé, Olivia.

Un silence gêné s'installa. Seul le bruit des chaussures du vampire contre les marches venait le briser à intervalles réguliers. Le regard qu'Olivia me lançait finit par m'obliger à lui tourner le dos. Je ne pouvais pas supporter d'y lire autant de colère.

— Viens, rentre. Je crois qu'il faut que je t'explique une chose ou deux...

— Tu crois ? hurla-t-elle. Tu crois ! Non, mais j'aurais tout entendu !

Je ne savais pas quoi dire. Mes mains tremblaient alors que je tentais de mettre ma clé dans la serrure. Je la laissai entrer la première et refermai la porte. Elle resta figée en regardant ce qu'Azraël avait fait de mon appartement.

— Je crois que tout s'explique : tu as simplement et définitivement pété un plomb... Y'a pas d'autre explication !

Je posai mon sac à dos sur la table. Mon esprit moulinait pour tenter de trouver une excuse valable. Comment justifier le fait qu'à peine deux jours plus tôt, j'étais à l'hôpital avec des fractures, et que maintenant, tout allait mieux ?

— Je suis désolée de ne t'avoir rien dit, tu sais, commençai-je doucement. C'est compliqué...

Elle fit volte-face et me menaça d'un doigt tendu.

— T'en as juste rien à foutre en fait ? Je te dis que je m'inquiète, que tu dois faire attention à ta santé, mais tu faisais semblant d'être blessée en fait !

— Non, je n'ai pas fait semblant.

— Alors comment tu expliques que tu sois là, sur le pas de ta porte, avec un type qui n'est même pas ton petit copain, en train de déménager. Tu devrais à peine pouvoir bouger !

— J'ai trouvé un truc pour la douleur, balbutiai-je.

Olivia porta sa main à sa bouche.

— Oh putain ! Tu te drogues, c'est ça ?

Je n'avais pas pensé à cette interprétation de mes propos. Je ne voulais pas qu'elle s'inquiète encore plus.

— Non ! J'ai utilisé une technique... alternative... à base d'hypnose...

Je m'entendais parler, et je savais que je n'étais pas convaincante. J'en avais parfaitement conscience.

Le visage d'Olivia avait viré à une teinte proche du violet tant elle était hors d'elle. Elle ne m'avait pas crue, et je ne pouvais pas l'en blâmer. Elle fit les quelques pas qui nous séparaient. Ses yeux occupaient à présent tout mon champ de vision et son nez frôlait le mien.

— Je pensais que tu avais un peu plus d'estime pour moi. Mais tu me mens. Et mal en plus ! Donc quand tu auras décidé d'arrêter tes conneries et de me dire la vérité, tu sais où me trouver !

Elle se dirigea vers la porte en me bousculant au passage. Je ne l'avais jamais vue dans un tel état. Je pris mon visage dans mes mains alors que les larmes montaient à mes yeux. J'avais conscience d'être responsable de la situation actuelle, mais je faisais cela pour la protéger. Je n'étais pas certaine qu'elle puisse encaisser le fait que les vampires et d'autres créatures existent. Plus terre-à-terre qu'elle, je ne connaissais pas. Elle était de celles qui cherchaient à décortiquer le fonctionnement d'un tour de magie pour prouver que ce n'était qu'une illusion.

Je la protégeais aussi, car je n'avais jamais été blessée avant de mettre un pied dans ce monde mystérieux. S'il lui arrivait quelque chose, je ne pourrais pas me le pardonner.

Je sursautai quand une main se posa sur mon épaule. Pensant que c'était Olivia, je me retournai, et me retrouvai face à Azraël. Les larmes me brouillaient la vue, mais pas assez pour confondre les deux.

— J'ai croisé Olivia en bas. Elle avait l'air furieuse. J'ai vraiment cru qu'elle allait me passer un savon. Ça va aller toi ?

— Bien sûr que non ! criai-je en le poussant avec violence du bout de l'index. C'est ma meilleure amie, et elle m'en veut à mort !

— Pourquoi ça ?

— Parce que je lui ai menti. Parce que j'ai mal menti. En même temps, tu as une explication plausible à mon état ?

Je lus le désarroi sur le visage d'Azraël.

— Je suis certain que ça va s'arranger entre vous.

— Elle m'a dit de ne retourner la voir que quand je serai prête à lui dire la vérité !

Je pris un mouchoir sur la table basse. Je ne savais pas si Azraël pouvait comprendre que c'était une très grosse dispute. Cela ne nous était jamais arrivé auparavant, en tout cas, pas avec une telle ampleur.

— Tu veux que je te laisse un moment ?

Je réfléchis. Bien évidemment, j'avais envie de me rouler en boule sous ma couette et de pleurer toutes les larmes de mon corps face à la situation sans issue dans laquelle je m'étais fourrée. Je pensais aussi au fait que des vies étaient peut-être en jeu, et des personnes en danger.

Je reniflai violemment et redressai mes épaules.

— Non. On va y aller. Laisse-moi juste deux minutes, le temps de me passer un peu d'eau sur le visage, j'arrive.

Nous avions discuté tout au long du trajet, comme si le silence risquait de causer une nouvelle crise de larmes dues à la dispute. Nous avions beaucoup parlé du fait que cela m'embêtait de venir encore une fois habiter chez Azraël, mais il m'avait rapidement rassurée, me promettant que ce n'était que pour la durée de cette enquête. Après tout, si notre organisation fonctionnait, il nous faudrait trouver des locaux, et des logements proches.

— Vois ça comme une phase test, m'expliqua le vampire en garant la voiture. Ça évitera des frais inutiles si jamais ça ne marche pas.

Ma valise à la main, mon sac à dos sur l'épaule, j'avais presque l'impression de déménager de façon définitive en traversant le petit pont de bois blanc vers le porche.

Je passai la porte et restai bouche bée. Les mots me manquaient. Un immense sapin occupait le centre de la pièce. Tout autour, un train miniature se frayait un chemin entre des automates de lutins, de rennes, de pères Noël. Il zigzaguait entre des cadeaux et des arbres minuscules... Tout était lumineux, beaucoup trop lumineux si on m'avait demandé mon avis. Des diodes, des guirlandes dans le moindre recoin, mais la principale source de lumière était une énorme lampe qui ressemblait à une boule à neige avec des pingouins à l'intérieur.

Tout cela me rappela le cauchemar que j'avais fait après mon accident. Je vérifiai, mais il n'y avait pas de cheminée, ce qui me rassura instantanément.

— Waouh !

— Je suis ravi que la déco te plaise !

— Je ne pensais pas que tu avais à ce point un problème avec Noël, me moquai-je. Je vois que tu y es allé en douceur avec mon salon, finalement ! Quand est-ce que tu as trouvé le temps de faire ça ?

— Quand tu étais dans le coin, il y a quelques jours. J'en ai profité...

Je le suivis vers les escaliers qui menaient à l'étage. Il ouvrit une des portes et me fit signe d'entrer.

— On mettra le bureau provisoire ici. Comme ça, tu peux prendre la grande chambre d'à côté, si ça te va.

J'allai poser ma valise dans la pièce attenante avant de revenir sur mes pas. Il avait déjà poussé les meubles le long d'un mur et commencé à installer le tableau qu'il avait monté chez moi. En l'espace d'une quinzaine de minutes, nous étions opérationnels.

Il était tard, mais nous étions pressés de nous y mettre. Je m'assis en tailleur sur le lit pendant qu'il s'armait des punaises colorées. Je lui donnais le lieu du crime et il s'occupait de le marquer sur la carte. Quand je commençai à piquer du nez, Azraël me suggéra d'aller me coucher. Nous reprendrions le lendemain.

5

Dès le coucher du solcil, Azraël et moi avions recommencé à planter des punaises sur la carte de St. Lucie. J'allais devoir m'habituer à nouveau à ce rythme nocturne. J'avais pris sur moi pour ne pas me mettre au travail toute seule en fin de journée, alors que je m'étais levée avant lui. Je m'étais tout simplement interdit de rentrer dans notre nouveau bureau. J'étais certaine que cela l'aurait vexé.

— Je crois qu'on tient quelque chose, non ? dit le vampire en retournant vers moi le tableau de liège.

Il était près de 2 heures du matin et je venais de refermer le dernier dossier. Nous n'avions pris en compte que le lieu de l'incident. Rien de plus. Quand je vis la répartition géographique des crimes, plus aucun doute n'était possible. Au moins la moitié d'entre eux était regroupée au sud de la ville, presque en périphérie.

— Je suppose que c'est de là que Vicky vient ?

— Tu as deviné juste.

— C'est quoi ce quartier, en fait ?

— C'est une ancienne zone industrielle. La ville a connu un fort essor au début du siècle grâce à une entreprise spécialisée dans la production de papier. Mais la pression de la Chine dans ce domaine et l'éloignement de la côte pour l'export ont fait que ces activités ont été abandonnées, et la zone s'est retrouvée presque désertée. Certains bâtiments ont été transformés en boîtes de nuit, en salles de concert clandestines... Je ne te cache pas que le quartier est surtout réputé pour être un endroit où aller si on cherche de la drogue, ou des prostituées.

— Il y a aussi cette fête en décembre...

— La Sainte-Lucie. La fête de la lumière. Oui. Je suppose que la ville s'appelle ainsi à cause de certains colons scandinaves. Ce n'est pas pour rien que Soren a décidé de s'établir là-bas...

— Soren ?

— C'est le responsable de la communauté.

Je soupirai. Maintenant que nous savions qu'il y avait bien une plus forte concentration de crimes dans les alentours, nous allions devoir trier les affaires afin de les étudier en détail.

— Heureusement que j'ai eu la riche idée de numéroter les punaises, hein, fit Azraël, les bras croisés et l'air fier.

Cela allait effectivement nous faire gagner un temps fou. Une grosse vingtaine de minutes plus tard, nous avions deux piles de dossiers distinctes.

— Là, ça va devenir beaucoup plus compliqué, commençai-je à expliquer à mon nouvel associé. Pour chaque affaire, on va devoir étudier la nature du crime, et le profil des victimes. Il faut aussi voir s'il existe des indices qui laissent penser que les vampires sont derrière tout ça. Ce n'est peut-être qu'une zone à forte criminalité humaine, et rien de plus...

— D'abord, on va faire une petite pause déjeuner !

Travailler avec Azraël présentait cet intérêt majeur : il m'était impossible de sauter un repas. Il était extrêmement vigilant sur ce point.

Nous étions descendus à la cuisine, et j'étais en train de le regarder me confectionner un sandwich en buvant une tasse de café quand je me décidai à lui poser la question.

— D'où ça te vient, cette obsession pour la nourriture ?

Il s'arrêta une seconde d'émincer les feuilles de salade avant de reprendre.

— Je n'aurais pas dit que c'est une obsession. Je trouve ça important. C'est tout.

Son ton était distant, et un peu sec, comme si je l'avais heurté.

— Je ne connais personne d'autre pour qui c'est aussi important. C'est pour ça que je me pose la question. Je ne voulais pas te blesser.

— Non, non. Ce n'est rien... Je ne sais pas trop, reprit-il après une hésitation. C'est probablement parce que manger correctement était un luxe pendant mon enfance.

Je détectai de la douleur derrière ses mots. Quand il me tendit l'assiette sur laquelle se trouvait le sandwich, je posai ma main sur la sienne.

— Je vais essayer de faire plus attention alors, promis-je solennellement.

Un petit sourire vint tordre ses lèvres sur la droite, et il hocha la tête.

— On est reparti ?

— Je peux manger là-haut ?

Sans même lui laisser le temps de répondre, de peur qu'il change d'avis, je m'empressai de filer avec mon assiette et mon mug.

— Comment on fait pour trier les affaires ? me demanda-t-il une fois assis sur le lit en face de moi, la moitié des dossiers sur les genoux.

— Vicky t'a parlé de quoi précisément ? Juste de meurtres et de disparitions ?

— De choses inquiétantes. Ce sont ses mots exacts. Et avec les pratiques qu'ils avaient…

— Stop ! fis-je en agitant mon sandwich devant moi. Je ne veux pas en savoir plus pour l'instant.

— Pourquoi ?

— Pour être la plus neutre possible en triant les dossiers.

— Mais moi, je ne le serai pas. Et puis c'est toi qui as posé la question ! Il risque d'y avoir un biais entre ceux que tu étudies, et les miens.

Azraël avait raison. Soit il m'expliquait tout, soit on devrait chacun passer en revue la totalité des documents. La première option nous permettrait de gagner du temps, c'était indéniable.

— Très bien, raconte-moi toutes les horreurs qu'il se passait chez ces vilains vampires !

Je repoussai les dossiers et m'appuyai contre la tête de lit. J'étais confortablement installée pour écouter une nouvelle histoire et terminer mon en-cas.

— Comme tu le sais, nous sommes venus d'Europe un peu après la fin de la Première Guerre mondiale. Le Conseil Vampirique m'a envoyé, ainsi que quelques volontaires, sur ce continent pour y établir douze colonies. Ce devait être un test dans un premier temps. Trois missions similaires ont été lancées en même temps que la mienne. L'une est partie au Japon, une autre en Australie, et une dernière en Afrique du Sud. Mon rôle devait se borner au fait de superviser la mise en place de ces douze colonies, et de faire des rapports réguliers au Conseil. Tout ça sans m'impliquer dans quoi que ce soit personnellement.

— Pourquoi est-ce que tu as été chargé de gérer le projet, exactement ? demandai-je.

— Ascendance et pouvoirs, je suppose.

— Je vois...

La réponse était vague, mais je compris qu'il parlait de politique.

— Ça ne me convenait pas. J'ai donc décidé de monter une treizième colonie : la mienne. Pendant ce temps, je continuais à surveiller, de loin, ce qui se passait dans les autres. Rapidement, j'ai jugé ma tâche de superviseur terminée. Aucun des douze membres ne me contactait plus concernant d'éventuelles difficultés, donc j'ai informé le Conseil Vampirique que notre mission était finie.

— Qu'est-ce que ça a à voir avec notre affaire ?

— Ne sois pas si impatiente ! Le Conseil avait son mot à dire sur la suite des opérations, mais un changement de régime s'est imposé à nous. Bref, les treize colonies sont devenues indépendantes du Conseil européen, et c'est Morgane qui est devenue notre Reine. Je te passe les détails du pourquoi et du comment, on y reviendra un jour si c'est important. Donc, ici, les treize communautés sont plus ou moins autonomes. Morgane ne supervise pas ce qui se passe au sein de chaque colonie. Nous avons des lois, mais ça s'arrête là. Par contre, certains vampires me considéraient comme leur leader avant ça, à cause de mon rôle dans le projet, et c'est toujours le cas chez une poignée d'entre eux. Je pense que c'est à cause de ça que Vicky est venue un jour me demander asile. Et aussi probablement pour se rapprocher de Darius...

Je notai mentalement qu'il avait sous-entendu que Vicky et Darius étaient en couple. Je n'en avais pas la moindre idée. J'avais remarqué qu'ils étaient proches, mais pas aussi proches.

— Vicky est originaire d'Europe, comme toi ?

— Oui, elle était le bras droit de Soren. Un peu comme Darius pour moi.

— Je croyais que c'était censé être Esther...

— Tu sais très bien ce que je veux dire, me reprocha-t-il en levant les yeux au ciel. Soren était un vampire assez quelconque quand nous étions en Europe. Il était bien vu de tout le monde, mais ne semblait pas avoir de personnalité bien marquée. C'était le genre de type qu'on ne remarque pas vraiment quand il est dans une pièce, tu vois ? Donc quand j'ai entendu des rumeurs à propos d'atrocités commises dans sa communauté, je n'y ai pas cru, et je n'ai rien fait.

Je sentais du regret derrière les mots d'Azraël, un peu comme quand on s'en veut de ne pas avoir vu un drame arriver.

— Ils faisaient quoi de particulier pour que tu en parles comme ça ?

— Tout a commencé avec le fait qu'il a souhaité s'installer en ville plutôt qu'à la campagne. Ça n'a l'air de rien, comme ça, mais personne n'avait envisagé de faire ça. Et rapidement, j'ai compris qu'ils n'étaient pas parfaitement autonomes.

— Autonomes comme vous ? En nourriture ?

— Oui. Il semblait y avoir beaucoup de va-et-vient dans son manoir...

— Il s'est installé dans un manoir ?

Azraël eut l'air agacé par cette énième interruption.

— Oui, une propriété qui ressemble à un manoir hanté, entouré d'un immense terrain. D'après ce que j'ai entendu dire, c'était la résidence d'une fortune locale il y a fort longtemps. Elle est proche de l'ancienne gare de fret.

— Et c'est si grave que ça, qu'il ne fasse pas pousser ses légumes ?

J'avais du mal à comprendre ce qui pouvait choquer dans les actions de Soren jusqu'à présent, mais je ne voulais pas brusquer Azraël. Pour une quelconque raison, me raconter cette histoire semblait lui être difficile.

— C'est contraire à nos principes, mais non, ce n'est pas grave dans le sens dans lequel tu l'entends. Mais il y avait ces rumeurs auxquelles je ne prêtais pas attention. Après tout, ce n'étaient que des rumeurs. Et Soren avait l'air de quelqu'un de doux, d'inoffensif. Quand Vicky a souhaité se joindre à nous suite à une divergence d'opinions, j'aurais dû faire le rapprochement avec les rumeurs... J'avais tellement de choses à gérer...

Azraël soupira et prit sa tête dans ses mains.

— De quoi tu parles, exactement ? Je ne comprends rien.

— Je n'ai jamais questionné Vicky, et je le regrette en voyant cette carte maintenant. J'ai entendu parler de personnes qui seraient sur place contre leur volonté, et qui seraient maltraitées.

« Quand je vois cette pile de dossiers, et l'inquiétude de Vicky... Je n'ai pas d'autre choix que de faire le lien... Je m'en veux... Vraiment. Attention, tout ce que je te dis là, ce sont des rumeurs et des faits qui m'ont été rapportés par bribes. Je n'ai jamais constaté quoi que ce soit par moi-même. Et comme je t'ai dit, je n'ai jamais demandé à Vicky ce qu'il se passait réellement là-bas...

« Il paraît que la communauté n'entretient pas le mystère autour de leur nature. Ils s'en serviraient même pour attirer des victimes. Les vampires feraient miroiter aux mortels la possibilité de leur donner des pouvoirs pour ensuite les tuer. J'ai entendu parler de personnes gardées en captivité, torturées, pendant de longues périodes. Certains seraient même élevés comme du bétail, pas plus considérés que des poulets dans un élevage en batterie. Soren serait capable d'en faire se reproduire pour pouvoir se nourrir sur les nouveau-nés...

Je trouvais tout cela insupportable. Je portai mes mains à mes oreilles comme si cela allait m'empêcher d'entendre les horreurs qu'Azraël était en train de m'expliquer.

— Azraël ? Tu penses vraiment que Soren pourrait faire ça ?

— Pas le Soren que j'ai connu en tout cas... C'est pour ça que je n'y avais jamais vraiment fait attention. Tout semble si ridicule...

Azraël secouait la tête comme s'il n'arrivait pas à se convaincre lui-même. Puis mon cerveau assimila une information importante : il me rapportait des rumeurs. Il était possible qu'aucune d'elles ne soit fondée, et que Soren soit un homme tout à fait charmant !

— Ce ne sont que des rumeurs. Tu l'as dit toi-même. Pour l'instant, on n'est pas sûrs que tout ça soit vrai.

— Mais si c'est le cas ?

— Tu ne peux pas t'en vouloir. Ce qui se passe chez les autres ne dépend pas de toi. Tu n'as pas à porter le poids du monde sur tes épaules !

— Oui, mais...

— Stop, le coupai-je. On va ouvrir tous ces dossiers, un par un, et chercher des indices, des points communs. Qu'est-ce que tu en penses ?

Je ne voyais toujours que le sommet du crâne du vampire. Assis en tailleur, sa tête pendait entre ses jambes. Ses mains étaient glissées derrière sa nuque. Ainsi roulé en boule, il n'avait plus du tout l'air impressionnant et dangereux qu'il dégageait en temps normal. Comme il ne répondait pas, je posai mes doigts sur un de ses genoux. Il sursauta et se redressa.

— Arrête de ruminer le passé. Après tout, vous avez une Reine. C'est à elle de gérer ces trucs-là, non ?

Je n'en revenais pas d'être là à tenter de rassurer Azraël, lui qui semblait si invulnérable.

— Tu as probablement raison, murmura-t-il. Remettons-nous au travail, et nous en saurons plus.

L'intégralité de la nuit suivante nous fut nécessaire pour arriver à bout des dossiers. En fin de compte, nous en avions retenu une grosse cinquantaine. Nous avions éliminé les crimes pour lesquels un coupable avait été identifié, ainsi que les morts par balle. Cela ne collait pas vraiment avec le profil de nos suspects aux longues dents.

Jack ne m'avait fourni que les résumés d'enquêtes, aussi, nous n'avions pas tous les détails. Cela suffisait néanmoins à nous donner une bonne idée de ce qui se tramait dans la région de St. Lucie. Pour une petite ville à la réputation plutôt calme, il s'y passait des choses bien étranges.

— On dirait que tout a commencé fin 2008, début 2009. C'est à ce moment-là que Vicky est partie ? demandai-je à Azraël en bâillant.

— Quelque chose comme ça, en effet.

Des gens disparaissaient dans le quartier qui entourait le manoir. La plupart du temps, deux ou trois personnes en une semaine, puis une période de pause de quelques mois suivait. Ce schéma se répétait depuis plus de dix ans. Un grand nombre de cadavres étaient également retrouvés au petit matin dans les rues. Presque tous avaient été attribués à des règlements de comptes entre bandes rivales ou à des overdoses et classés sans suite.

— Qu'est-ce qui te préoccupe ?

La voix d'Azraël me fit sursauter. J'étais perdue dans mes pensées, des dossiers éparpillés sur le couvre-lit tout autour de moi.

— J'ai bien peur que ce ne soit que la partie visible de l'iceberg.

— Comment ça ?

— Pour qu'une disparition soit signalée, ça peut paraître bête, mais il faut que quelqu'un la signale...

— Et...

Azraël avait prononcé ce mot très lentement, un sourcil relevé. Il ne comprenait vraiment pas ce que je tentais de lui expliquer.

— Et vu la réputation du quartier, j'imagine que la plupart des gens qui traînent là-bas n'ont personne qui pourrait s'inquiéter pour eux.

Son visage s'illumina alors.

— Oh ! Et donc tu penses qu'il y a beaucoup plus de disparitions que ce que laissent penser les dossiers, c'est ça ?

— Tu as tout compris !

— Vicky avait raison. Il se passe bien des choses graves...

— L'implication des vampires ne fait aucun doute selon toi ?

— Vicky était inquiète. Et ce n'est pas vraiment dans ses habitudes de s'inquiéter pour rien. Je pense qu'on a assez de preuves pour décider qu'il faut faire quelque chose et arrêter tout ça.

— On va donc essayer d'arrêter une bande de vampires kidnappeurs et meurtriers...

La fatigue dans ma voix accentua mon défaitisme. Nous étions deux, contre toute une communauté. S'ils s'avéraient aussi sanguinaires que ce qu'Azraël craignait, je ne voyais vraiment pas ce que nous pouvions faire.

— Je crois qu'il va falloir qu'on parle d'abord avec Vicky... On doit savoir avec précision ce qu'elle sait.

Je me raidis. Je n'avais aucune envie de me retrouver dans la même pièce qu'elle.

Vicky n'était pas ma meilleure amie chez les vampires. J'avais cru comprendre qu'elle était une puissante sorcière avant d'être transformée. La seule et unique fois que je l'avais vue, elle avait tenté d'analyser la magie qui m'habitait en s'insinuant à l'intérieur de moi. Cette manœuvre s'était avérée... douloureuse. Extrêmement douloureuse.

— Je serai là avec toi, elle ne te fera aucun mal, promit Azraël qui avait posé une main réconfortante sur mon épaule. Mais on verra ça la nuit prochaine. Toi, tu vas te coucher, et moi, je planifie le rendez-vous avec elle.

Je rejoignis ma chambre en traînant des pieds. Les soulever constituait un effort insurmontable. Une bonne journée de sommeil me ferait le plus grand bien.

Vicky avait insisté sur le fait que nous devions venir au domaine agricole qui avait été la communauté d'Azraël. Il avait essayé de négocier pour que cela se passe en territoire neutre, mais visiblement, Vicky avait gagné cette bataille.

La voiture avançait à toute allure sur la route bordée d'arbres fruitiers. La dernière fois que je m'étais rendue là-bas, c'était Esther qui nous avait convoqués. Cela avait abouti à la découverte du corps de Benjamin Cruise, et à la clôture de la première grosse enquête de ma carrière. Quelques semaines à peine s'étaient écoulées, et pourtant, j'avais l'impression que des siècles me séparaient de ces évènements.

Esther avait pris la place d'Azraël à la tête du groupe, et il était à présent un vampire indépendant. Je ne savais pas ce que cela impliquait pour lui. Nous n'avions jamais réellement abordé le sujet depuis. Je n'arrivais donc pas à deviner ce qui se passait dans son esprit quand nous approchions du domaine. Toutefois, j'étais certaine qu'une partie de l'angoisse qui m'habitait provenait de sa personne.

Je fus surprise de découvrir que le portail d'entrée avait été remplacé. Il n'était plus possible de distinguer quoi que ce soit à travers tant il était opaque et haut en comparaison avec son prédécesseur. Azraël arrêta la voiture au niveau d'un boîtier métallique avant d'ouvrir la vitre et d'appuyer sur un bouton. Une voix se fit entendre via le haut-parleur.

— Qu'est-ce que c'est ?

— À qui est-ce que je parle ?

— À qui est-ce que moi, je parle ? dit la voix nasillarde.

Azraël soupira.

— J'ai été invité.

Le silence dura quelques secondes avant que le portail s'ouvre. Azraël fit entrer le véhicule à l'intérieur de l'enceinte du domaine en marmonnant des mots incompréhensibles. Il n'était visiblement pas ravi de cette nouveauté.

À cette heure de la nuit, l'endroit était parfaitement paisible et endormi. Je supposais que seuls quelques vampires et une poignée d'humains à leur service devaient encore être éveillés. Sauf si Esther avait modifié en profondeur le fonctionnement du lieu.

Aucun comité d'accueil ne nous attendait devant l'entrée du petit manoir, contrairement à ce à quoi je m'étais préparée. J'avais beau regarder autour de moi en fermant la portière de la voiture, je ne discernais personne aux alentours.

— On a rendez-vous où, exactement ?

— Vicky m'a dit qu'on allait chez Esther, marmonna le vampire entre ses dents serrées.

Nous montâmes la volée de marches jusqu'au perron, et Azraël ouvrit la lourde porte sur une obscurité presque totale. Il se saisit de ma main, et me guida alors que je ne distinguais rien. J'entendis un déclic, et je sus qu'il venait d'activer le mécanisme secret qui permettait d'accéder à son ancien loft, dans le sous-sol. La cloison bougea, et une lumière faible et vacillante, caractéristique d'un éclairage à la bougie, apparut. Je suivis le vampire dans l'escalier en colimaçon qui descendait jusqu'au salon.

Des dizaines de photophores et de lanternes étaient allumés partout dans la pièce. J'avais oublié à quel point la nouvelle occupante s'était approprié le lieu. La voix d'Esther me sortit de ma contemplation.

— Oh ! Azraël, Lena, je suis ravie de vous voir !

Son timbre était d'une douceur infinie. Clairement, elle avait besoin de nous et elle nous le faisait savoir.

— Esther. J'aimerais te dire que le plaisir est partagé, mais ce serait mentir, fit Azraël d'une voix plus sourde que d'habitude.

— Bonjour Esther ! Ça fait un bail ! m'exclamai-je avec beaucoup plus d'entrain que nécessaire afin de contrebalancer la réaction d'Azraël.

Elle se leva de son fauteuil doré et vint à ma rencontre. Elle ressemblait toujours à une de ces statues antiques qui ornaient les temples grecs ou romains. Ses cheveux bruns cascadaient jusqu'à ses hanches, contrastant avec sa peau d'un blanc immaculé. Elle semblait taillée dans du marbre. Ses yeux étaient maquillés au khôl, et ses lèvres brillaient d'un rouge sang éclatant, même dans la lueur des bougies. Elle portait une longue robe portefeuille d'un bleu sombre. Le ruban argenté qui la maintenait fermée faisait écho aux chaînes métalliques qui servaient de bretelles. Comme d'habitude, elle était époustouflante. Alors que je me tenais sur la dernière marche, elle prit mes mains dans les siennes et me détailla de son étrange regard doré.

— Ma chère Lena, comment vas-tu ?

— Bien, merci.

— Je suis désolée que nous nous rencontrions une fois de plus dans des circonstances pour le moins... désagréables. Crois-moi.

Ses yeux tentaient de passer à travers moi, comme pour me convaincre de son sentiment, pour m'instiller une dose de calme, de sérénité. J'avais déjà détecté ce phénomène plusieurs fois depuis en sa présence, mais là, j'eus l'impression de le sentir physiquement. C'était comme si quelque chose de brumeux essayait de traverser ma peau et peinait à se frayer un chemin.

— Je m'attendais à voir Vicky, dis-je en résistant comme je le pouvais à ce pouvoir.

Je me défis de son étreinte et finis de descendre les escaliers pour rejoindre Azraël qui s'était installé dans le petit canapé. Après tout, j'étais dans son camp à lui, alors autant serrer les rangs.

— C'est vrai ça. Vicky n'est pas là ? demanda-t-il.

Esther apparut soudain dans le fauteuil doré qui nous faisait face. Je restai stupéfaite un instant et elle afficha un sourire satisfait qui dévoilait la pointe de ses canines. C'était une démonstration de pouvoir, de puissance, et visiblement, elle avait atteint son objectif.

— Allons, ne me fais pas croire que tu ne t'es pas encore habituée, se moqua-t-elle.

Elle s'amusait vraisemblablement comme une folle. Je ne savais pas comment répondre à son attaque qui ne semblait pas en être réellement une.

— Vicky ! la pressa Azraël.

— Oui, oui. Je suis là !

6

Notre future cliente fit son apparition depuis l'escalier qui descendait vers les chambres. Vêtue d'un pantalon noir à taille haute et d'un chemisier à fleurs, elle paraissait bien terne à côté de la maîtresse des lieux.

Esther croisa ses jambes et appuya ses coudes sur son genou. Sa tête reposait dans ses mains aux ongles dorés et son regard était fixé sur moi alors qu'elle s'adressait à Azraël.

— J'ai cru comprendre qu'elle avait fait appel à vos... services concernant son ancienne maison.

— Je ne vois pas en quoi cela te concerne. Pourquoi est-ce qu'elle est là, Vicky ?

Elle vint se placer à la droite d'Esther, une main sur le dossier de son fauteuil. Ses yeux étaient pointés sur moi, et un sourire malsain se dessinait sur ses lèvres. J'avais la vilaine impression d'être une bête de foire face à ces deux femmes qui me fixaient avec autant d'intensité.

— Il est possible que ce que je vous ai raconté ne soit pas le seul souci que nous ayons à régler là-bas...

Les intonations de sa voix étaient aussi abruptes que dans mon souvenir. Rien chez elle ne semblait agréable, à part son apparence. De belles boucles blondes encadraient son visage aux courbes élégantes. Elle ressemblait un peu à une de ces poupées en porcelaine collectionnées par certaines grand-mères. Toutefois, dès qu'elle bougeait ou parlait, la perfection qui caractérisait tous les vampires que j'avais rencontrés jusqu'ici s'effondrait. Elle paraissait totalement dépourvue de la moindre grâce, du moindre charisme. L'espace d'un instant, je me demandai si cela dépendait de son entourage lors de sa transformation. Après tout, elle n'était pas issue de la même communauté qu'Esther, Darius et Azraël. Ces trois-là se connaissaient depuis fort longtemps et dégageaient une impression commune de finesse. Vicky, à côté, semblait être quelque chose de plus brut, de plus barbare... Les vampires de St. Lucie étaient-ils tous bâtis sur le même modèle qu'elle ?

— Quel genre de soucis ? demanda Azraël alors que personne ne disait rien depuis quelques secondes.

— J'ai envoyé Darius informer tous les villages de l'État du... changement de propriétaire ici. Les anciens camarades de Vicky n'ont pas particulièrement apprécié la nouvelle...

— Tu développes ?

Azraël semblait détaché, comme s'il n'avait rien à faire des explications d'Esther. J'avais pourtant intercepté malgré moi une pointe de douleur quand Esther avait mentionné Darius. Il était agité, inquiet, mais cachait bien son jeu, sa voix ne laissant rien transparaître.

— Il y a deux jours, Soren m'a contactée. Je n'avais pas la moindre idée de qui il s'agissait, dans un premier temps. Je dois avouer que j'ai donc refusé de recevoir son messager. Cela n'a pas dû lui plaire, car un autre s'est présenté hier soir à l'entrée. Armé d'un arc, il a décoché une flèche enflammée sur la porte du réfectoire. Je vous laisse imaginer le grabuge que tout cela a causé... Ton habileté au formatage de pensées nous aurait été fort utile ! Nous avons fini par réussir à calmer tout le monde et j'ai reçu l'envoyé de Soren après que Vicky m'ait rafraîchi la mémoire.

— C'était une déclaration de guerre ?

— Plutôt une déclaration d'indépendance, je dirais. La messagère a insisté pour te parler, et a semblé fort déçue d'apprendre que tu ne vivais plus ici.

— C'était Karyna, précisa Vicky.

Azraël se crispa si violemment que j'eus l'impression qu'il sursautait. Peut-être était-ce le cas.

— Ils refusent de reconnaître ma position de leader à l'échelle de l'État, reprit Esther comme si de rien n'était. Leur allégeance reste envers Morgane, à qui ils comptent faire remonter mon abus de pouvoir.

— Et en quoi cela concerne notre affaire ? demandai-je. J'ai l'impression qu'on s'éloigne un peu du sujet, non ?

Le regard d'Esther vint à nouveau se poser sur moi, s'ajoutant à celui de Vicky qui n'avait pas cillé de toute la conversation.

— C'est que Darius n'est toujours pas revenu...

— Ils retiennent Darius ?

Azraël s'était levé et sa voix avait blessé mes tympans. Je sentis mon pouls s'accélérer alors qu'un nœud d'angoisse se formait dans ma poitrine. J'eus immédiatement la certitude que ce n'était pas ma réaction, mais celle d'Azraël. Je ressentais clairement son agitation face à cette nouvelle. Il était bouleversé.

— Oui, reprit Esther. Avant qu'on entre dans le vif du sujet...

Esther se leva et glissa jusqu'à la porte de la cuisine qu'elle entrouvrit.

— Un café ! ordonna-t-elle avant de se tourner vers moi. Tu prends du sucre, Lena ?

— Je... euh... Non, merci.

— Un café noir, alors. Et des amuse-bouches.

Je n'en revenais pas qu'elle ait pensé que je pouvais avoir faim ou soif. Je lançai un regard interrogateur à Azraël qui haussa les épaules. Il était visiblement aussi étonné que moi.

Elle s'installa à nouveau dans son fauteuil doré et attendit. Tout le monde fit de même, jusqu'à ce qu'une jeune femme qui ne devait pas avoir vingt ans passe la porte avec un plateau dans les mains. Rousse, ses longs cheveux bouclés étaient attachés par des rubans en couettes enfantines. Vêtue d'une robe composée de volants et de froufrous noirs recouverte d'un tablier blanc orné de dentelles, elle ressemblait presque à une parodie de soubrette sortie d'un dessin animé japonais.

Elle déposa son plateau sur la table basse devant moi avant de disparaître aussi vite qu'elle était venue, sans dire un mot. J'ouvris la bouche, et Azraël secoua la tête, me faisant comprendre que ce n'était pas le moment de poser des questions. Mais il était trop tard pour que je m'arrête.

— Qui c'est, cette jeune fille ?

— C'est quelqu'un qui s'occupe des choses que je n'ai pas à faire...

Son ton hautain était sans équivoque. Je faisais apparemment preuve d'une stupidité avancée. Je me mordis la langue pour ne pas demander s'il s'agissait d'une esclave, devinant que je risquais de causer un réel incident diplomatique si je persévérais dans cette voie. Je pris donc la tasse sur le plateau où étaient également posées trois minuscules soucoupes chargées de guimauves, de chocolats, et de biscuits. J'hésitai un instant à porter la boisson à mes lèvres.

Je ne craignais pas vraiment que le café soit empoisonné. C'était déjà arrivé, et je me doutais qu'Esther n'utiliserait pas deux fois le même stratagème. Je restais tout de même méfiante. Azraël m'avait prévenue qu'elle était une personne mauvaise, alors qu'elle me donnait l'impression de finalement m'apprécier.

— Alors ? Qu'avez-vous trouvé qui nécessite que vous en parliez avec notre chère Vicky ? reprit notre hôtesse dès que j'eus avalé une gorgée de café chaud.

Mon regard croisa celui d'Azraël. Mon cœur battait toujours beaucoup trop vite, et je sus qu'il ne s'apprêtait pas à se lancer dans un exposé sur la criminalité à St. Lucie avant même qu'il n'ouvre la bouche.

— Est-ce qu'on peut revenir deux secondes au fait que Darius a été kidnappé ?

Je vis la main de Vicky se crisper sur le fauteuil doré. Cette information lui causait à elle aussi de vives émotions. Elle tenait à Darius et s'inquiétait de son sort. Cela semblait confirmer ce que j'avais compris concernant leur relation.

— Que veux-tu qu'on te dise ? Ils retiennent Darius, et ils ne nous le rendront que sous certaines conditions.

— Même pour les kidnappings de vampires, il y a des demandes de rançon ? m'étonnai-je en prenant un petit carré de chocolat.

— Si tu penses à une rançon en argent, tu te plantes, intervint Vicky avec un air méprisant.

— Et qu'ont-ils demandé ?

Je sentais l'angoisse d'Azraël aller *crescendo*. Il possédait des informations sur la situation que je n'avais pas, c'était la seule explication. Je savais que Darius et lui étaient proches, mais depuis sa trahison et son implication dans la prise de pouvoir d'Esther, nous n'en avions pas reparlé. J'avais vraiment l'impression qu'il ne s'inquiétait pas simplement parce que son ami était entre les mains d'autres vampires.

La mise à mort de l'un des leurs constituait un crime, et je me doutais donc que Darius ne courait aucun réel danger. Toutefois, l'état de stress d'Azraël, cette urgence qu'il ressentait, me laissait présager quelque chose de grave.

Je posai une main sur la cuisse d'Azraël, et il la prit dans la sienne sans la serrer trop fort. J'eus l'impression que ce simple geste l'aida à se détendre un peu.

— Ils te veulent toi, et elle.

Vicky me désigna d'un mouvement de menton dédaigneux. Esther inversa le croisement de ses jambes et me regarda alors que l'information mettait du temps à parvenir jusqu'à mon cerveau.

— Comment est-ce qu'ils savent qui elle est ? Ils ont dit son nom ?

Azraël avait serré ma main plus fort en posant ces questions. C'était lui qui me rassurait à présent, et non plus l'inverse.

— Les termes employés ont été « la mort et la créature qui s'y est liée ».

Esther avait pris une voix théâtrale pour déclamer cette étrange citation.

— La mort ? intervins-je, dubitative.

Esther et Vicky se mirent à rire doucement. Azraël se tourna vers moi, également hilare.

— Tu ne vois vraiment pas ?

Non, je ne comprenais pas en quoi Azraël pouvait représenter la mort. Esther prit la peine de m'expliquer.

— Certaines cultures, certaines religions font de l'archange Azraël l'ange de la mort...

— Oui, mais de la part de Soren, c'est particulièrement ironique, compléta le principal intéressé.

Depuis que je l'avais rencontré, je n'avais pas fait la moindre association entre son nom et l'archange en question. Probablement parce qu'il ne semblait pas représenter une quelconque incarnation de la mort à mes yeux... Je me sentais extrêmement bête de ne pas y avoir songé avant. Je n'eus pas le temps de continuer à m'attarder sur mon malaise et ma stupidité : Azraël avait déjà relancé la conversation.

— Comment peuvent-ils savoir pour le lien ?

— Je pense qu'ils ont torturé notre Darius, cher Azraël. Ou alors il y a une taupe au sein du domaine, mais la totalité des personnes qui sont au courant sont dans cette pièce, si je ne me trompe pas...

Azraël se redressa et commença à faire les cent pas autour du canapé. Comme cela lui arrivait fréquemment, je m'y étais habituée. La rapidité avec laquelle il se déplaçait me causait toujours un léger malaise, mais j'en faisais de mieux en mieux abstraction. Esther se leva à son tour, et vint s'asseoir tout contre moi, prenant à nouveau mes mains dans les siennes.

— As-tu découvert ton identité ?

Cette phrase était d'une incohérence folle, mais elle portait également des promesses de choses qui me déplaisaient.

— Je suis toujours moi, répondis-je sèchement.

Le regard de Vicky se fit encore plus scrutateur. Si elle avait pu, elle m'aurait disséquée pour découvrir ce que j'étais, j'en étais persuadée.

— Ne fais pas l'enfant, tu sais très bien de quoi je parle !

— En quoi est-ce tellement important ? Je ne peux pas être simplement moi ? Être humaine ?

— Nous savons tous que tu ne l'es pas. Puis-je te poser une question ?

— Allez-y.

— En quoi la simple idée que tu ne sois pas entièrement humaine te dérange-t-elle autant ?

La question était intéressante, et je n'avais toujours pas pris le temps d'y penser calmement. Je réfléchis quelques instants. Je sentais le regard d'Azraël qui pesait sur moi. Je me doutais qu'il se retenait de m'interroger frontalement, mais qu'il était tout aussi curieux de ma réponse qu'Esther.

— Je suppose que cela me fait peur, en grande partie, commençai-je.

— Qu'est-ce qui te fait peur, exactement ?

J'hésitai. C'était à la fois très simple et très complexe, mais surtout terriblement personnel. Toutefois, je savais qu'ils ne me laisseraient pas tranquille tant que je n'aurais pas répondu.

— Me rendre compte que je me suis trompée sur quelque chose d'aussi basique, d'aussi... évident. Je ne sais pas si j'arriverai à y faire face.

Ma gorge se serra et je pris un instant pour déglutir, les yeux baissés. Soutenir son étrange regard doré alors que j'admettais mon impuissance face à moi-même m'était impossible. La pression des mains d'Esther se fit plus insistante, et je sentis son pouce faire comme des ronds sur ma peau.

— Tu as encore un peu de mal à assimiler la totalité des changements survenus depuis que tu t'es liée à ce cher Azraël, n'est-ce pas ?

J'acquiesçai d'un mouvement de tête. La caresse d'Esther était agréable et j'essayai de me concentrer dessus pour ne pas me mettre à pleurer. Je regardais l'ongle doré de son pouce aller et venir sur le dos de ma main. Azraël s'approcha et s'accroupit devant moi. Il effleura ma joue et je levai mes yeux vers son visage. Un sourire triste l'habitait.

— Je suis désolé d'avoir mis le bazar dans ton existence, Lena. Vraiment.

— Pourquoi tu ne lui as pas effacé la mémoire ? intervint Vicky. Si c'est si dur pour elle, pourquoi tu la tortures comme ça ?

— Non ! Je ne veux pas !

Ma voix sonna beaucoup plus aiguë que je l'aurais souhaité, mais c'était un cri du cœur. Je ne voulais pas perdre ces souvenirs. Certes, toutes ces choses étaient difficiles à assimiler. J'étais pourtant persuadée que cela tenait essentiellement au fait que je n'avais pas pris le temps, d'y penser, d'y réfléchir réellement. Je me trouvais face à un immense puzzle dont je ne détenais pas l'intégralité des pièces pour l'instant. Je devais découvrir celles qui me manquaient.

— Elle est submergée, mais elle veut faire face, expliqua Azraël à ma place. Quand elle s'est liée à moi, elle a été embarquée dans un tourbillon d'évènements qui n'a pas cessé depuis. Elle doit juste arriver à reprendre son souffle. Je suis certain qu'elle en est capable.

La métaphore était parfaite. Je souris doucement à Azraël. Il savait ce que je ressentais, ce que je souhaitais, certainement mieux que moi-même, et il le respectait. Je ne pourrais jamais le remercier assez pour tout cela. Esther, quant à elle, me fixait avec une pointe de malice dans le regard que je ne lui connaissais pas.

J'aurais aimé lui demander ce qui l'amusait autant, mais ce n'était pas le moment. Nous avions des choses beaucoup plus importantes à régler, selon moi. Je décidai donc de remettre la conversation sur ses rails d'origine.

— Est-ce que l'enlèvement de Darius peut nous aider dans toute cette histoire de disparitions et de meurtres ?

Azraël prit le temps d'exposer nos découvertes ainsi que ma théorie concernant le fait que le nombre de victimes était probablement sous-évalué. Esther était retournée à son fauteuil. Elle tapotait ses ongles contre l'accoudoir comme si le sujet l'ennuyait profondément.

— Si je comprends bien, vous pensez que ce n'était pas qu'une impression ? demanda Vicky. Ils semblent bien s'en prendre à la population locale ?

— Tirer ce genre de conclusion est peut-être un peu hâtif, expliquai-je. Rien ne laisse deviner que les vampires sont derrière tout ça. Peut-être que si on faisait le même travail à l'échelle d'une autre ville, on obtiendrait à peu près la même chose, avec beaucoup plus de crimes dans les quartiers chauds... Ça me paraîtrait normal.

— Et alors ?

— Et alors, on doit vérifier si les vampires sont impliqués. C'est pour ça qu'on voulait te voir, expliqua Azraël. Il faut qu'on trouve un moyen de savoir ce qui se passe là-bas. Mais avant toute chose, tu dois nous raconter tout ce que tu sais.

— Ça fait des années que je n'ai pas mis les pieds là-bas...

— Tu as eu accès à des informations, puisque tu t'es inquiétée. Qu'est-ce qui t'a mis sur la piste ? Mais surtout, tu dois m'expliquer, enfin... nous expliquer pourquoi tu es partie. Que faisaient-ils qui allait autant à l'encontre de tes principes ?

Vicky baissa la tête et le rideau blond de ses cheveux vint masquer son visage. Ses épaules s'étaient affaissées.

— Il va falloir que je m'asseye...

Esther siffla, et cela me rappela une expérience désagréable. La dernière fois, une prisonnière entravée de chaînes avait été amenée. Cette fois-ci, il n'en fut rien. La jeune fille rousse qui m'avait apporté à boire entra et se planta devant la porte de la cuisine.

— Que voulez-vous, Maîtresse ?

— Donne une chaise à Vicky.

— Bien, Maîtresse.

La servante d'Esther fit une petite révérence avant de quitter la pièce. Elle revint quelques secondes plus tard avec un fauteuil rembourré qu'elle glissa derrière Vicky. Celle-ci se laissa tomber dedans alors que la jeune fille repartait.

Ainsi avachie, elle semblait avoir perdu le peu de prestance qu'elle dégageait habituellement. Les genoux écartés dans une attitude toute masculine, appuyée contre le dossier, la tête en arrière, sa pose était d'une vulgarité sans nom en comparaison avec les gestes élégants d'Esther.

— Bon, je commence par où ?

— Le commencement me paraît être une bonne idée, lui répondit Azraël avec sarcasme.

Vicky prit une grande inspiration.

— Quand Soren a quitté sa Scandinavie natale parce qu'il avait été sélectionné pour devenir un fondateur, j'ai été étonnée qu'il me prenne comme bras droit. C'est un de ses plus fidèles lieutenants qui m'a transformée, mais lui, je le connaissais peu finalement. Il m'avait fait venir plusieurs fois pour utiliser mes pouvoirs, mais n'avait jamais manifesté le moindre intérêt pour ma petite personne au-delà de ça.

« Bref, j'étais honorée, et j'ai pris mon rôle à cœur. Je sais que pour la plupart des gens, Soren, c'est un corps de Viking avec une personnalité de bisounours, mais j'ai été surprise de voir qu'il avait sa propre vision, ses propres objectifs. Quand on est arrivés ici, il a voulu s'installer en ville, plutôt qu'en pleine campagne. Il pensait que les villes étaient bien plus attrayantes pour les mortels, et que ça lui faciliterait la tâche de recrutement. Il pensait aussi que l'argent était capable de faire des miracles.

— Et la pollution ? Et le contrôle de la nourriture ? demanda Azraël.

— Il offrait de l'argent en échange de la venue au manoir. Une fois sur place, notre invité était nourri, logé et blanchi. En une ou deux semaines, son sang était déjà bien meilleur. Bon, je dois avouer qu'en comparaison de ce qu'on a à se mettre sous la dent ici, ce n'était franchement pas fantastique, mais bon... Soren n'a jamais eu le souhait de conserver d'immenses pouvoirs. Il voulait juste vivre une vie paisible et confortable. Point. Donc cette qualité-là lui suffisait, et à nous aussi.

« Un jour, il y a de ça environ quinze ans, un autre de ses lieutenants que tu connais bien, Karyna, a commencé à manquer certaines réunions. Mes assistants m'ont rapporté qu'il y avait eu des travaux dans le manoir récemment, et que personne n'était au courant de ce que c'était. On s'est rendu compte qu'elle faisait des choses sans notre accord, mais je ne m'en suis pas souciée plus que ça. Ça ne semblait pas important, tu vois. Elle agrandissait une aile du manoir, soit... Mais quand j'ai fini par en parler à Soren, il a eu l'air de s'inquiéter.

« Il a eu une discussion houleuse avec Karyna, et ils en sont venus aux mains. Elle l'a presque totalement drainé de son sang et laissé pour mort. Quand je l'ai trouvé, il ressemblait à une vieille momie décharnée. J'ai cru qu'elle l'avait tué. Mais ensuite, une fois remis, il a minimisé ce qui s'était passé, prétextant que Karyna avait toujours été un peu impulsive, qu'elle n'avait pas vraiment voulu lui faire de mal.

« Quelque temps après cet évènement, il m'a gentiment expliqué que je ne serais plus sa seconde, et que Karyna allait prendre ma place. Bon, ça m'a vexée, hein, mais je n'ai rien montré, et j'ai continué à faire ce qu'on me demandait de faire. De nouvelles règles ont été instaurées pour l'attribution du sang, et Karyna a aussi commencé à transformer beaucoup plus de monde. Le nombre de vampires dans le manoir n'arrêtait pas d'augmenter, mais pas nos réserves. Quand on m'a refusé plusieurs jours d'affilée la moindre goutte de sang, j'ai compris qu'elle souhaitait se débarrasser de moi.

« J'ai voulu voir Soren quand elle m'a dit qu'il était parti pour une réunion avec Morgane dont je n'avais jamais entendu parler. J'ai alors eu la certitude que Karyna me mettait clairement à l'écart, et j'ai préféré partir de moi-même. Ça m'a fait mal, mais c'était ça ou mourir de soif. Darius m'a dit que tu serais d'accord pour m'accepter, et je suis venue te demander de m'accueillir.

7

Le silence s'installa après le long monologue de Vicky. Une foule de questions me taraudait, mais je n'arrivais pas bien à voir leur utilité dans l'affaire qui nous intéressait. Je ne connaissais pas bien les us et coutumes vampiriques. Je n'avais donc pas la moindre idée de quels détails pouvaient s'avérer pertinents. Elle n'avait rien mentionné concernant des personnes séquestrées ou assassinées, contrairement à ce qu'Azraël m'avait expliqué.

— D'où te vient l'info pour les disparitions ?

Vicky se redressa un peu pour nous faire face. Ses yeux paraissaient rougis.

— J'ai reçu une lettre anonyme.

— Une lettre anonyme ! Par pigeon voyageur ? demandai-je, incrédule.

Vicky soupira.

— Un coursier me l'a apportée ici. Il s'est présenté à l'entrée avec un pli à mon nom complet.

— C'était un autre vampire ?

— Non, un humain. Je n'ai détecté aucune trace de manipulation ou de magie chez lui. Il était juste terrifié, rien de plus.

— Tu as encore la lettre ?

Vicky se tordit pour passer sa main dans son dos. Elle en sortit une enveloppe beige froissée. Elle l'ouvrit et nous tendit la missive. Je la dépliai pour la lire. L'écriture était manuscrite, un peu maladroite.

Victorina,

Il y a des choses anormales qui se déroulent à St. Lucie. Je prends un risque en t'envoyant cette lettre. Des mortels entrent dans le manoir, mais personne ne semble en sortir. Beaucoup de cadavres commencent à s'entasser depuis un moment. Ceux qui ont tenté d'en savoir plus ont été éconduits par Karyna, et ceux qui ont insisté ont tout simplement disparu. Je m'inquiète. J'ai peur, je pense que nous sommes en danger. Viens nous aider, je t'en supplie.

— Elle n'est pas signée, fis-je remarquer en la passant à Azraël pour qu'il puisse la lire à son tour.

— J'ai dit qu'elle était anonyme, cracha Vicky.

— Tu as une idée de qui peut te l'avoir envoyée ? intervint Azraël.

— Là-bas, peu de gens connaissent mon nom complet à l'exception de Soren. Mais il a pu lui échapper dans n'importe quelle conversation. Je ne vois vraiment pas qui pourrait m'appeler comme ça...

— Tu es restée en contact avec certaines personnes ? demandai-je.

— Non. Je n'ai pas remis un pied à St. Lucie depuis mon départ.

— Et il y en a qui savent que tu es ici ?

— Je n'en sais rien, répondit Vicky en se recoiffant. On ne s'est jamais cachés avec Darius, et tout le monde connaît sa relation avec Azraël donc...

— Mouais... Pourquoi t'écrire à toi, et pas à Azraël directement, ou à Morgane ?

— Qu'est-ce que j'en sais, moi ?

— Fais un effort, Vic, lui demanda Azraël avec une douceur presque forcée. C'est important.

— Ça doit être quelqu'un qui m'a connue quand j'étais encore la seconde de Soren. Je n'ai pas d'autre idée.

Je repris la lettre des mains d'Azraël pour la relire. Quelque chose me chiffonnait.

— Je ne comprends pas bien comment tu as interprété cette lettre en « meurtres et disparitions ».

— C'est marqué qu'il y a des cadavres, et que les gens ne ressortent pas du manoir !

Vicky détacha le moindre de ses mots, totalement sur la défensive, comme si je l'accusais de quelque chose.

— Calme-toi, intervint Esther qui n'avait rien dit depuis le début. Lena est là pour t'aider. Tu n'es pas obligée de l'agresser de la sorte !

Vicky, avec une moue boudeuse, détourna le regard et je compris qu'elle n'avait pas envie de me voir, elle non plus. Toutefois, j'avais un travail à faire, aussi j'insistai et continuai à poser mes questions.

— Quel rapport avec les rumeurs dont Azraël a parlé ?

— Quelles rumeurs ?

— Les gens élevés comme du bétail pour leur sang, contre leur volonté. Le fait que vous leur proposiez de devenir des vôtres pour les attirer dans vos filets.

Vicky se leva d'un bond et fit un grand geste catégorique de la main.

— C'est impossible !

— Il a même parlé de boire du sang de bébé, ajoutai-je.

— Je n'ai jamais entendu de telles choses, s'exclama Vicky. Jamais. C'est n'importe quoi !

— Ce sont des rumeurs qui courent depuis un moment, pourtant, expliqua Azraël. Même avant que tu quittes Soren.

— C'est ridicule ! Pourquoi tu ne m'as jamais demandé quoi que ce soit à ce propos ?

— Tu avais l'air abattue quand tu es venue. Je ne voulais pas remuer le couteau dans la plaie. Et je ne pensais pas Soren capable de tels agissements. Je m'imaginais que c'était n'importe quoi... Mais il faut avouer qu'avec ce que nous savons maintenant, tout prend une autre dimension...

Vicky se rassit et pencha la tête.

— Donc vous pensez que ces rumeurs sont fondées. C'est ça ?

Azraël acquiesça et je haussai les épaules.

— Je trouve inquiétant que tu ne te sois rendu compte de rien, expliquai-je comme pour justifier mon hésitation.

— Il se passait beaucoup de choses, et je m'occupais de ce que j'avais à faire, c'est tout.

— Et, à aucun moment, tu ne t'es posé de questions, ou tu as eu le moindre doute ? insista Azraël. Même pas quand Karyna a attaqué Soren ?

Vicky haussa les épaules à son tour.

— Si, bien sûr. J'ai eu des doutes, mais jamais je n'ai imaginé qu'elle puisse faire disparaître des gens à tour de bras. Les chiffres que vous avez trouvés font froid dans le dos. Peut-être que cela s'est fait progressivement, et je n'ai rien vu...

Esther se leva de son fauteuil, et fit quelques pas jusqu'à une bibliothèque où elle prit une petite statuette pour la faire jouer entre ses doigts.

— Nous avons plusieurs problèmes et il va nous falloir trouver ce que nous pouvons faire...

— Tu sais, ça, on l'avait compris. Tu n'as pas un truc plus intelligent à dire ?

Les mots d'Azraël suintaient d'animosité et de mépris. Il lui en voulait toujours de lui avoir volé sa maison et son domaine.

— Ne sois pas stupide, Azraël. Tu sais bien que ce n'était qu'une introduction. Je disais donc, nous avons plusieurs problèmes. Le premier est que quelqu'un, chez Soren, se sent assez en danger pour prendre le risque de contacter l'extérieur. Le second est que, si on se fie aux données que nous avons, cette communauté ne dissimule pas bien ses actions. Le troisième souci est qu'ils ont Darius, et qu'ils ne le libéreront que si je vous livre toi et Lena. Et le quatrième souci est qu'il est possible que ce qui se passe dans le quartier et ce qui se passe chez Soren ne soient peut-être pas liés. Auquel cas, si nous les attaquons frontalement et que nous avons tort, les répercussions peuvent être très graves.

Je fus quelque peu rassurée qu'Esther préfère se montrer prudente sur les conclusions à tirer, tout comme moi. Après tout, ce n'était pas parce que deux problèmes avaient lieu au même endroit qu'ils étaient forcément liés, malgré le fait que tout le laissait penser. Nous devions garder à l'esprit que d'autres explications étaient toujours possibles.

— Quelqu'un a une idée de ce que nous pouvons faire ? demanda Vicky après quelques secondes.

— Il faudrait en avoir le cœur net et nous assurer que les vampires sont bien derrière tout ça. Je pense que c'est la première chose à faire, proposai-je. Peut-être que Vicky peut se renseigner...

— Mais ça va pas la tête ? Je ne peux pas y retourner et poser des questions, mine de rien !

— Vicky a raison, intervint Azraël en se laissant tomber dans le canapé. Ce serait beaucoup trop suspect, et cela ne fonctionnerait pas, surtout si elle n'est plus la bienvenue là-bas. Donc, tu ne peux pas y aller, moi non plus, et Esther... On n'en parle même pas ! Et puis il y a le souci de Darius à prendre en compte aussi...

— Vous séchez complètement, si je comprends bien.

— Merci, Esther, de nous éclairer de tes lanternes ! Oui, on sèche. J'avais pensé que Vicky pourrait nous donner une piste, un angle d'attaque, quelque chose...

— À part tenter de prévenir Morgane en espérant qu'elle fasse quelque chose... proposa Vicky.

— Tu crois que tu as assez d'éléments pour que cette maudite bécasse lève son Royal Popotin ?

Les mots d'Esther me laissèrent bouche bée. Malgré l'amusement que me causaient les termes qu'elle avait employés, je devinais une sorte de mépris de sa part envers sa Reine. Il faudrait que je questionne Azraël à ce sujet.

— Je pense que si on lui dit que la police est sur le coup, cela l'inquiétera, dit Azraël. Attirer l'attention des mortels sur nos agissements est contraire à sa doctrine, si mes souvenirs sont bons.

Esther hocha la tête. Il devait l'avoir convaincue.

— J'aimerais autant qu'elle ne soit pas impliquée...

— Comme c'est étonnant !

La tension entre les deux vampires était palpable. Elle pulsait telles des vagues d'énergie qui m'oppressaient, me coupaient le souffle pendant la fraction de seconde qu'elles mettaient à me traverser. Je n'y avais pas prêté attention jusqu'à présent, trop occupée à réfléchir à comment nous sortir du bourbier dans lequel nous allions nous fourrer.

— Vous voulez bien arrêter vos conneries ? intervint Vicky en me désignant du pouce. Vous allez nous la tuer...

Azraël s'excusa, et l'air sembla retrouver sa légèreté habituelle.

— Merci, fis-je, aussi bien à l'attention des fautifs que de Vicky.

J'étais surprise qu'elle ait fait quelque chose dans mon intérêt, et bien que je ne l'appréciais pas, je restais une personne polie.

— Ne me remercie pas. J'ai une idée. Et elle va te mettre en première ligne.

— Comment ça ?

Je sentis un frisson d'appréhension me parcourir des pieds à la tête. J'avais la certitude que je n'allais pas aimer ce que j'allais entendre.

— Nous n'avons qu'à vous livrer à eux comme ils le demandent, et vous pourrez voir ce qu'il en est...

Azraël pouffa et Esther me détailla comme pour mieux examiner ma réaction. Un sourire mauvais tordait les lèvres de Vicky, mais rien de bien inhabituel de sa part.

— Vous voulez qu'on s'infiltre dans un nid de vampires sanguinaires en tant que monnaie d'échange pour récupérer Darius, et qu'on se débrouille tous seuls une fois sur place, ou je me trompe ?

Cela me fit un bien fou de le dire tout haut. Elles nous mettaient volontairement en danger sans que cela semble les déranger.

— Tu as vraiment envisagé de dire « non » à ce plan ?

La question désinvolte de Vicky me surprit.

— Comment ça ?

— Allons, allons. Tu es une grande défenderesse des causes perdues ! Tu ne vas pas laisser des « vampires sanguinaires », comme tu dis, continuer à faire disparaître des gens !

— Aucun d'entre vous n'a donc le moindre doute ? Vous êtes persuadés que ce sont forcément les vampires qui sont derrière tout ça ?

Azraël et Vicky hochèrent la tête. Je me demandai si cela valait la peine de m'obstiner à tenter de rester neutre. De toute façon, ce n'était pas comme si un tribunal allait me reprocher d'avoir mené une enquête à charge contre eux !

Je pris un instant pour réfléchir. Bien évidemment, je voulais que les disparitions et les meurtres cessent... Malheureusement, je ne voyais pas d'autre solution que celle proposée par les vampires. Toutefois, une question subsistait.

— Pourquoi est-ce que Soren me veut, moi ? Ou même toi, en fait... Je ne comprends pas.

Azraël soupira et Vicky me lança un regard choqué, comme si j'avais dit une grossièreté.

— Surtout qu'échanger Darius contre vous deux, ce n'est pas très équitable, fit-elle remarquer.

Tout le monde resta calme un long moment. Elle n'avait pas parfaitement tort.

— On en revient à la question de savoir comment ils ont appris pour le lien. Vous pensez vraiment qu'ils ont osé torturer Darius ?

— Si c'est le cas, ils ont pris des risques inconsidérés. Morgane pourrait les punir pour cela, souligna Esther.

— Tu as une date limite pour l'échange de prisonniers ? demanda Azraël.

Vicky et Esther partagèrent un regard qui ne me plaisait pas. Mon instinct me fit comprendre instantanément que nous avions un souci.

— Ils sont déjà là pour nous, c'est ça ? murmurai-je.

— Ils ne peuvent pas nous entendre, voyons ! fit Esther, visiblement amusée de ma réaction.

— Mais ils sont là quand même, conclut Azraël avant de venir vers moi. Qu'est-ce qu'on fait ?

Nous étions au pied du mur. Les vampires qui voulaient nous capturer patientaient quelque part. Nous ne sortirions pas libres du loft, c'était une certitude. Soit nous mettions au point un plan avant de nous rendre, soit ils nous emmenaient comme des malpropres.

— On a vraiment le choix ?

Mon ton sarcastique fit sourire Vicky. Ce n'était pas le but recherché, mais je pris note qu'elle semblait franche, pour une fois, et non ironique.

— Nous avons un peu de temps pour établir un plan, prévoir des choses, proposa Esther.

— Comme ?

— Nous mettre d'accord sur un délai à partir duquel j'envoie des renforts si je n'ai pas de vos nouvelles. Et mettre en place un dispositif de sécurité, peut-être.

— Un dispositif de sécurité ? demandai-je.

— Je pourrais placer un signal d'alerte en cas de grabuge, m'expliqua Vicky.

Je levai un sourcil interrogateur, mais je n'eus pas le temps de poser la moindre question. Azraël avait autre chose en tête.

— Si on se rend, cela risque de paraître suspect, non ? Qu'est-ce que tu leur as dit ?

— Que j'avais pris le pouvoir, et que j'allais trouver un moyen de te faire venir sur place.

— Ils savent que nous sommes en froid. Toutefois, je doute que tu puisses livrer deux personnes pour récupérer un lieutenant... Et ils penseront probablement la même chose. Le fait que tu nous livres ne sera donc pas crédible non plus. Je vais aller les provoquer, leur dire qu'ils doivent nous rendre Darius immédiatement, que c'est contre les lois vampiriques. Je suppose qu'ils ne me laisseront pas partir s'ils me voient. Personne ne saura que c'est du pipeau.

— Et pour Lena ? s'enquit Esther.

— Elle viendra avec moi. Ils penseront que je suis assez arrogant pour les attaquer et croire que je vais m'en sortir indemne. Je pense que ça peut marcher...

Le plan était bancal, mais on ne m'avait pas vraiment invitée à donner mon avis et je n'avais pas de meilleure idée à proposer.

— Tout le monde est d'accord avec ce plan ? demanda Esther en me regardant avec insistance.

— Je ne suis pas certaine qu'ils comprennent correctement le petit manège d'Azraël, expliquai-je.

— Nous sommes en train de parler de vampires dégénérés venus capturer quelqu'un. Je pense qu'ils vont interpréter cela comme étant une mission réussie tant que vous repartez avec eux.

Les mots d'Esther montraient qu'elle n'avait aucune considération pour les gens de Soren.

— Allonge-toi, m'ordonna Vicky en s'approchant.

J'ouvris de grands yeux, me demandant ce qu'elle allait encore me faire.

— Elle va placer une rune SOS, m'expliqua Azraël pour me rassurer.

— Je vais essayer de faire mieux que ça...

Elle commença à s'affairer. Ses mains passaient et repassaient au-dessus de mon torse en d'élégants mouvements qui me rappelaient les vagues de l'océan. Les paupières fermées, ses lèvres s'agitaient sans que je perçoive le moindre son. Elle fit de même au niveau de ma tête pendant quelques minutes supplémentaires. J'essayai de me maintenir immobile et calme, bien qu'elle ne m'ait pas donné d'instructions. Je n'avais pas envie qu'elle m'aboie dessus.

— Bon, j'ai fait tout ce que je pouvais, finit-elle par dire en s'étirant de tout son long. Force améliorée, mais peu. Résistance physique accrue, pas mal. Avec une meilleure résistance à la douleur. Et j'ai placé une rune SOS là.

Elle appuya son index sur mon sein gauche, juste au-dessous de la bordure de mon soutien-gorge.

— Malin, personne n'ira la chercher là... intervint Azraël.

— Si ça commence à sentir vraiment mauvais, tu tapes trois fois d'affilée dessus, comme ça.

Elle me montra, et un symbole étrange apparut, luisant en orange à travers le tissu de mon chemisier, avant de disparaître.

— Et si je l'active par accident en me lavant, ou en m'habillant ?

— Intéressant... Tu te tapotes souvent la poitrine ?

Vicky était hilare. Il était vrai que le mouvement nécessaire n'était pas très naturel... Je rougis à ma bêtise.

— Je pense qu'on est parés... conclut Azraël. Merci beaucoup, Vicky. Tu n'étais pas obligée...

Elle balaya de la main les remerciements d'Azraël et retourna sur sa chaise. Je me rassis et regardai les vampires autour de moi. Le moment de nous jeter dans la gueule du loup approchait.

— Bon, récapitulons une dernière fois, si vous le voulez bien, commença Esther. Azraël, je vais te donner la localisation des hommes de Soren. Tu vas aller les provoquer, et Lena te suit. Vous vous faites capturer. Essayez de ne pas être blessés dans la manœuvre. J'attends de vos nouvelles. Si dans quarante-huit heures, je n'ai aucun signe de vous, je vous envoie des renforts pour vous sortir de là.

— Là-bas, on s'assure qu'ils libèrent Darius, poursuivit Azraël. Et on tente de découvrir ce qu'ils font. Il faut qu'on trouve des preuves qu'ils tuent des gens, ou qu'ils les séquestrent, ou quoi que ce soit d'autre. Une fois qu'on sera fixés, on cherchera un moyen de mettre fin à tout ça.

— On risque quand même d'être traités en otages, me permis-je d'ajouter. Je ne suis pas sûre qu'on arrive à enquêter librement...

— Je vais essayer de nous faire libérer au plus vite. Je connais quelques personnes là-bas, et j'ai une certaine notoriété... J'espère arriver à en jouer...

La voix d'Azraël ne laissait pas transparaître autant d'assurance que d'habitude. Je sentis mes épaules se crisper à ce détail. Le plan consistait tout de même à nous faire capturer par des vampires que nous soupçonnions d'être de terribles créatures.

Je suivis Azraël en direction du bâtiment qu'Esther nous avait indiqué. D'après les informations qu'elle nous avait données, une dizaine d'hommes devrait nous y attendre.

Je n'étais vraiment pas rassurée. Azraël m'avait dit qu'il allait leur crier dessus et en malmener peut-être quelques-uns. Je devais rester en arrière, et quand ils viendraient pour m'attraper, je ne devais pas trop me débattre. Mon instinct me hurlait que cela n'allait pas être aussi simple.

Quand nous arrivâmes devant la porte, Azraël me lança un dernier regard et hocha la tête avec un tendre sourire. Je l'imitai en essayant de me rappeler qu'il était là, qu'il allait veiller sur moi. De plus, Vicky m'avait améliorée magiquement pour que je ne souffre pas trop s'ils me malmenaient. Cette éventualité me fit froid dans le dos.

Azraël poussa le battant du plat des deux mains et entra dans la maison.

— Où est Darius ? gronda-t-il.

Une poignée d'hommes bondirent pour nous faire face. Azraël en bouscula un de l'épaule en avançant. Je restai sur le pas de la porte.

— Qu'est-ce que vous lui avez fait ? J'exige que vous le relâchiez immédiatement !

Azraël continuait à se frayer un chemin entre les vampires de Soren. Leur allure était menaçante, mais aucun d'eux ne prit la parole.

Quatre d'entre eux formèrent un mur devant Azraël, l'empêchant de progresser dans le salon de la maison qui les hébergeait.

Ils étaient plus grands qu'Azraël, ce qui voulait dire qu'ils dépassaient probablement les deux mètres. Des tresses agrémentées de bijoux argentés décoraient leurs longues chevelures blondes. Torse nu, des tatouages complexes recouvraient leurs bras, et l'un d'eux arborait un impressionnant symbole sur la poitrine.

Ma première pensée fut d'avoir affaire à une version modernisée de Vikings. Je me rappelai alors que Vicky et Azraël avaient tous deux mentionné que Soren était scandinave. Se pouvait-il que ce soient des Vikings ?

Azraël tenta d'avancer, mais aucun des quatre hommes ne s'écarta.

— Dites-moi immédiatement où il est !

Sa voix grondait, et les vampires blonds l'entourèrent pour le bloquer complètement. Je le vis lever une main comme pour pousser l'un d'eux, et la situation dérapa.

D'un mouvement fluide, le Viking attrapa le bras d'Azraël et le tordit jusqu'à ce qu'il se retrouve immobilisé au sol. Cela ne lui avait même pas pris deux secondes, montre en main.

— Azraël !

Je portai ma main à ma bouche, à peine son nom avait-il franchi mes lèvres. Les guerriers ne m'avaient prêté aucune attention jusqu'à présent. Je sentis une force me pousser dans le dos, et je fus projetée en avant vers Azraël. Par miracle, je réussis à rester debout. Deux hommes maintenaient le vampire au sol. Il se tortillait comme un ver en gémissant pour essayer de se relever.

— C'est ceux qu'on nous a envoyés chercher ? demanda une voix derrière moi.

— Il semblerait, répondit celui à la poitrine tatouée.

Une main se posa sur mon bras, et je tentai de me dégager. Nous avions dit que nous n'allions pas trop résister, mais je n'allai quand même pas leur faciliter la tâche. Cela n'aurait pas été crédible. Je tirai pour essayer de me libérer quand un autre Viking se saisit de mon bras libre. Azraël releva la tête dans ma direction. Une grimace de rage déformait ses traits alors qu'il tentait de tendre une main vers moi. Les hommes m'attirèrent en arrière sans ménagement, comme pour nous éloigner.

— Veillez à ce qu'ils ne se touchent pas !

Une vive piqûre dans le cou détourna mon attention et j'aperçus que l'un des vampires tenait une seringue. Il m'avait injecté quelque chose. J'espérai que ce ne soit qu'un tranquillisant, et rien de plus grave. En l'espace de quelques battements de cœur, je sentis mon corps se détendre totalement, et je me coulai dans le sol, retenue par mes assaillants.

$$8$$

— Mademoiselle Lena, il faut te réveiller maintenant.

La voix était feutrée, un peu enjôleuse. Je ne savais
pas à qui elle appartenait, et je me forçai à lever mes
paupières pour distinguer mon interlocutrice. Un
carré bouclé blond encadrait son visage de poupée.
Deux petits yeux verts, maquillés de noir, pétillaient
et fixaient les miens. Ses hautes pommettes étaient
roses. Agenouillée à côté de moi, d'une main, elle me
caressait les cheveux.

Je me reculai un peu. Son corps était moulé dans
une sorte de combinaison de vinyle ou d'une autre
matière qui y ressemblait beaucoup. Une bande
recouvrait sa poitrine et une chaîne métallique la
reliait à son pantalon qui semblait peint à même sa
peau. Il fallait posséder une sacrée plastique pour
pouvoir se permettre de porter de tels vêtements. Son
sourire et son allure angéliques contrastaient avec sa

tenue. Je sentais que je devais me méfier de cette inconnue et me redressai contre la tête de lit.

— Je t'ai apporté ton petit-déjeuner. Mais il ne faudra rien dire à personne. Tu me le promets ?

Je me frottai les yeux afin de chasser les dernières brumes du sommeil.

Elle me désigna un plateau posé à même le sol, à quelques dizaines de centimètres. Je pouvais voir une corbeille de viennoiseries, un verre de jus d'orange, et une tasse blanche fumante.

— Promis. Merci, balbutiai-je.

— Bon appétit, alors !

Elle se redressa gracieusement et sortit de la salle. Le cliquetis caractéristique d'une serrure qui se ferme retentit derrière elle. Ainsi, j'étais prisonnière de ce lieu...

J'étais assise sur une sorte de natte de paille posée sur le sol de béton brut. L'endroit était si petit que je me demandai s'il s'agissait d'un placard ou d'une pièce à part entière. Si je m'allongeais et tendais les bras au-dessus de ma tête, je pouvais facilement relier les deux murs gris opposés, j'en étais certaine.

Combien de temps s'était-il écoulé depuis que les Vikings vampires nous avaient capturés ? Où était Azraël ? Et qui était cette jeune femme ? Pourquoi personne ne devait savoir pour la nourriture ? Mon cerveau formulait tout un tas de questions.

Je me décidai à manger. Si elle n'était pas supposée me donner de repas, autant profiter de celui-ci. Je devais être en forme pour faire face à toute éventualité. Et de toute façon, j'étais affamée. De longues heures devaient donc s'être écoulées depuis que j'avais grignoté dans le salon d'Esther.

J'appuyai mon dos contre le mur, et mangeai rapidement un croissant en buvant le café. Comme je n'aimais pas le jus d'orange, je le laissai en espérant que cela ne vexerait personne.

Une fois que j'eus fini, je repoussai le plateau avant de m'allonger. Ce n'était vraiment pas confortable. L'ampoule nue au plafond constituait la seule touche de couleur de ma cellule. J'essayai de me détendre, de me relaxer. Si Azraël était retenu non loin, peut-être arriverais-je à capter sa présence ou un message... mais rien ne venait. J'espérais que son plan fonctionne et qu'ils ne lui fassent pas trop de mal, que sa notoriété le protège. S'il s'était trompé sur cet aspect, nous étions condamnés.

Plus le temps avançait, et moins je réussissais à me concentrer sur le fil de mes pensées. Ma vessie était douloureusement pleine et j'avais l'impression que c'était la seule idée qui parvenait à persister plus de quelques secondes dans mon esprit.

La porte émit un cliquetis et s'ouvrit.

— Oh, le jus d'orange n'était pas bon ?

La jeune femme qui m'avait réveillée revenait me rendre visite.

— Je... Je n'aime pas ça, expliquai-je la gorge sèche.

Je ne savais pas combien de temps j'avais patienté dans ma cellule. Je commençais à avoir froid, ce qui n'aidait pas avec mon envie d'aller aux toilettes.

— Je dois aller aux WC, finis-je par dire alors que ma geôlière s'apprêtait à repartir avec le plateau.

Elle se figea un instant avant de me faire face.

— Ça va être compliqué...

— Je ne peux pas me retenir plus longtemps, et il n'y a rien ici pour que je puisse...

— OK, OK, me coupa-t-elle d'une voix pressée comme si elle ne voulait pas entendre la suite. Je vais vérifier qu'il n'y a personne...

Elle reposa le plateau dans l'angle de ma cellule et passa la tête dans l'entrebâillement de la porte. Après quelques secondes, elle me fit signe de me lever. Elle attrapa ma main et m'entraîna à toute vitesse derrière elle après avoir mis son index devant ses lèvres. Elle poussa une grille de fer, puis une autre, et me fit monter des escaliers. C'était tout juste si je parvenais à garder le rythme qu'elle m'imposait. Après avoir franchi deux portes, elle me lâcha enfin.

— Fais vite. S'ils savent que je t'ai laissée sortir, ils vont me faire du mal.

Sa voix était empreinte de crainte. Malgré le fait qu'elle paraisse jeune, quinze ou seize ans, peut-être, elle avait fière allure et ne semblait pas être en mesure de redouter quoi que ce soit. Je me crispai alors qu'elle repoussait la porte entre elle et moi pour me laisser un peu d'intimité.

Je me trouvais dans une petite salle de bains spartiate, mais élégante. Des WC, un lavabo et une douche. Pas d'espace superflu, rien.

Je mis un temps fou pour parvenir à vider péniblement ma vessie, comme si une sorte de sécurité s'était enclenchée à cause d'une trop longue retenue. La douleur résiduelle m'empêchait de me sentir pleinement soulagée une fois ma mission accomplie. Je me lavais les mains quand la jeune femme passa la tête dans l'encadrement de la porte. J'aperçus le reflet de son visage inquiet dans le miroir.

— Dépêche-toi, bon sang !

Je coupai le robinet et, à peine avais-je fini de me sécher les mains qu'elle me ramenait à ma cellule. Alors que nous descendions les escaliers, elle se figea et je me cognai dans son dos.

— Chut, quelqu'un approche !

Je retins jusqu'à ma respiration pour faire le moins de bruit possible. Je ne savais pas où nous étions ni de qui nous nous cachions, et cela s'ajoutait au stress que je ressentais déjà. Après quelques secondes, nous nous remîmes en route et arrivâmes à destination.

— C'était moins une !

Elle s'appuya contre le mur de ma cellule comme pour reprendre son souffle et je me laissai tomber sur ma natte.

Je n'avais pas la moindre idée de ce que je pouvais dire, mais je devais tenter de glaner des informations, de comprendre ce qui était en train de se passer.

— Je suis désolée, finis-je par balbutier.

— Moi aussi. Cet endroit n'est pas prévu pour garder des personnes comme toi...

— Je... Où on est ?

— Ne t'inquiète pas pour ça. Je vais essayer de faire ce que je peux pour que ton séjour ne soit pas trop désagréable, mais je ne te promets rien. Maintenant, tu dois être sage.

Alors que la jeune femme s'apprêtait à me laisser, je tentai une dernière question.

— Où est Azraël ?

— Tu le retrouveras quand ce sera le moment. Pour l'instant, Karyna a dit que tu ne devais pas bouger, et que j'aurai le droit de jouer avec toi quand tout serait fini.

Une sensation de malaise s'empara de tout mon être. Derrière sa tenue extravagante, cette femme avait une attitude et un langage très enfantins. Elle devait toutefois être un vampire, vu la vitesse à laquelle elle m'avait forcée à me déplacer. Je n'avais jamais imaginé qu'ils puissent transformer des personnes si jeunes.

La porte se referma et je restai seule dans ma cellule. J'aurais donné cher pour une bouteille d'eau, ou une couverture.

Le temps paraissait suspendu. Mes dents claquaient les unes contre les autres tant j'étais transie de froid. Roulée en boule dans un angle, je tentais de conserver le maximum de chaleur comme je le pouvais. Tous mes muscles étaient douloureusement contractés. Si personne ne venait me chercher bientôt, j'allais mourir gelée, seule, dans cette cellule. Je me disais qu'avec un peu de chance, Azraël pouvait détecter mon malaise. Il avertirait peut-être quelqu'un. Sauf s'il n'était pas en état de faire quoi que ce soit...

Alors que je broyais du noir, je me sentais partir comme pour m'endormir. J'étais persuadée que si je m'assoupissais, ce serait la dernière fois de ma vie. Un instant, je pensai à activer la rune SOS que Vicky avait placée sur ma poitrine. Toutefois, cela ne me paraissait pas judicieux. D'un instant à l'autre, ma geôlière pouvait revenir et m'empêcher de congeler.

Mes rêves furent exaucés quand le cliquetis du loquet se fit entendre.

— Oh, non ! Karyna va me tuer si tu es morte. Dis-moi que tu n'es pas morte, je t'en supplie !

J'entrouvris péniblement un œil pour voir la jeune femme à genou devant moi. Elle s'apprêtait à pleurer.

— Je...

Elle me redressa sur mon assise et me tapota sur les joues.

— Pourquoi tu es toute bleue ?

— Je... froid.

J'arrivais à peine à murmurer. Les mots me coupaient la gorge comme des lames de rasoir.

— Mince alors ! Je n'ai pas pensé à ça !

Elle disparut quelques instants avant de revenir avec une grosse couette rose dans laquelle elle m'enroula. Elle posa une bouteille d'eau à côté de moi.

— Je suis désolée, chuchota-t-elle comme si elle le pensait réellement. Cette zone du manoir n'est pas chauffée d'habitude. J'ai réglé le problème, mais ça va mettre un moment à se réchauffer...

C'était ainsi qu'Azraël avait appelé le repaire de Soren et sa communauté. La coïncidence serait bien trop grosse s'ils nous avaient emmenés dans un autre manoir que celui qui nous intéressait. J'en conclus donc que nous avions bien réussi à arriver là où nous le souhaitions. C'était déjà ça.

Peu à peu, la chaleur regagnait mon corps. La jeune fille me regardait comme si elle surveillait du lait sur le feu.

— Tu reprends des couleurs plus normales, finit-elle par me dire. Bois un peu.

Elle dévissa le bouchon de la bouteille et présenta le goulot à mes lèvres. J'avalai une gorgée et cela déclencha un frisson qui agita tous mes muscles. L'eau était glacée.

— J'aurais peut-être dû prendre de l'eau chaude... Désolée.

Je voyais bien qu'elle essayait de prendre soin de moi, mais c'était comme si elle n'avait pas la moindre idée de ce qu'elle était censée faire.

— Comment tu t'appelles ? demandai-je après que mes dents eurent cessé de claquer.

— Evangelina.

— Pourquoi est-ce que tu me gardes ici ?

La jeune femme se releva et parut embêtée par ma question.

— Karyna m'a dit de le faire. Et elle a ajouté que s'il t'arrivait quoi que ce soit, elle me ferait subir cent fois pire.

Je frémis à ses mots. Cette femme avait l'air cruelle. Je me souvins alors de la réaction d'Azraël la première fois que le prénom de Karyna avait été prononcé. J'avais eu l'impression que l'entendre lui faisait mal, physiquement. J'allais vraiment devoir faire attention à elle si je la croisais.

— Merci pour la couette.

— De rien. Je n'allais pas te laisser mourir de froid !

— Je... Je peux te poser une question ?

— Ça dépend.

— Pourquoi tu obéis à Karyna ?

— Parce que c'est ma Maîtresse !

Sa réponse me laissa comprendre que j'étais trop stupide pour ne pas y avoir pensé. Je m'interrogeai sur la signification de ses mots. Karyna était donc probablement celle qui l'avait transformée. Cela devait expliquer un tel dévouement.

— Je dois y aller. J'espère que ça ira mieux avec le chauffage.

Evangelina sortit et le bruit de la serrure me donna l'impression d'un clou planté dans mon cercueil. Je n'avais pas la moindre notion du temps qui passait, aucun moyen de le quantifier. Combien d'heures s'étaient écoulées depuis que j'étais retenue ici ?

Je tentai de m'installer le plus confortablement possible, pliant en deux la couette afin de me glisser dedans. Ainsi, le froid qui remontait du sol devait franchir une barrière supplémentaire avant de m'atteindre.

Je sursautai quand la porte de ma cellule s'ouvrit à nouveau.

— Tu as moins froid ? me demanda la voix enfantine d'Evangelina avant même que je puisse la distinguer.

— Il fait quand même meilleur, oui !

Elle se glissa à côté de moi sur la couette et me mit un coup de coude complice dans les côtes.

— Regarde ce que je t'ai trouvé !

Elle déplia sa main et j'y découvris un bonbon dans un emballage bleu et blanc. Son visage tout sourire me fit comprendre qu'elle était extrêmement fière de m'avoir déniché cela, et je ne voulus pas la vexer.

— C'est très gentil, la remerciai-je en prenant la friandise.

— Tu vas sortir d'ici, aujourd'hui.

— Ah bon ?

Elle avait dit cela comme si elle m'annonçait la météo du jour, d'où mon interrogation.

— Oui. Mais avant, je vais pouvoir jouer avec toi ! C'est pas trop chouette ?

— Euh... si !

J'avais mis autant d'entrain que possible dans ma réponse, bien que l'idée de devenir son jouet me fît froid dans le dos.

— D'abord, tu vas venir avec moi. Tu es toute sale, et pas présentable du tout ! On va arranger ça.

Elle m'aida à me relever avant de me basculer sur son épaule et de m'emmener dans la salle de bain où elle m'avait introduite en douce la fois précédente. Était-ce tout à l'heure ? Hier ? Je n'en savais rien.

— Tu as tout ce qu'il te faut sous le lavabo. Tu vas prendre une bonne douche et me laver cette tignasse pour qu'on puisse en tirer quelque chose. Je t'attends devant la porte !

Je ne m'étais pas préparée à ce qu'elle me demande de me laver quand elle avait parlé de jouer avec moi. Je pris un moment pour évaluer la situation. Un vampire à l'attitude enfantine était en train de surveiller que je n'oublie pas de bien frotter derrière mes oreilles pendant qu'Azraël était retenu quelque part ailleurs. J'espérais qu'après cela, elle m'emmène le voir, mais je tentais de calmer mes attentes. Evangelina semblait imprévisible.

L'eau chaude était une vraie bénédiction pour mon dos endolori à force d'être recroquevillée sur le sol gelé. Alors que j'étais en train de me rincer, j'aperçus la porte de la salle de bain bouger à travers la paroi vitrée de la douche. Evangelina déposa quelque chose sur le lavabo et repartit sans rien dire.

Intriguée, je coupai l'eau et m'enroulai dans une serviette fuchsia pendue à une patère. Je sortis en prenant garde à ne pas glisser et regardai ce que la jeune femme avait apporté. Mes vêtements avaient disparu, remplacés par un peignoir beige. Elle n'avait même pas pris la peine de me laisser ma culotte !

— Euh, Evangelina ?

— Oui, me répondit-elle en passant la tête dans l'encadrement de la porte.

— Où sont mes affaires ?

— Tu n'allais quand même pas porter ces vêtements froissés pour rencontrer Karyna !

— C'est que je n'en ai pas d'autres...

Je savais que mon attitude devait être proche du pathétique, mais elle n'en restait pas moins pertinente.

— Je vais te prêter quelque chose, ne t'inquiète pas comme ça !

Que je ne m'inquiète pas ! Comme c'était charmant de sa part ! Cela ne me rassurait absolument pas. Ses goûts vestimentaires suggéraient qu'elle devait aimer découper des gens dans des caves, ce qui me laissait penser que cela n'allait pas coller avec mon style habituel ! Sans même parler de nos silhouettes différentes... Je savais en venant mener l'enquête sur place que je risquais d'être confrontée à des choses terribles, mais je n'avais pas envisagé de telles choses.

— Allez, sors de là, on a du travail !

Je resserrai le peignoir avant de me glisser dans la pièce rose bonbon où Evangelina m'attendait. Nous étions passées si rapidement les deux fois précédentes que la couleur était tout ce que j'avais pu distinguer. Je profitai de l'instant pour observer cette chambre d'adolescente tout ce qu'il y a de plus classique. Des posters de groupes de musique et des affiches de films recouvraient la quasi-intégralité d'un des murs. Les meubles étaient tous blancs ou roses, et je notai que le lit avait été dépouillé de sa couette. Je compris alors qu'elle m'avait fait don de sa propre couverture pour me réchauffer.

— Fais comme chez toi, me dit-elle en tapotant le matelas à ses côtés.

Je m'installai comme elle me le proposait et elle pivota pour me regarder de plus près. Une de ses mains vint s'emparer d'une mèche de mes cheveux encore humides pour l'enrouler autour de son doigt.

— Dis, Lena, je peux te coiffer ? Tes cheveux sont trop beaux !

— Euh... D'accord.

Le visage de la jeune femme s'illumina et elle commença à rassembler un nombre incalculable de choses depuis les tiroirs de sa commode jusqu'aux confins de son armoire.

— C'est parti !

De la joie à l'état pur semblait transparaître dans sa voix. Elle avait vraiment l'air ravie de pouvoir s'occuper de moi. Je compris alors que, quand elle parlait de jouer avec moi, c'était pour me traiter comme une poupée. Elle m'avait pourtant dit qu'elle allait me préparer avant que je rencontre Karyna. La certitude qu'avant la fin du processus je ressemblerais à un parfait petit vampire commença à germer dans mon esprit.

Elle passa un moment à peigner mes boucles emmêlées avant de les sécher et de s'affairer longuement. À plusieurs reprises, je l'avais entendue grogner, et je m'étais crispée malgré moi. Je n'avais pas envie que mes cheveux indisciplinés la mettent dans une rage folle et qu'elle s'en prenne physiquement à moi. Quand enfin, elle me tendit un miroir, je restai bouche bée.

— Viens près de l'armoire pour voir derrière !

Des tresses complexes se mêlaient en une jolie harmonie ponctuée de petites pinces en forme de fleurs blanches pour former un énorme chignon.

— Magnifique, la complimentai-je.

— Je suis ravie que ça te plaise !

— Tu étais coiffeuse avant...

Je m'interrompis. C'était peut-être un sujet sensible pour elle...

— J'aurais aimé... Mais je n'ai fait que commencer l'école. Karyna m'a trouvée et je n'ai pas pu y retourner.

Une moue boudeuse venait gâcher son beau visage.

— Pourquoi ça ?

Elle haussa les épaules.

— Parce que l'éternité m'attend, et que ce serait une perte de temps, je suppose.

— Ce n'est pas un peu contre-intuitif ?

— Je ne comprends pas.

Elle me prit le miroir des mains pour aller le remettre sur sa coiffeuse.

— Parler de perdre du temps quand on a l'éternité devant soi.

Le vampire se laissa tomber sur le lit en soupirant.

— C'est pas si simple...

Le regard dans le vide, elle paraissait vraiment triste. J'aurais aimé changer de sujet, lui poser plus de questions, mais je ne savais pas bien comment me sortir de cette impasse.

— Je ne voulais pas te miner le moral. Je suis désolée, finis-je par chuchoter.

Cela sembla la tirer de ses pensées noires.

— Allez, on a encore du boulot !

Elle se redressa et se dirigea vers sa commode avant de m'apporter des sous-vêtements.

— Ça devrait faire l'affaire... Jupe ou pantalon ?

— Pantalon, répondis-je comme si ma vie en dépendait.

Alors qu'elle fouillait l'armoire, je regardai ce qu'elle m'avait donné. Un bandeau et une minuscule culotte en dentelle noire... Je sentais que cette journée, ou cette nuit, allait être fantastique... Je n'avais pas la moindre idée de l'heure qu'il pouvait bien être.

Evangelina me lança un pantalon en similicuir qui semblait beaucoup trop rigide pour que je réussisse à rentrer dedans. Elle se retourna pour me laisser un peu d'intimité. Soulevant le bas du peignoir, j'enfilai la culotte et tentai de me battre avec le vêtement, sans succès.

— Ça ne passe pas...

Evangelina pivota et me regarda, la mine amusée, alors que je tirais sur le tissu coincé à mi-cuisse.

— Bon, on va partir sur une jupe, finalement, ce sera plus simple. Voyons voir...

Elle farfouilla un moment dans la penderie et me lança une jupe dans le même matériau.

Au prix d'un effort énorme, j'arrivai à enlever le pantalon que je n'avais pas réussi à enfiler pour rentrer dans ce nouveau vêtement. Cette jupe était beaucoup trop courte à mon goût, et les fentes sur les côtés n'arrangeaient rien, mais au moins, je n'étais plus en culotte.

— Super. Tu es plutôt collants ou bas ?

C'était une question étrange. Étant donné le peu de tissu qui me recouvrait à l'heure actuelle, les collants me parurent être une meilleure option. Je réalisai ma bêtise quand elle me tendit un tas de résilles... Tant pis.

— Et ça pour le haut, ça devrait être très bien !

Je pris le vêtement qu'elle venait de me lancer à bout de bras. J'avais beau le retourner dans tous les sens, j'avais du mal à comprendre comment il devait se porter. C'était une sorte de brassière noire avec une seule manche longue, recouverte de dentelles de la même teinte. Je finis par l'enfiler tant bien que mal.

Le décolleté bâillait légèrement, car ma poitrine ne le remplissait pas assez, mais ce n'était pas le pire. Très pâle et un peu trop rebondi à mon goût, mon ventre contrastait entre la dentelle et le faux cuir. J'essayai de remonter la jupe pour le masquer. Elle était alors si courte qu'elle dévoilait mes fesses au moindre mouvement. À choisir, je la redescendis.

J'avais l'impression de ressembler à une parodie de personnage d'une mauvaise série télé. Le genre qui se trouverait dans un obscur club au fin fond d'une ruelle peu fréquentable.

— Ah ! C'est pas mal du tout, s'exclama-t-elle en m'observant.

D'un mouvement de l'index, elle me fit comprendre qu'elle souhaitait que je me retourne. Après quelques secondes, je lui fis à nouveau face. Mes mains étaient croisées devant mon ventre, comme si cela allait me permettre de me sentir un peu moins dénudée. Evangelina se leva et alla farfouiller dans son armoire.

— Tu chausses du combien ? Du 38 ?

— Oui.

— Essaie ça, alors !

Elle m'apporta une paire de bottes à semelles compensées. Quand je vis la quantité de crochets pour les lacets, je me demandai combien de temps cela allait me prendre. Alors que je m'apprêtais à les dénouer, elle m'arrêta et me montra une fermeture Éclair sur le côté intérieur.

— Je ne m'embêterais pas à les refaire avant de les mettre dans le placard !

J'étais tellement peu à l'aise que je n'avais même pas réfléchi à cela. Je m'assis au bord du lit et enfilai péniblement les chaussures. Voyant que je m'y prenais mal, Evangelina finit par venir à mon secours et força mes pieds dans les bottes avant de les fermer. Elle m'aida ensuite à me relever.

— Tu es magnifique ! Il faudrait juste un peu...

Sans me demander mon avis, elle glissa ses doigts dans mon haut et remonta mes seins dans leur bandeau avant de replacer la brassière. Elle m'entraîna devant le miroir et se posta derrière moi, une main sur mon épaule, et l'autre sur ma taille. Elle s'attendait à ce que je dise quelque chose, mais je ne savais pas quoi.

— C'est différent de ce que je porte d'habitude, finis-je par marmonner.

— Tiens-toi plus droite, on dirait que tu essaies de te rouler en boule...

Je regardai mon ventre alors qu'elle m'obligeait à redresser mon dos. C'était plus fort que moi. Il n'était pas aussi plat, pas aussi ferme que ce que les magazines nous montrent.

— C'est ce petit bourrelet qui t'embête ? me demanda-t-elle en passant une main sur mon ventre avec douceur.

Je ressentis une sorte de picotement aux endroits où ses doigts effleuraient ma peau.

— Oui. J'ai l'impression qu'on ne voit que ça, surtout dans cette tenue...

— Mais il est très beau, ce ventre, Lena. Ne t'en fais pas.

Elle me souriait tendrement et je trouvais cela un peu flippant. La sensation étrange de sa peau sur mon abdomen prit de l'ampleur et je commençai à me dire que finalement, j'étais très bien dans cette tenue. Elle disparut un instant avant de revenir avec une mallette.

— On va te maquiller, et tu seras prête !

Elle me fit asseoir à nouveau sur le lit, et s'installa en tailleur en face de moi.

— Je ne sais pas trop. Je n'ai pas trop l'habitude de faire ça...

— Tu ne fais jamais ça avec tes copines ?

Il était vrai que nous l'avions fait quelques fois avec Olivia quand nous étions plus jeunes, ce qui remontait à loin.

Je n'eus toutefois pas le temps de répondre. Armée d'une éponge, elle était déjà en train de me recouvrir le visage de fond de teint. J'essayais de rester immobile au maximum, m'exécutant quand elle me demandait de creuser les joues ou de fermer les yeux.

Une grosse demi-heure plus tard, après m'avoir appliqué un rouge à lèvres au pinceau, Evangelina me regarda, satisfaite de son œuvre.

— Tu es parfaite.

Je me levai pour aller vers le miroir. C'est tout juste si je me reconnus. Mon teint était encore plus pâle qu'à l'accoutumée, et d'une netteté absolue, comme si ma peau était totalement lisse. Mes yeux étaient habilement encadrés de noir et d'argent et ma bouche, d'un bordeaux sombre, paraissait plus épaisse et pulpeuse qu'au naturel.

— Wouah !

C'était tout ce que j'arrivai à prononcer face à mon reflet. J'avais l'air de sortir d'un magazine de mode.

Evangelina me regardait comme un chef-d'œuvre. Elle ajusta le bas de ma jupe qui s'était replié, et libéra quelques boucles de mes cheveux afin qu'ils tombent dans mon cou.

— Pourquoi faire tout ça, finis-je par demander.

J'étais curieuse de savoir pourquoi elle avait passé autant de temps à me préparer de la sorte. Elle avait dit que je devais rencontrer Karyna, mais je ne voyais pas ce qui pouvait justifier tout ce travail.

— Tu n'as pas envie d'être sous ton meilleur jour pour renaître ?

Je haussai un sourcil et elle posa une main sur ma joue. Un fourmillement parcourut ma pommette et remonta derrière mon oreille. Mes inquiétudes s'enfuirent.

— Alors c'est ça, mon meilleur jour !

— Tu es resplendissante ! Allez, il est l'heure d'y aller ! Tu es prête ?

— Prête à quoi ? demandai-je d'une voix qui me semblait désincarnée.

— À devenir immortelle, pardi !

9

Devenir immortelle... Je sentis de l'angoisse monter, puis Evangelina posa ses doigts sur ma peau. Cela me chatouilla, et j'eus l'impression que toute ma terreur et toutes mes questions s'enfermaient dans une petite ampoule de verre. Le calme se propagea dans tout mon être quelques instants, puis ce même cycle d'émotions reprit.

Alors qu'Evangelina s'éloignait pour ranger ses pinceaux de maquillage, la bulle éclata, et je compris qu'elle utilisait un pouvoir pour m'empêcher de m'inquiéter.

— Tu vas me transformer ?

Je peinai à prononcer ces mots, et la jeune femme pivota vers moi avant de lever les yeux au ciel.

— Tu résistes sacrément pour une humaine !

Elle s'approcha et je reculai. Mon mollet droit buta contre le lit et je tombai à la renverse. Evangelina s'assit à mes côtés et toucha mon bras. À nouveau, des filets d'électricité statique parcoururent ma peau et remontèrent jusqu'à la base de mon crâne.

— Tout va bien, chuchota-t-elle d'une voix douce. Tu n'as rien à craindre. Ne pense plus à ce que j'ai dit.

Mon souffle retrouva une régularité et je sentis mes muscles se détendre. L'espace d'un instant, j'eus l'impression que je devais absolument faire quelque chose, que c'était urgent, mais je n'avais pas la moindre idée de ce que cela pouvait bien être.

Je me redressai et regardai autour de moi, ne sachant plus vraiment de quoi nous étions en train de parler.

— C'est ta chambre ?

— Oui, me dit-elle en souriant.

— Où est Azraël ?

— Tu vas bientôt le revoir, ne t'en fais pas. Allez, on y va !

Elle m'aida à me relever en prenant ma main et nous sortîmes. Le couloir dans lequel elle m'entraîna me fit penser à Shining. Peut-être que la vilaine moquette au sol n'y était pas tout à fait pour rien. Ses motifs géométriques, rouge et orange, tranchaient avec les murs couleur crème. De petits guéridons blancs arboraient des bouquets de fleurs entre chaque porte. J'en décomptai cinq en plus de celle d'où nous venions.

— Toutes ces pièces... ce sont des chambres ? demandai-je afin de tenter de collecter quelques informations.

— Oui. Chacun d'entre nous a sa propre chambre.

— Vous êtes nombreux ?

— Viens, on nous attend !

Evangelina prit ensuite des escaliers et nous descendîmes de deux étages. Nous arrivâmes devant une porte qu'elle ouvrit avant de me pousser et de refermer derrière moi.

Il faisait sombre. La seule source de lumière provenait d'une applique dont l'ampoule clignotait faiblement.

— Lena ?

Je reconnus la voix d'Azraël. Je n'eus pas le temps de répliquer quoi que ce soit qu'il était déjà en train de me serrer dans ses bras.

— Moi aussi, je suis contente de te revoir, lui dis-je d'un ton moqueur.

— Ils ne t'ont pas fait de mal ?

Il s'écarta de moi tout en me maintenant par les épaules à bout de bras. Je savais que ses yeux pouvaient voir dans cette obscurité comme en plein jour. Ils étaient en train de me scruter pour vérifier que je n'avais pas la moindre égratignure.

— C'est quoi cette tenue ?

— Il y avait un jeune vampire, Evangelina. Elle m'a coiffé... tout ça.

— C'est une étrange façon de s'occuper de ses otages...

La remarque d'Azraël était tout à fait pertinente. J'eus l'impression quelques secondes qu'il fallait que je le prévienne de quelque chose, mais je n'arrivai pas à mettre le doigt dessus.

— Et toi ? finis-je par demander alors que je ne parvenais pas à me souvenir de ce que je devais lui dire.

— Je n'ai vu personne depuis que j'ai repris connaissance. Je n'ai pas la moindre idée d'où on est...

— Je pense qu'on est chez Soren. En tout cas, Evangelina a parlé de Karyna. C'est elle qui lui a donné la permission de jouer avec moi. C'est ce qu'elle m'a dit.

Alors que je prononçais ces mots à voix haute, je frissonnai. Je ne m'en étais pas si mal sortie, finalement.

— J'espère qu'ils ont tenu parole et relâché Darius...

Azraël finissait à peine sa phrase que la porte de notre cellule de fortune s'ouvrit. Je notai dans un recoin de mon esprit que je n'avais entendu aucun bruit de serrure. Je pivotai pour faire face à la silhouette d'une femme aux longs cheveux blonds noués en une épaisse queue de cheval. Elle était vêtue d'un pantalon de cuir noir et d'une sorte de brassière assortie qu'un lacet fermait entre les seins. Elle mit un genou à terre et baissa la tête devant nous. Je restai bouche bée alors qu'Azraël me faisait me déplacer sur le côté pour s'approcher.

— Tu n'as pas à faire ça, Karyna. Relève-toi.

Elle se redressa avant de se jeter à son cou comme pour l'embrasser à pleine bouche. Je ne m'étais pas attendue à un tel accueil ! Il la repoussa de justesse à longueur de bras, ses deux mains plaquées sur ses clavicules.

— Euh, je te présente Lena, balbutia-t-il avec empressement. Lena, Karyna. Karyna, Lena.

— Enchantée, bredouillai-je, ne sachant pas vraiment ce que j'étais supposée faire.

Karyna se tourna et fit un pas vers moi, puis un second, avant d'écraser ses lèvres sur les miennes. Je sentis la pointe de sa langue toucher ma peau et m'écartai vivement comme si un insecte venait de me piquer.

Malgré le peu de lumière, je pus lire une moue dubitative sur son visage.

— Pardon, comme vous êtes en quelque sorte une part d'Az, je pensais que... enfin. Je ne voulais pas vous offenser.

Sa voix était assez grave, mais restait féminine. Je devinais dans ses intonations un accent lointain que j'assimilai à la Russie sans en avoir toutefois la certitude. Après tout, tout ce que je connaissais des Russes provenait de films. Je doutais que cela constitue une bonne référence...

J'étais stupéfaite d'avoir été embrassée par une femme, et je ne savais pas quoi faire ni quoi dire. Était-ce une coutume vampirique à laquelle je n'avais pas encore été initiée ?

— Az, dis-je avec une pointe de malice. Est-ce que tu peux m'expliquer ce qui se passe ?

Azraël se laissa tomber sur un tabouret dans l'angle de la pièce en soupirant. Karyna pivota pour aller s'asseoir sur ses genoux, glissant ses bras autour de son cou, un grand sourire aux lèvres.

— Tu sais que tu m'as manqué, toi ?

Ses jambes, qui se terminaient par de splendides bottes lacées, se balançaient dans les airs.

— Ah bon ? Non, je ne savais pas...

J'étais en train d'assister à un spectacle qui me paraissait pathétique. Il était évident qu'elle avait le béguin pour Azraël, mais celui-ci ne semblait pas avoir les mêmes sentiments envers la femme qui se collait à lui de façon de plus en plus suggestive. La seule autre possibilité était qu'Azraël soit complètement empoté en ce qui concernait les relations amoureuses...

Je me raclai bruyamment la gorge pour signaler ma présence. Azraël sursauta avant de prendre la parole.

— Karyna et moi, nous nous connaissons depuis longtemps... Tu es finalement restée avec Soren alors ? La dernière fois que nous nous sommes vus, tu parlais de partir...

— De l'eau a coulé sous les ponts en quinze ans, mon doux prince. Pourquoi ne m'as-tu jamais rappelée ?

— Je vais peut-être vous laisser, dis-je en me dirigeant vers la porte. Je vois que vous avez plein de choses à vous raconter...

Ma main venait de se poser sur la poignée quand Karyna apparut à mes côtés, le dos plaqué contre la porte pour m'empêcher de l'ouvrir.

— Tu ne peux pas partir, mon chou. Tu vois, vous êtes censés être prisonniers, il me semble...

Les intonations dans sa voix avaient changé. Plus aucune pointe de douceur ou de tendresse ne s'en échappait à présent. Puisque j'étais bloquée ici, je retournai m'asseoir dans le coin opposé à celui qu'occupait Azraël en prenant garde à ma jupe bien trop courte. La situation prenait un tournant des plus surprenants et l'attitude de Karyna en était la principale cause.

— Est-ce que tu peux m'expliquer ce qu'il se passe, précisément ? demanda Azraël d'une voix enjôleuse que je ne lui connaissais pas.

Karyna croisa ses bras sur sa poitrine.

— Allons, allons, ce ne serait pas drôle si vous aviez toutes les clés, tout de suite... Mais, parce que c'est toi, Az, je veux bien te donner un indice. À une seule condition...

— Qui est ?

— Je veux que tu m'embrasses passionnément, comme au bon vieux temps.

— C'est que... Ce n'est pas comme si on était seuls... marmonna Azraël, visiblement embarrassé.

— Oh, faites comme si je n'étais pas là. Je fermerai les yeux, si ça peut aider !

Nous étions aux mains des vilains méchants vampires, et il hésitait à embrasser son ex devant moi, alors que cela nous permettrait d'obtenir des informations ! Un simple baiser, ce n'était pourtant pas une requête si terrible !

Azraël me lança un regard qui pouvait contenir des excuses, ou au contraire, des reproches pour ne pas être venue à sa rescousse. Je haussai les épaules avant de lui adresser un signe de la main pour l'inviter à se dépêcher un peu.

— Bon, d'accord...

Il n'avait pas encore fini de parler que Karyna l'avait déjà plaqué contre le mur de l'autre côté de la pièce. Je n'avais même pas vu Azraël se lever de son tabouret. Comme promis, je baissai la tête et fermai les yeux. Des bruits assez suggestifs et quelques gémissements parvinrent à mes oreilles alors que je tentais de faire abstraction de ce qui m'entourait. Ce n'était franchement pas évident, et une certaine curiosité malsaine me donnait envie de rompre mon engagement de ne pas regarder.

Quand le silence revint, je relevai doucement une paupière pour apercevoir les deux vampires enlacés comme des amants. Sauf qu'Azraël ne semblait pas ravi malgré la coloration anormalement vive de son visage.

— Est-ce que vous avez déjà...

Karyna me pointait du doigt avec un haussement
de sourcils significatif qui ne laissait pas le moindre
doute quant à ce qu'elle suggérait.

— Oui...

— Non...

— Enfin, c'est compliqué, conclut Azraël.

— Oh, je vois. Et moi qui me demandais comment
tu avais pu te lier à une vulgaire humaine ! Mais
forcément, si maintenant, tu fricotes avec eux, c'est
probablement le genre d'accidents qui peut arriver !

— Mais de quoi elle parle ? intervins-je en réponse
à cette hostilité manifeste.

— Tu ne devais pas expliquer ce qu'il se passe ?

Azraël tentait ostensiblement de changer de sujet.
Karyna se retourna et, d'une démarche étonnamment
légère et élastique, se mit à arpenter le minuscule
réduit où nous étions.

— Si, si. Par où commencer ?

— Pourquoi est-ce que Soren a capturé Darius ?
Est-ce que vous l'avez relâché maintenant que vous
nous détenez ?

— Ah, direct dans le vif du sujet, Az. Je te
reconnais bien là ! Le souci, vois-tu, c'est que ce n'est
pas tout à fait ce qui s'est passé...

— Eh bien, explique à la fin !

Azraël perdait visiblement patience. De mon côté,
je ne savais pas par quel miracle je parvenais à faire
preuve d'un calme infini. Après tout, qu'est-ce que

j'aurais pu faire ? Paniquer, hurler et pleurer ? Cela n'aurait servi à rien.

— Disons que, quand Darius est venu nous expliquer comment tout allait se passer à partir de maintenant, je n'ai franchement pas été d'accord. Pourquoi Esther devrait nous diriger tous ? Elle ne sait même pas qui on est ! Et puis, comme tu ne m'avais pas rappelée, je ne pouvais pas laisser passer une telle occasion de te revoir ! Je savais que si je m'en prenais à Darius, tu accourrais pour sauver ton frère !

— Et Soren, il pense quoi de tout ça ? demandai-je en réalisant la façon dont elle parlait des évènements récents.

— Bien sûr que Soren est d'accord, c'est lui le chef, non ?

La malice dans sa voix ne pouvait pas être ignorée. Quelque chose clochait. Mon instinct me disait de me méfier, mais je ne savais pas avec précision de quoi.

— Karyna ? Bon sang, mais qu'est-ce qui se passe ici ?

Azraël aussi avait détecté le problème. Une partie de l'angoisse qui m'habitait n'était pas mienne.

— Oh, mais tu n'es plus notre grand chef à présent, je ne vois pas pourquoi on devrait te rendre des comptes !

— Je n'ai jamais été votre grand chef !

— Techniquement...

— Il n'y a pas de « techniquement » ! Tu sais très bien que je n'ai jamais rempli ces fonctions. J'ai coordonné le projet à ses débuts, et ensuite, chacun a fait ce qu'il voulait, comme il l'entendait. Je ne te demande pas de me rendre des comptes, je te demande pourquoi vous nous séquestrez comme des criminels !

— Tu ne m'as pas rappelée... Il fallait que j'attire ton attention...

Le silence s'installa. Azraël passa ses doigts dans ses cheveux en secouant la tête.

— Tu n'as quand même pas kidnappé et torturé Darius pour nous faire venir parce que tu n'as pas compris que c'était fini entre nous !

Karyna vacilla de façon grossière en portant la main à sa poitrine.

— Az, tu me brises le cœur ! Tu ne croyais pas qu'on pouvait me quitter si facilement ?

Elle éclata d'un rire exagéré et grotesque qui se réverbéra sur les parois de la salle.

— Qu'est-ce que vous avez fait à Darius ?

Karyna sautilla jusqu'à se placer dans le dos d'Azraël, posant ses mains sur ses épaules.

— Ne t'inquiète pas, je ne te l'ai presque pas abîmé...

— Est-ce qu'il va bien ?

— Si tout se déroule comme prévu, quelqu'un a dû le déposer devant le portail de ton ancienne demeure.

Je pense que cette sorcière de Vicky aura un peu de travail avant qu'il soit sur pieds.

Ils avaient torturé Darius, elle l'avait reconnu, et je me demandai quel type de techniques les vampires pouvaient bien utiliser entre eux. J'avais la vilaine impression que mon cœur était coincé dans un étau dont on actionnait la manivelle pour serrer davantage encore. Cette sensation ne m'appartenait pas. Certes, le fait qu'ils aient fait du mal à Darius me peinait, me révoltait même, mais je savais que c'était Azraël qui souffrait de la sorte.

— Qu'est-ce que tu lui as fait ?

La voix d'Azraël n'était plus qu'un grondement animal. Il s'était levé de son tabouret avec une lenteur anormale, presque menaçante. Karyna s'était glissée d'un pas sur le côté, comme si elle avait peur de rester trop près de lui.

— J'ai ici un vampire capable de manier les herbes et les poisons comme personne, y compris ceux qui mettent en péril la vie des nôtres. C'est dingue ce que quelqu'un peut raconter quand il pense ne plus avoir que quelques minutes à vivre si on ne lui administre pas le bon antidote...

— Tu es cruelle !

— Oui, je sais ! Alors comme ça, Darius m'a dit que tu avais perdu ta couronne de Seigneur des Pommiers. Et qu'il n'était pas totalement innocent dans le processus. Qu'est-ce que ça t'a fait qu'il te trahisse ainsi ?

— À ton avis ?

— Et il a aussi mentionné que le clou qui avait définitivement fermé ton cercueil était un petit bout de femme humaine. Comment est-ce que tu as pu te lier à ça ?

Elle me pointa d'un doigt dédaigneux.

— On ne l'a pas vraiment fait exprès ! crachai-je en me relevant.

J'en avais marre qu'on m'insulte, mais je n'étais pas en position de pouvoir faire quoi que ce soit. Toutefois, debout, j'aurais un peu plus de prestance.

— Il vous a trouvés sur le sol de la cuisine !

Azraël éclata de rire. Je le regardai comme s'il avait perdu l'esprit.

— Alors, c'est ça qui t'embête ? parvint-il à articuler en pouffant. Tu es jalouse de ce que j'ai pu faire avec Lena !

Karyna croisa ses bras sur sa poitrine avec une moue boudeuse. Il semblait qu'Azraël ait visé juste.

— Tu es à moi, Az. Si je ne peux pas t'avoir, alors personne ne le peut, murmura-t-elle avec hargne.

Azraël s'approcha de moi, et me serra contre lui, sa main posée sur ma hanche. Il prenait un risque inconsidéré, et je n'avais vraiment pas envie de le suivre sur ce chemin-là.

Karyna se crispa. Le dégoût se lisait sur son visage.

— Il va être temps de lui dire adieu, beugla-t-elle.

— Je... commençai-je.

Karyna m'entraîna hors du réduit avant que je réalise quoi que ce soit.

— Je veux savoir ce qu'elle est ! Ce qu'elle a de plus que moi pour pouvoir se lier à toi. Et si pour ça, je dois la disséquer cellule par cellule, alors c'est ce que je vais faire !

Elle m'attrapa au niveau de la taille et me bascula sur son épaule. Quelques secondes plus tard à peine, j'étais projetée dans une sorte de fauteuil de dentiste. Avant que j'aie le temps de bouger, des entraves s'étaient nouées autour de moi sans que je sois tout à fait certaine qu'elles aient été actionnées par Karyna.

J'essayai de me libérer en me tortillant dans tous les sens, mais rien n'y faisait. Des boucles métalliques maintenaient les épaisses sangles fermées.

Alors que j'observais le dispositif, Karyna s'assit à califourchon sur moi, les deux mains plaquées sur ma poitrine. Par réflexe, je rentrai la tête au maximum, comme si cela allait l'empêcher d'accéder à mon cou !

— Lena, c'est ça ? Dis-moi, qu'est-ce que tu es, si tu n'es pas une petite humaine ?

. J'arrivais tout juste à respirer, alors tenter de parler me semblait difficile. Je balbutiai volontairement une série de syllabes sans aucune signification particulière pour essayer de lui faire comprendre le souci. Elle diminua ses appuis sur mon thorax, ce qui eut pour effet de rebasculer la totalité de son poids sur le haut de mes cuisses. C'était déjà mieux.

— Je suis désolée, mais je ne sais pas ce que vous voulez que je vous dise...

Ma voix tremblait un peu trop par rapport à l'assurance dont j'aurais aimé faire preuve étant donnée la situation.

— La question est simple : tu es quoi ? Je veux ton espèce. Ce n'est pas compliqué, quand même !

— Je suis humaine.

Karyna éclata de rire et se pencha vers moi, approchant son visage si près du mien que je pus sentir son souffle.

— Oh, ça, non ! Une banale humaine ne peut pas se lier avec un vampire ! C'est de la légende urbaine. Nous avons fait des recherches, et dans tous les cas qui avaient été répertoriés, aucun humain n'était finalement impliqué.

— Il y a un début à tout, non ?

— Non, pas à ça... Tu ne le sais donc pas toi-même, n'est-ce pas ? Nous allons devoir remédier à ça, il semblerait !

Un sourire mauvais tordit la bouche du vampire avant qu'elle se redresse. Elle tapota mes épaules, comme pour me souhaiter bon courage, puis disparut, me laissant seule.

Au plus profond de moi, la certitude que ce qui allait suivre n'allait pas me plaire était en train de grandir.

La pièce dans laquelle Karyna m'avait amenée ressemblait à un laboratoire d'analyses médicales. Une longue table sur laquelle reposaient des fioles et des flacons me faisait face. Le verre qui la recouvrait était d'une teinte vert pâle alors que toute la salle, du sol au plafond, brillait d'un blanc immaculé.

Quand la porte s'ouvrit, je me crispai. Je m'attendais à voir un bourreau, ou un médecin, mais l'homme qui entra n'avait l'allure ni de l'un ni de l'autre.

Sa peau fripée trahissait son âge. Pourtant, il se déplaçait avec une rapidité et une agilité surprenantes. Sa longue chevelure grise était nouée sur sa nuque. Vêtu d'un jean et d'une chemise par-dessus laquelle il portait un gilet sans manches en cuir marron, son apparence ne me laissa pas penser immédiatement qu'il pouvait s'agir d'un vampire.

Il s'approcha et se pencha au-dessus de moi. Je pus alors distinguer que ses yeux, totalement blancs, semblaient aveugles. Toutefois, pendant que je les fixais, je sentis quelque chose se passer, comme s'ils étaient physiquement reliés aux miens et que je ne pouvais m'en détacher. Une pression folle partait de mes propres yeux et s'enfonçait au plus profond de mon être. Cela me rappela la tentative de Vicky de s'introduire dans ma personne pour découvrir ma nature.

Quand la douleur fût insoutenable, je m'entendis hurler. Je n'avais pourtant pas conscience que le son sortait réellement de ma propre bouche. J'aurais voulu me percer des trous dans la peau pour permettre à cette sensation de trop-plein de s'échapper, mais j'étais paralysée. Mon cœur battait si vite que j'avais l'impression qu'il s'était figé, toutes valves ouvertes, pour faciliter son travail.

Puis tout s'arrêta net. Je crus à une hallucination quand deux éclats bleu saphir apparurent dans mon champ de vision. Je clignai des yeux pour m'assurer de leur présence.

— Est-ce qu'ils ont eu le temps de te faire du mal ?

Azraël avait remplacé le vieil homme.

— Qu'est-ce que c'était ?

— C'est fini maintenant, ne t'inquiète pas.

Le vampire détacha mes sangles et m'aida à m'asseoir. Mon corps semblait fait de lave en fusion. Bien que l'étrange processus se soit stoppé, la douleur persistait.

Je regardai autour de moi, et vis alors mon bourreau recroquevillé sous une des tables de travail. Il paraissait inconscient.

— Qui c'est ? demandai-je. Qu'est-ce qu'il m'a fait ?

Azraël l'attrapa par l'épaule de sa chemise à carreaux bleus et le souleva pour l'asseoir sur le tabouret à roulettes. Il lui administra une gifle pour lui faire reprendre connaissance.

— Il n'est quand même pas...

— Mais non, me rassura Azraël. On ne tue pas un vampire avec deux ou trois coups de poing et une collision contre un mur !

Je commençais à retrouver des sensations proches de la normale quand, à force d'être secoué comme un pommier, l'homme ouvrit les yeux.

— Quel est ton nom ? gronda Azraël.

— Mon nom importe peu. Tu veux savoir ce que je lui ai fait, n'est-ce pas ? C'est tout ce qui t'intéresse.

Son timbre était étrangement chantant, et la situation semblait l'amuser.

— Parle !

— Je cherchais la source de sa magie.

— Qu'as-tu trouvé ?

— Elle vient de partout et de nulle part à la fois. Elle court dans ses veines. Il y en a tellement qu'elle tente de sortir par tous les moyens. J'aurais aimé la libérer... Il y en a également une accumulation anormale au-dessus de son cœur. Je suppose que quelqu'un y a placé un puissant enchantement.

— La magie est dans son sang ?

Azraël avait murmuré cette interrogation, comme une remarque pour lui-même. Je l'avais devinée plus qu'entendue, pour être parfaitement honnête. Cette information semblait l'ébranler sans que je comprenne pourquoi. Il lâcha l'homme qui en profita pour s'éclipser rapidement.

— Je suppose qu'on va avoir des soucis avec Karyna, maintenant qu'il va aller la prévenir que tu m'as libérée. D'ailleurs, comment tu es arrivé jusqu'ici ?

Je tentai de me lever, mais mes jambes ne parvenaient pas à supporter mon poids. Je restai donc penchée, les deux mains appuyées sur le fauteuil médical, le temps de m'habituer à nouveau à une position verticale.

— C'est ce que moi aussi, j'aimerais bien comprendre ! Comment est-ce que tu as pu sortir ?

La voix grave de Karyna me surprit. Je n'avais pas entendu la porte s'ouvrir.

— Ta petite poupée n'a pas eu vraiment le choix.

Je notai une attitude revancharde dans l'intonation qu'Azraël mettait dans ses propos. Quelque chose m'échappait, mais il était certain qu'il prenait grand plaisir à la déroute de Karyna.

— Evie ! hurla-t-elle à en faire trembler les murs.

— Je... je suis désolée.

C'était la voix d'Evangelina, mais toute fluette, déformée par la peur. La jeune femme se tenait dans le couloir et fixait quelque chose au sol. Je suivis son regard et découvris la porte de la pièce, en deux morceaux distincts, sous les bottes à talon de Karyna. Ainsi, Azraël l'avait enfoncée pour venir me secourir.

— Pourquoi est-ce que tu l'as laissé sortir ?

Karyna ne hurlait pas. Elle ne parlait pas vraiment non plus. Elle crachait ses mots avec mépris, presque avec dégoût. Les épaules d'Evangelina étaient enroulées, et elle se tordait les mains devant son ventre.

— On m'a demandé de le faire.

— De qui reçois-tu tes ordres ?

— De... de toi.

— Et je ne t'ai pas demandé de laisser Az sortir, que je sache !

— Je... je...

Evangelina éclata en sanglots, tombant à genoux au sol. J'avais de la peine pour elle. Visiblement, elle était totalement sous l'emprise de Karyna, qui n'en avait rien à faire d'elle.

— Elle a reçu ses ordres de quelqu'un qui a plus d'autorité que toi, expliqua Azraël, volant au secours d'Evangelina. Elle n'a pas eu le choix.

Karyna émit un petit rire en portant sa main droite à sa poitrine.

— Et qui est-ce qui pourrait être plus haut placé que moi sous mon propre toit ?

Azraël se figea, et je compris instantanément pourquoi. Karyna avait mentionné « son » toit, pas celui de Soren. Ainsi, c'était elle qui était aux commandes ici.

— Qu'as-tu fait à Soren ?

— Ce n'est pas le sujet ! Qui a donné des ordres à mon larbin ?

Evangelina fut secouée par un sanglot plus violent que les précédents.

— Les renforts, murmurai-je alors que les pièces
s'emboîtaient dans mon esprit.

C'était la seule solution. Les quarante-huit heures
de délai qu'Esther devait nous laisser étaient probablement écoulées. Toutefois, elle n'était nullement en
position de supplanter l'autorité de Karyna. Je me
demandai qui elle avait bien pu appeler pour nous
sortir de là.

— Quels renforts ? beugla-t-elle en me pointant
d'un doigt menaçant.

— Je crois qu'Esther s'est inquiétée de ce qui...
commençai-je.

— C'était Morgane...

Evangelina avait réussi à reprendre son souffle et
avait fourni un immense effort pour me couper la
parole.

Karyna pivota vers Evangelina.

— Morgane ? Elle est ici ?

— Je suis désolée... Je ne pouvais pas lui désobéir.

La jeune femme leva ses yeux verts vers Karyna. Ils
débordaient d'espoir et n'attendaient que quelques
mots de réconfort.

— Evie, Evie... Ce que tu peux être stupide !

— Je ne suis pas stupide ! hurla-t-elle. Tu me dis
tout le temps ça, mais ce n'est pas vrai ! Je ne suis pas
stupide !

— Evie...

— La ferme, aboya Azraël. Arrête de traumatiser
cette pauvre enfant !

— Pour qui tu te prends, à la fin ?

— Qu'est-ce que ça peut te faire ? Tu n'as visiblement pas changé d'un pouce depuis tout ce temps. Personne ne compte à tes yeux, à part toi-même ! Hein ?

Karyna croisa ses bras sur sa poitrine.

— Est-ce vraiment si terrible ? Tu préfères te faire du souci pour des choses comme ça ?

Elle me pointa du menton. Sa voix débordait de rage. Jamais personne n'avait déversé autant de venin dans ma direction.

— Pourquoi vous me haïssez, comme ça ? On se connaît depuis quoi ? Cinq minutes ? finis-je par demander, exaspérée.

— Je crois que Karyna est vraiment jalouse de toi, Lena...

Azraël avait prononcé cette phrase avec une désinvolture que je savais forcée. Il cherchait à ce que Karyna vrille complètement et nous livre des informations.

— Jalouse d'une mortelle... Ne rêve pas, Az...

— Oui, mais elle, elle s'est liée à moi, ajouta-t-il en s'approchant d'elle après s'être assuré qu'Evangelina allait bien. Ce lien est plus fort que tout. Des millions de fois plus fort que ce qui a pu se passer entre nous.

Chacun de ses mots faisait l'effet d'un marteau sur la tête d'un clou. Une veine palpitante était apparue sur la tempe de Karyna. Son visage se teintait progressivement de rouge. Le volcan de sa rage allait entrer en éruption et j'espérais qu'Azraël savait ce qu'il faisait.

— Et dire que tu n'as pas compris que je ne t'ai jamais aimée... Tu es une malade assoiffée de sang, une perverse machiavélique. Tu es incapable d'aimer, de toute façon.

— Oh, mais, Az, je t'ai aimé ! Et pas seulement pour ton sang !

Ses mâchoires étaient si serrées qu'elle articulait péniblement. Azraël s'approcha encore de Karyna, il n'était plus qu'à un pas ou deux d'elle. Le dos appuyé contre le mur, elle ne pouvait aller nulle part.

Quand Azraël se pencha vers elle, posant une main de chaque côté de sa tête, la tension que je ressentais s'évanouit. Elle était coincée, et Azraël en était certain. Je l'avais senti se relâcher, se détendre. Je ne distinguais pas son visage, mais je percevais que sa rage était en train de se muer en une chose différente alimentée par une confiance infinie. C'était une sorte de plaisir sadique, comme un chat qui joue avec un oiseau blessé.

Tout bascula en un battement de cils. Quand je rouvris les yeux, Azraël avait pivoté vers moi, l'air paniqué. Une force me tira en arrière par le cou. Karyna avait passé son bras en travers de ma gorge et m'éloignait des deux autres vampires.

Deux explications étaient possibles : soit elle s'était téléportée, soit elle avait réussi à se faufiler hors de la cage que formait le corps d'Azraël à une vitesse remarquable.

Comme elle était plus grande que moi, j'étais tirée à la fois vers le haut et vers l'arrière. Cela me faisait mal et m'empêchait de respirer. Azraël, à quelques pas devant nous, les deux mains levées au niveau de ses épaules, ne semblait plus aussi calme. Sa mâchoire était serrée et la colère plissait ses yeux.

— Si tu lui fais quoi que ce soit, je te jure que...

— Tu jures que quoi ?

Les mots de Karyna claquaient comme un fouet à mon oreille droite. Je sentais le souffle rapide de sa respiration dans mon cou. Je ne voulais pas qu'elle me morde. Cette idée me terrifiait. Je tentai de passer mes doigts entre son bras et ma gorge sans succès. Son étreinte était beaucoup trop solide.

— Tu vas le regretter...

— Si tu es encore en état !

Le ton de défi de Karyna m'indiqua que mon sort était scellé avant même de sentir la piqûre de ses crocs qui perçaient ma peau. Comme si la veine qu'elle venait de perforer était dorénavant faite d'un métal chauffé à blanc, la brûlure électrique se répandit dans tout mon côté droit, depuis la base de mon crâne jusqu'à mon poignet, puis dans ma poitrine. Chacun de mes battements de cœur apportait une nouvelle vague de douleur. J'aurais voulu hurler, mais j'en étais incapable. Je ne parvenais pas à respirer. J'avais beau ouvrir la bouche, aucun son n'en sortait, aucun air ne passait. Entre deux éclairs rouges, j'aperçus Azraël à genoux au sol. Il semblait souffrir, lui aussi. Ma vision finit par se troubler totalement. Des images se superposaient les unes aux autres sans que je comprenne ce qu'elles représentaient.

J'avais l'impression de reconnaître Azraël, mais ses cheveux étaient plus courts. Je n'étais pas certaine que c'était bien lui. La terreur déformait son visage. Ses mains étaient ligotées à la tête d'un lit et je pouvais voir son torse nu se soulever à un rythme saccadé. Du sang s'écoulait depuis son cou en un flot rapide.

Il laissa place à d'autres personnes, inertes, dans une sorte de cachot, reliées par des tubes à des machines bruyantes.

Puis des flashs, encore du sang, de la terreur. Des dizaines de visages figés pour l'éternité. Je savais que ces gens étaient morts depuis longtemps.

Une image se fit ensuite plus nette, effaçant tout ce que j'avais aperçu jusqu'à présent. Je me vis depuis le dessus. J'étais allongée sur du carrelage blanc, le bras droit posé sur ma poitrine, et le gauche étendu sur le côté. Mes cheveux tressés se répandaient autour de moi dans une flaque rouge et brillante. Ma peau était grisée, presque translucide et mes yeux étaient fixés vers moi. Immobiles, ils ne clignaient plus et je compris qu'ils ne cligneraient plus jamais.

10

Tout ce cauchemar s'acheva finalement. De l'air emplit douloureusement mes poumons et j'ouvris les yeux. Plus rien n'entravait mes mouvements et je portai la main à mon cou, là où Karyna m'avait mordue. Une brûlure lancinante se propagea dans toute la zone et quand je vérifiai mes doigts, ils étaient rouges de sang. Tout avait bien eu lieu. Je n'avais pas rêvé. Je sentais encore le feu remonter le long de mes veines.

Quelque chose toucha ma cuisse et je pris alors conscience que j'étais assise au sol, les jambes repliées sous moi. Azraël était agenouillé à mes côtés.

— C'est fini, chuchota-t-il.

Ses yeux étaient une cascade de saphirs. Il pleurait à grosses larmes.

— Je suis... Je suis morte ?

J'avais du mal à articuler ces mots. Je parlais, donc j'étais vivante, mais je m'étais clairement vue morte. Karyna m'avait drainée de tout mon sang.

— Non. Elle n'en a pas eu le temps.

Azraël avait pivoté et regardait au-dessus de ma tête. Je me retournai et aperçus Evangelina debout derrière moi. Elle fixait Karyna qui paraissait inconsciente, allongée au sol.

— Je... Je suis désolée, murmura-t-elle.

— Merci de nous avoir sauvés, lui dit Azraël en se relevant péniblement.

Je restai immobile, perdue. Je ne comprenais plus rien à la situation.

— Mais j'ai vu...

Evangelina passa devant moi et prit mes mains pour m'aider à me remettre sur mes pieds.

— Karyna a le pouvoir de transmettre des émotions par sa morsure, des images. J'imagine qu'elle t'a montré ta mort, car c'est ce qu'elle souhaitait. Que tu sois terrorisée jusqu'à ton dernier instant.

C'était sadique et brutal. Cette femme avait un sérieux problème. J'avais vu, comme dans un album photo, des dizaines, des centaines de gens qu'elle avait probablement tués.

— Je t'ai vu, toi, dis-je à Azraël qui s'approchait de moi alors que je m'appuyais toujours sur Evangelina pour tenir debout.

— Elle m'a malmené pendant que nous étions ensemble, admit le vampire avec douleur. Je n'en ai jamais parlé à personne...

Je me laissai glisser contre la poitrine d'Azraël qui m'attirait contre lui. Ses deux bras m'enlaçaient alors qu'il me murmurait que tout allait bien. Je posai ma tête contre lui et pleurai. À travers le rideau de mes larmes, je vis Evangelina qui s'affairait. Elle était en train de traîner le corps de Karyna jusqu'à la chaise d'examens.

— Est-ce qu'elle est…

— Non, ce n'est pas définitif, me répondit-elle avant que j'aie fini. Elle devrait reprendre connaissance d'ici quelques minutes.

La main d'Azraël à l'arrière de mon crâne me maintenait contre sa poitrine. Je sentis ses doigts effleurer la plaie dans mon cou. L'éclair lancinant de douleur disparut rapidement, remplacé par un picotement désagréable.

— Ça va être bientôt guéri, ne t'en fais pas.

— J'ai cru qu'elle m'avait tué. J'ai eu si peur, dis-je entre deux sanglots.

— C'est fini. C'est fini.

— On aurait dit qu'il y avait du venin dans sa morsure…

— Il y en avait, mais ce n'est pas important.

Je voulus demander à Azraël s'il ne s'agissait que d'une simple métaphore, mais un homme fit irruption dans la pièce.

— Qu'est-il arrivé à Maîtresse Karyna ?

Il portait un pantalon de cuir noir et des lanières de ceinture sur son torse nu. Sa tenue était pour le moins insolite. Il fixait Evangelina qui était en train de resserrer les sangles autour de la poitrine de Karyna. Je ne savais pas si cela serait d'une utilité quelconque, toutefois, cela me rassurait quelque peu de la voir entravée.

— Ce n'est rien, expliqua Evangelina sans même jeter un œil à son interlocuteur.

— Qu'est-ce que vous lui avez fait ?

— Elle lui a fait du mal. Et elle m'avait demandé qu'il ne lui arrive rien.

Le regard de l'homme fit la navette entre Karyna et moi. Il semblait ne pas savoir quoi penser de la situation.

— Il... Il y a beaucoup d'activité tout autour du manoir... Je m'inquiète.

— De l'activité ? Qu'est-ce que tu veux dire ?

Azraël s'était approché de son interlocuteur, les poings sur les hanches. Je sentais que quelque chose le tracassait.

— Oui, beaucoup de va-et-vient. Des véhicules aussi. Ce n'est pas normal à cette période. Je dois savoir s'il faut faire quelque chose ou non.

Azraël ne bougeait pas. Il était déstabilisé par la nouvelle, tout autant qu'Evangelina qui avait porté sa main devant sa bouche en signe d'inquiétude.

Un gémissement nous fit comprendre que Karyna avait repris connaissance.

— Tu n'essaies même pas de recommencer, lui ordonna Azraël sans même se retourner vers elle.

C'était plus fort que moi et je pivotai dans sa direction. Elle me regardait avec amusement en baladant sa langue de façon ostentatoire sur ses lèvres.

— Tu as déjà goûté à ce nectar, Az ? Cette saveur est sans pareille...

— Tu la fermes ! On a d'autres chats à fouetter ! Toi, redis-lui ce que tu nous as dit.

L'homme s'exécuta, raide comme un piquet.

— Nous avons détecté du mouvement autour du manoir. Plusieurs caméras se sont activées comme si nous étions encerclés.

Karyna s'esclaffa avant de lancer un regard foudroyant au messager.

— Tu fais un piètre menteur. Tu n'as pas trouvé plus stupide comme idée pour essayer de détourner l'attention d'Azraël ?

— C'est la réalité ! se défendit-il en serrant les poings. J'ai déjà alerté tous ceux que je pouvais puisque j'ignorais où vous étiez ! Ils attendent dans la salle de commandement.

Un voile tomba sur le visage de Karyna quand elle comprit que ce n'était pas une quelconque manœuvre pour tenter de lui faire reprendre le contrôle de la situation. Elle ne savait pas plus que nous ce qui était en train de se passer, et cela l'inquiétait.

— Nous devons aller vérifier ce qu'il en est.

— Tu ne tenteras rien contre Lena ou moi ? demanda Azraël en se tournant vers elle.

— Je vais essayer de me tenir tranquille jusqu'à ce que tu voies que ce n'est rien de grave.

— Tu es prête à faire un serment de sang pour sceller notre promesse ?

La tête de Karyna roula en arrière.

— Un serment de sang, rien que ça ?

— Evangelina ?

Le visage de la jeune femme se métamorphosa. Ses yeux totalement obscurcis lui donnaient un air dur qui contrastait avec son allure enfantine. Azraël lui tendit son poignet. Evangelina le porta à sa bouche et y planta ses tout petits crocs avant de faire pareil avec celui de Karyna. Elle plaça ensuite les deux plaies en contact un long moment. Alors qu'Evangelina retrouvait son aspect normal, les deux anciens amants se fixaient avec une telle intensité que je pouvais deviner les étincelles qui parcouraient une ligne entre eux.

— Vous pouvez les retirer. Je suis témoin de ce serment de sang.

— Bien, tu peux la détacher, lui dit Azraël avant de se retourner vers Karyna. Tu nous emmènes à la salle des opérations.

Une fois libérée et debout, Karyna me lança un regard mauvais. Je savais que j'étais en sursis dans son esprit. Elle voulait me voir disparaître de la surface du globe et elle ne me laisserait pas de seconde chance.

Après avoir à nouveau traversé un de ces affreux couloirs où je m'attendais à croiser un enfant sur un tricycle, Karyna ouvrit une porte et nous fit entrer dans une pièce majestueuse. Un épais tapis couleur ardoise étouffait le bruit de nos pas. Une sorte d'allée bordée de braseros argentés menait jusqu'à un... trône.

Le mot « trône » était le seul capable de rendre un minimum de justice à cette chose. La pierre qui le constituait semblait constellée de petits éclats brillants. L'assise devait approcher le mètre d'envergure et était encadrée par des sculptures de silhouettes squelettiques, encapuchonnées et ailées. L'une des statues portait une faux, et l'autre tenait un livre ouvert dans ses mains. De nombreux motifs étranges me faisant penser à de la sorcellerie ornaient le dossier. Malgré moi, je me surpris à imaginer que ce ne devait pas être très confortable.

Nous traversâmes toute la pièce jusqu'à l'estrade sur laquelle le fauteuil de pierre reposait. Une porte était dissimulée derrière le trône, et Karyna en actionna la poignée. Je vis Azraël la passer, puis elle se mit en travers, nous bloquant l'accès à Evangelina et moi.

— Seules les grandes personnes sont autorisées dans la salle de commandement, nous dit-elle avec un sourire moqueur. Allez jouer ailleurs !

— Non ! Lena reste avec moi !

Azraël s'était glissé entre Karyna et moi de façon à ce qu'elle ne puisse pas refermer la porte.

— Il est hors de question qu'elle entre ici et découvre notre organisation !

— Ce n'est pas négociable, meugla Azraël en faisant face à Karyna.

— Azraël ? Je peux te parler en privé, deux secondes ?

J'avais prononcé cette phrase avec une infinie douceur, pour que personne ne se sente agressé. Il y avait déjà bien assez de tension dans l'air. Le vampire se tourna vers moi avec un regard interrogateur. Je lui fis signe de me suivre plus loin. Karyna soupira et entra dans la salle de commandement. Ce que je m'apprêtais à dire était très compromettant. Si je pouvais ne pas le dire à voix haute, ce serait mieux pour lui, comme pour moi. Je tapotai alors sa tempe de mon index et fermai les yeux pour me concentrer. Je devais formuler ma phrase avec soin. Je voulais qu'il comprenne que le fait que Karyna me mette à l'écart représentait une chance inouïe d'aller fouiner.

Après quelques secondes de tentatives infructueuses, je lui murmurai le plus doucement possible.

— Pendant que vous êtes là-dedans, ça me permet d'aller visiter un peu, de fouiller. Je te rappelle qu'on a une enquête à mener !

Le visage d'Azraël s'illumina comme si les différentes pièces de son puzzle s'emboîtaient enfin.

— Tu es sûre que c'est une bonne idée ?

— Oui. Et nous n'aurons peut-être pas d'autre opportunité.

— Bon, d'accord.

Il posa avec insistance une main sur mon épaule avant de partir vers la salle de commandement. Alors qu'il dépassait Evangelina, il s'arrêta et pivota vers elle.

— Evangelina, tu as protégé Lena, tout à l'heure, et je t'en serai éternellement reconnaissant. Est-ce que tu me promets qu'elle ne court aucun danger en ta compagnie ?

— Je vous le jure, Monsieur Az.

Elle avait prononcé ces mots de la plus solennelle des façons. Je sus instantanément qu'Azraël lui faisait confiance, et qu'elle n'avait pas intérêt à le décevoir.

— Elle est toujours comme ça ? demandai-je à Evangelina alors qu'elle s'approchait de moi.

— Et encore, là, elle est presque gentille, me chuchota-t-elle sur le ton de la confidence.

Je me retournai vers elle, surprise. Je pensais ma question rhétorique et n'attendais aucune réponse. Evangelina porta alors sa main devant sa bouche et ricana.

Son rire était cristallin et enfantin, communicatif. Je sentis mes lèvres se retrousser pour l'accompagner. Quand je réalisai que nous nous tenions littéralement à quelques pas de la salle de réunion d'une communauté vampirique, je me dis que notre attitude était fortement déplacée, ce qui ajouta à mon hilarité.

— Pas la peine de rester ici, je pense, me dit-elle après avoir retrouvé son calme.

— Tu crois que tu peux me faire visiter le manoir ?

— Suis-moi !

Evangelina, emballée par ma proposition, m'amena à l'étage supérieur, dans ce qui ressemblait à un immense hall. L'endroit, tout en boiseries et surplombé d'un imposant lustre à breloques de cristal, respirait le luxe. Une double porte en vitrail à motifs géométriques semblait être l'entrée de la maison. Tout de suite sur la gauche, un long comptoir au vernis éclatant occupait l'angle de la pièce. Derrière celui-ci, un homme en costume bordeaux nous souriait alors qu'il s'affairait à décorer un arbre de Noël miniature.

L'endroit grouillait de vie. Au moins une vingtaine de personnes allait et venait en tous sens, entrant et sortant par plusieurs accès. Je notai que bizarrement, tout se faisait dans un calme proche du silence total. J'étais persuadée que si tous ces vampires se retrouvaient remplacés par des humains, le lieu baignerait dans un brouhaha épuisant.

— Ça, c'est l'entrée, m'expliqua Evangelina. Et ça, c'est notre intendant, Rob. Il s'occupe d'absolument tout ici.

Rob était vêtu d'un étrange costume en velours côtelé bordeaux, sur une chemise de la même teinte. Sa cravate, assortie également, ne se distinguait que par sa texture soyeuse. Sa tenue, beaucoup trop stricte, et de cette couleur particulièrement atypique, devait permettre de le repérer à plusieurs mètres à la ronde, y compris en pleine foule. Je me doutais que c'était l'effet recherché.

— Bonjour, Rob.

— Bonjour, Ma Dame, répondit-il avec un mouvement d'inclinaison à mon égard. Dis-moi, Evangelina, tu ne m'as pas prévenu que nous avions des invités...

Son ton était courtois, mais le reproche s'y faisait tout de même entendre.

— Oh ! Non, Lena n'est pas une invitée.

Je vis un des sourcils de l'intendant se soulever légèrement. Mais Evangelina m'emmenait déjà vers une porte toute proche.

— Ça, c'est le garage.

De mon point de vue, cela ressemblait davantage à un parking souterrain. Au moins une vingtaine de voitures y étaient stationnées, et autant de places restaient libres. Un grand rideau métallique blanc, au bout de la zone, constituait l'unique issue.

Nous repassâmes par le hall qui semblait vraiment être le centre névralgique du manoir. Evangelina m'emmena ensuite à l'étage supérieur par un autre accès que celui que nous avions pris depuis la salle du trône.

— Ici, c'est là où est ma chambre, m'expliqua-t-elle en me désignant le vilain corridor à la moquette rouge et orange.

Evangelina m'attrapa la main, et après un crochet supplémentaire par l'entrée, nous montâmes encore un autre escalier. L'endroit semblait immense. Arrivées dans un nouveau couloir, je vis que la décoration était différente, mais pas forcément de meilleur goût. Le sol était recouvert d'un carrelage vert sapin alors que les murs arboraient du papier peint à motif d'inspiration jungle. Le résultat m'étouffait. J'avais l'impression que le bâtiment se refermait sur moi.

— Ici, nous sommes dans l'aile des invités. On peut recevoir une grosse trentaine de personnes sur deux étages !

— Wouah, je ne pensais pas que cet endroit était si grand !

— Et encore, tu n'as rien vu !

— Vous êtes combien à habiter ici ?

— Vers les soixante, je crois. Je n'en sais trop rien en fait...

Je n'en revenais pas. Cette communauté comprenait soixante vampires... C'était bien plus que ce à quoi je m'attendais. Elle m'emmena à nouveau vers le hall d'entrée. Il fallait apparemment passer par là, peu importe la destination souhaitée.

— Bon, tu as déjà vu la salle du trône et le sous-sol. Après, il y a les appartements des chefs, mais je n'ai pas le droit d'y entrer, et... plus de sous-sols.

Elle désigna en parlant une porte sur laquelle un écriteau indiquait qu'elle était réservée au personnel autorisé. Cette inscription me paraissait incongrue dans ce genre d'endroit.

— Tu ne m'y amènes pas pour voir ?

— Euh... non.

Evangelina avait hésité face à ma question. Mon instinct me disait qu'il fallait absolument que j'arrive à aller voir ce qu'elle tentait de me dissimuler. Peut-être que je me trompais, mais je trouvais cela beaucoup trop suspect. Je devais lui fausser compagnie et me faufiler derrière cette porte sans que personne me surprenne.

— Je commence à avoir faim, dis-je en me grattant l'estomac. Tu crois que tu pourrais me dénicher quelque chose à manger ?

Je n'étais vraiment pas certaine que cela fonctionne, mais qui ne tente rien n'a rien.

— Bien sûr, viens avec moi !

Elle me fit signe de la suivre en direction de l'aile des invités. Ce n'était pas le plan. Je m'approchai d'elle et posai mes mains autour de son oreille.

— Je dois aussi aller aux toilettes, chuchotai-je.

— Oh ! Euh... Tu peux utiliser ma salle de bain, si tu veux !

— Merci beaucoup ! On se rejoint dans ta chambre ?

— Je fais au plus vite, me dit-elle avant de me laisser seule dans le hall d'entrée.

Et voilà ! J'avais réussi à fausser compagnie à ma baby-sitter. Cette pièce était vraiment beaucoup trop fréquentée. D'un autre côté, personne ne semblait me prêter la moindre attention. J'essayai d'adopter une démarche naturelle et souple, malgré ces chaussures qui me serraient les pieds, et me dirigeai vers la porte du sous-sol réservé au personnel. Mon cœur battait la chamade. J'étais certaine que tous les vampires à deux kilomètres à la ronde l'entendaient. Pourtant, un rapide coup d'œil par-dessus mon épaule me permit de m'assurer que personne ne regardait vers moi. Je posai la main sur la poignée et l'actionnai. L'espace d'une fraction de seconde, elle résista, et je crus qu'elle était verrouillée. Quand elle s'abaissa avec un léger claquement, je compris qu'elle était simplement mal réglée, et ma gorge se serra. Le bruit ne pouvait pas être passé inaperçu.

Jouant le tout pour le tout, je poussai le battant et me glissai derrière avant de m'appuyer contre le mur un instant pour reprendre mon souffle. J'étais persuadée que quelqu'un allait débarquer en me hurlant que je n'avais rien à faire ici, mais ce ne fut pas le cas. La sécurité laissait grandement à désirer !

Une fois certaine que personne ne venait, et ma respiration redevenue régulière, je vis que la cage d'escalier dans laquelle j'étais n'était pas à double sens comme les autres. Une seule volée de marches s'enfonçait dans l'obscurité. Ce lieu paraissait plus brut, moins décoré que tout ce qu'Evangelina m'avait montré jusqu'à présent.

Je descendis pour me retrouver dans un couloir dont la moquette claire au sol était élimée. Le papier peint se décollait près du plafond. Je distinguais des auréoles d'humidité à plusieurs endroits. Le contraste avec les autres étages était saisissant.

Je passai une grille métallique et arrivai dans un second corridor identique au premier. Des portes blanches s'étalaient à perte de vue sur le mur de droite. Chacune d'elles était percée d'une sorte de petite fenêtre rectangulaire. Il ne me semblait pas que la cellule où j'avais été détenue en possédait une. Je devais donc me trouver dans un autre endroit que celui où je m'étais réveillée.

Je m'approchai de la première porte et n'eus pas besoin de me hisser sur la pointe des pieds pour regarder par l'ouverture grâce aux chaussures prêtées par Evangelina.

Malgré le faible éclairage de la salle, je pouvais distinguer la silhouette d'une personne allongée, presque à même le sol. Je tirai la poignée et entrai pour mieux voir de quoi il s'agissait.

Quand les informations parvinrent à prendre forme dans mon esprit, je portai ma main à ma bouche pour ne pas hurler.

Une sorte de lit très étroit, qui tenait plus de la paillasse que d'autre chose, occupait plus de la moitié de l'espace de la pièce. Un homme vêtu d'une tunique d'un rouge sombre y était allongé, relié par plusieurs tubes et câbles à des machines et à des flacons de liquides. Je pensai immédiatement à ma perfusion à l'hôpital. C'était le même genre de dispositif, mais en plus artisanal. Il semblait inconscient, plutôt qu'assoupi. Je posai une main sur son bras et il n'eut aucune réaction. Ses traits me paraissaient anormalement creusés, comme s'il n'était pas assez nourri.

Dans le fond, une sorte de petit placard vitré d'une quarantaine de centimètres de haut attira mon regard. Je fis les quelques pas qui m'en séparaient en prenant garde de ne pas emporter le moindre tube sur mon passage. Cela ressemblait à un frigo miniature. À travers la porte, je crus distinguer des poches de sang. Je voulus l'ouvrir pour m'en assurer, mais je n'en eus pas le temps.

— Tu t'es perdue ?

Je fis volte-face et vis Evangelina dans l'entrée de la cellule, à peine à quelques dizaines de centimètres de moi. Je ne l'avais pas entendue approcher.

— Je... Oui ! C'est un vrai labyrinthe ici !

Je me sentais mal de lui mentir de la sorte. Elle paraissait si naïve. J'étais presque certaine qu'elle avait cru tous mes mensonges depuis le début, et abuser ainsi de sa confiance me gênait, mais je n'avais pas le choix.

— Viens, je t'ai trouvé un yaourt et un peu de pain. Je les ai laissés dans ma chambre.

Elle fit un pas vers moi, et tendit une main dans ma direction. Je me doutais que si elle me touchait, je sentirais encore cette étrange sensation, son pouvoir. Je n'avais pas bien compris ce qu'il faisait, mais je ne voulais pas qu'elle l'utilise à nouveau.

— C'est quoi cet endroit ? demandai-je en reculant autant que l'exiguïté de la pièce le permettait.

Evangelina esquissa une moue boudeuse.

— Tu n'es pas supposée être ici. Karyna va me punir si elle sait que tu es venue...

— Je ne dirai rien à Karyna, promis.

Quel âge avait-elle, finalement ? Par moments, elle parlait vraiment comme une enfant, c'était déstabilisant. Tout dans son attitude laissait penser qu'elle était terrifiée à l'idée que Karyna apprenne que j'étais arrivée jusqu'ici.

— C'est qui, lui ? insistai-je en pointant un doigt vers l'homme inconscient.

— Lui, c'est Ulrich.

— Il y a beaucoup de portes, dans ce couloir. Il y a une personne reliée à des machines derrière chacune d'entre elles ?

— Lena, je ne peux pas...

Son regard me fit comprendre qu'Ulrich était loin d'être le seul.

— Qu'est-ce que vous leur faites ?

Je m'approchai d'Evangelina. L'angoisse de la situation me nouait l'estomac. Ainsi, nous avions bien deviné ce qu'il se passait entre ces murs : ils y gardaient des humains contre leur volonté. Combien de personnes étaient retenues dans le sous-sol de ce manoir ?

— Il faut bien qu'on mange !

Evangelina se glissa à côté de moi et ouvrit la porte du petit compartiment pour en sortir une poche de sang.

— Vous les drainez de leur sang !

— Ulrich, c'est vraiment mon préféré ! déclara-t-elle avec un sourire qui paraissait incongru dans cette pièce.

Elle n'aurait pas parlé autrement d'un sandwich, ou de son choix de pizza. Elle n'avait aucun sentiment, aucune considération pour celui qui était allongé là. Alors que je restais figée, elle m'attira dans le couloir avant de refermer derrière nous. Je tremblais quand elle me lâcha.

C'était affreux. Cet homme était traité comme un distributeur de barres chocolatées. Les vampires se servaient et repartaient. J'imaginais qu'une personne différente était ainsi retenue derrière chacune des portes de cette prison. Ulrich était inconscient, drainé de son sang. Il n'avait probablement pas la moindre idée de ce qui lui arrivait. Était-il venu ici de son plein gré, ou avait-il été kidnappé au détour d'une ruelle ?

Un haut-le-cœur me saisit, et, devinant ce qui allait se passer, Evangelina m'attrapa et nous déplaça à une vitesse stupéfiante. Quand je vomis, j'étais au-dessus d'un lavabo, et elle retenait délicatement les mèches libres de mes cheveux.

Une fois que j'eus terminé, elle me tendit un mouchoir pour m'essuyer la bouche.

— Merci, balbutiai-je.

Elle me regardait avec un mélange d'incompréhension et d'inquiétude. Bien que je ne pensais pas cela possible, cela accentua mon malaise.

— Qu'est-ce qui t'arrive ? Tu es malade ?

— Tout ça, ça fait beaucoup à avaler.

— Quoi donc ?

Je pointai du doigt la poche de sang qu'elle avait toujours à la main.

— Cet homme est inconscient, et tu lui prends son sang ? Pour quoi faire ?

— Pour manger, évidemment !

— Tu vas boire ça ?

Un nouveau haut-le-cœur me saisit, mais rien ne vint alors que je me tournais vers le lavabo. Je me redressai et regardai ce petit bout de femme qui s'apprêtait à boire cette poche de sang. J'aurais voulu lui faire comprendre ce qui n'allait pas, mais je voyais bien que le problème était plus grave que ce que je pensais. Cette jeune fille n'avait même pas conscience que son comportement vis-à-vis des humains était anormal et cruel.

Je la suivis hors de la salle de bain. Nous étions de retour dans sa chambre.

Evangelina versa le sang dans un verre avant de commencer à le siroter comme je boirais un cocktail dans un bar. La vue me dérangeait seulement parce que je savais que ce n'était pas un jus de tomate... Un nouveau haut-le-cœur s'amorça, mais je réussis à le retenir et à retrouver un semblant de calme. Il ne fallait surtout pas que je me focalise sur le bruit ou l'image.

Je devais la regarder avec un air ahuri, car elle s'approcha de moi et toucha ma joue. Avant que j'aie le réflexe de me dégager, je sentis comme un fourmillement à son contact et tous mes muscles se détendirent.

— Calme-toi. Tout va bien.

J'avais l'impression que les deux petites émeraudes luisantes qui me fixaient étaient en train de m'aspirer l'âme. Je tombais dans leur puits sans fond et plus rien ne comptait.

Je flottais au-dessus de mon propre corps. J'étais totalement détachée, je n'avais plus la moindre emprise sur ce qui était en train de se passer. Je baignais dans une sorte de brume verte. Evangelina, allongée à côté de moi, appuyée sur un coude, baladait son index sur ma clavicule.

Je voulais reprendre le dessus, me dégager de cette sensation dérangeante. C'était comme si quelque chose, ou quelqu'un, s'était emparé du contrôle de tout mon être. Je restais là, immobile, et je n'arrivais à rien faire, car c'était ce que cette personne souhaitait. Je savais que la façon dont Evangelina regardait mon cou aurait dû m'effrayer, mais je ne ressentais absolument rien. En fin de compte, c'était assez relaxant.

Les brumes émeraude commencèrent à refluer, et j'eus l'impression de regagner mon corps.

— Qu'est-ce que tu fais ?

— Tu étais toute paniquée, je t'ai un peu calmée, c'est tout.

— Comment ça ?

— Je peux prendre le contrôle des émotions des gens, m'expliqua-t-elle comme si c'était d'une logique implacable.

Ce pouvoir pouvait s'avérer impitoyable. Si elle pouvait rendre totalement docile n'importe qui, elle pouvait en faire ce qu'elle voulait ensuite. Je frissonnai à cette idée. Entre de mauvaises mains, de telles capacités pourraient se révéler destructrices.

— Pourquoi ça te perturbe autant, ce qu'il y a en bas ?

Sa question me laissa pantoise tant elle était posée innocemment.

— Tu ne comprends vraiment pas le souci ?

Elle haussa les épaules.

— Non.

— Vous n'avez pas le droit de garder des gens contre leur volonté. De leur prendre leur sang comme ça !

Evangelina pencha la tête sur le côté avec un air concentré.

— Depuis que je suis ici, tout le monde fait comme ça.

— Vous défilez pour vous servir ?

Elle parut embêtée un instant.

— Pas vraiment. On n'est que deux ou trois à avoir l'autorisation d'aller en bas.

— Comment font les autres pour se nourrir ?

— Nous remontons des poches de sang au stock central.

— Et personne ne se demande d'où elles viennent ?

Elle agita sa tête avec un air d'étonnement.

— Tu es certaine que les autres ne savent pas que vous avez des prisonniers ?

— Ils ne sont pas prisonniers ! s'exclama-t-elle. Je prends soin d'eux pour qu'ils ne souffrent pas.

Le tableau qui était en train de se dessiner dans mon esprit ne me plaisait vraiment pas. Karyna gardait bien des humains dans son sous-sol, et seule une poignée de vampires l'aidaient à faire fonctionner son système. Les autres membres de la communauté vivaient dans l'ignorance. Pourquoi aucun d'eux ne s'inquiétait-il de savoir d'où ils tiraient leur sang quotidien ? En y réfléchissant bien, moi non plus, je n'avais pas la moindre idée de la provenance de la plupart des produits que j'achetais au supermarché pour me nourrir... Il suffisait de ne pas se poser de questions, tout simplement.

J'étais perdue dans mes pensées, me demandant comment nous pourrions sauver toutes ces personnes, quand une détonation retentit.

11

— Ça vient du toit ! s'exclama Evangelina.

Elle prit ma main et me tira derrière elle.

— Je dois rejoindre Azraël, protestai-je en tentant de résister.

J'entendis des coups de feu et ce qui ressemblait à des cris de guerre.

— Non, il faut sécuriser le garage. C'est mon travail !

Nous passâmes la porte du parking et l'ambiance qui y régnait était inquiétante. La lumière blafarde des néons donne toujours à ces lieux une atmosphère étrange, mais là, c'était carrément flippant. Un sinistre grondement ponctué de hurlements et de bruits de heurts violents rendait l'endroit inhospitalier. Le vacarme était assourdissant. On aurait dit la bande-son d'un film de guerre au cinéma, sauf que je n'étais pas confortablement installée dans un fauteuil rouge, un gobelet de pop-corn à la main...

Une détonation bien plus proche que les autres me fit sursauter. Une vague d'air chaud et anormalement dense me frappa de plein fouet, me coupant le souffle. J'eus l'impression que le temps se figeait. Avant que je puisse comprendre ce qui était en train de se passer, je ressentis un choc violent, puis un second. Entre deux battements de cils, j'aperçus Evangelina, nimbée d'un nuage de poussière blanche, qui semblait hurler quelque chose. Je ne l'entendis pas. Un sifflement aigu prenait le dessus sur tous les autres sons.

Je voulus porter ma main droite à mon oreille sans y parvenir. Une masse comprimait mon bras, l'immobilisait, sans que je réussisse à le dégager. Après quelques tentatives, je compris que cette masse, c'était moi-même. J'étais allongée au sol, et je ne savais pas comment j'avais atterri là. Mon épaule ne semblait pas se trouver dans une position très naturelle, comme entièrement repliée sous mon dos.

J'essayai de me relever, mais mon corps ne réagissait pas comme il l'aurait dû. J'avais l'impression que chaque cellule de mon organisme était devenue une petite bulle d'acide, et que chaque mouvement entraînait la libération de leur contenu de la plus douloureuse des façons. Aucune portion de mon anatomie n'était épargnée par la souffrance. Toutefois, mon abdomen et mon bras droit semblaient plus sévèrement touchés que le reste.

Prenant conscience que tenter de bouger ne servait à rien, je me concentrai pour essayer de comprendre ce qu'il se passait. J'étais allongée contre le mur du fond du parking. Un chaos sans nom régnait tout autour de moi. Une voiture en flammes retournée sur le toit, non loin, me laissa perplexe. Ce n'est que quand je vis une ouverture béante à la place du rideau de fer que mon cerveau commença à élaborer une théorie cohérente : la porte métallique du garage avait explosé, et les véhicules proches avaient été soufflés.

Des éclairs de lumière attirèrent mon regard. Une dizaine d'hommes avançait depuis l'extérieur, en rang, arrosant copieusement de plomb tout ce qui pouvait bien se présenter devant eux.

Esther entra alors dans mon champ de vision. Je crus d'abord à une hallucination. Un bustier en dentelle argenté enserrait sa poitrine et une longue jupe de velours noir descendait de sa taille jusqu'au sol. Sa jambe gauche apparaissait à chaque pas qu'elle faisait grâce à une fente qui partait depuis sa hanche. Elle s'accroupit devant moi. Sa bouche bougeait, mais mes oreilles alternaient entre un bourdonnement sourd et un sifflement aigu. Je n'entendais pas ce qu'elle tentait de me dire. Ses traits paraissaient crispés. Je l'avais toujours vue détendue, et là, elle semblait vraiment soucieuse. Elle articula exagérément des mots, mais je ne discernais aucun bruit et n'arrivais pas à comprendre ses propos.

Elle finit par perdre patience et porta son poignet à ses lèvres avant de l'ouvrir avec ses petits crocs. Son visage ne s'était pas métamorphosé, ce qui me surprit. Elle me tendit sa blessure, et j'essayai de m'en éloigner. Je voulais lui dire que ce n'était pas nécessaire, mais je ne savais pas si le moindre son sortait de ma bouche. Je n'entendais même pas ma propre voix.

Elle agita son poignet avec insistance, dessinant de petits ronds rapides. Je n'étais clairement pas en état de bouger ou de faire quoi que ce soit sans assistance médicale. Je devais me résigner et accepter, c'était ma seule option, bien que je n'en aie aucune envie. Je cessai de me débattre et elle glissa avec douceur une main derrière ma nuque pour me relever la tête, appliquant sa plaie sur ma bouche. Un timide sourire retroussa ses lèvres sans réussir à effacer l'inquiétude que je lisais sur son visage. Je sentis le liquide épais couler dans ma gorge et déglutis. Esther dut ouvrir sa morsure à nouveau pour que je continue à m'abreuver. En quelques secondes à peine, la douleur dans mon corps s'engourdit, laissant place à des picotements désagréables.

Esther se retourna en direction de la brèche créée par l'explosion du rideau métallique. Des combats y faisaient rage, et elle semblait veiller à ce que personne ne nous approche. Elle me souleva et m'emmena jusqu'à une sorte d'immense salon. Je compris rapidement que c'était ici que les blessés étaient amenés. Je pus distinguer un vampire auquel il manquait un bras, et un autre qui présentait une plaie béante à l'abdomen. J'essayai de ne pas identifier l'organe que j'avais entraperçu pendant qu'Esther me déposait au sol, le dos appuyé contre un sofa moelleux.

Avant de retourner à son poste, Esther me fit une sorte de caresse délicate sur le crâne, et dit quelque chose. Je n'entendis qu'un vague grincement. Les fourmillements allaient et venaient, plus insistants à certains endroits. Je me demandai si leur intensité dépendait de la gravité de mes lésions. Après tout, si j'avais bien compris ce qui s'était passé, j'avais été prise dans le souffle d'une explosion et projetée contre un mur pour finir par m'écraser au sol...

Au bout d'un moment pendant lequel j'avais tenté de rester calme et reposée, un bruit sec déclencha une vive douleur au niveau de mes oreilles. Un peu comme quand on ouvre un bocal de conserve. Mon audition revint brutalement, bien qu'encore parasitée par quelques acouphènes. Une pression désagréable sur mes tympans persistait, mais un tumulte sans nom m'assaillit.

Je regardai autour de moi. Le chaos régnait partout. Des hurlements, des chocs, des coups de feu... Je me relevai péniblement, prenant appui sur le canapé contre lequel Esther m'avait installée.

Deux ou trois personnes se déplaçaient rapidement dans tous les sens. Elles transportaient des poches de sang vers les blessés, des bandages également.

Une secousse agita le bâtiment, faisant tomber des débris du plafond. Je me couvris la tête par réflexe, me recroquevillant sur moi-même, mais rien ne m'atteignit, fort heureusement. Quand je me redressai, mon regard s'attarda sur le vampire à qui il manquait un bras. Quelqu'un était en train de lui en tendre un... C'était probablement le sien. Mon estomac se noua et je crus que j'allais encore vomir.

— Qu'est-ce que vous fichez ici, au beau milieu de cette pagaille ?

La voix nasillarde qui m'interpellait m'était inconnue. Je tournai la tête pour voir un homme d'une quarantaine d'années, légèrement voûté, qui traînait ses pieds dans ma direction, sa blouse blanche voletant derrière lui. Il avait l'allure d'un médecin ou d'un chercheur. Je n'avais pas la moindre idée de ce que je pouvais lui répondre, mais son attention fut attirée par le vampire fraîchement amputé.

— Je le recouds, et je m'occupe de vous. Ne bougez surtout pas !

Où voulait-il que j'aille, de toute façon ? Mon corps ne me faisait plus réellement mal, mais je sentais qu'il s'y passait encore des choses désagréables.

J'avais l'impression d'être plus lourde, comme engourdie, ou anesthésiée.

Le médecin apparut à nouveau dans mon champ de vision. Il s'était accroupi en face de moi. Je ne me souvenais pas m'être assise dans le sofa. Ses yeux étaient étranges, d'une inhabituelle teinte proche du vert amande. Une couleur aussi insolite et pâle ne pouvait tout simplement pas appartenir à un mortel. J'en conclus donc qu'il s'agissait d'un vampire.

— Je m'appelle Sydney, et je suis l'homme de sciences de Sa Majesté, se présenta-t-il.

— Lena, enchantée.

Ma voix sonnait bizarrement à mon oreille, comme si des grelots tintaient le long de mes cordes vocales.

— Qui vous a donné du sang ? me demanda-t-il, l'air amusé en tamponnant mon menton avec une compresse.

— Esther, articulai-je péniblement, la bouche pâteuse.

— Elle ne doit pas y être allée de main morte... Venez avec moi, on va vous mettre dans un endroit un peu moins... agité.

Sydney passa un bras en travers de mon dos et m'aida à me lever. Après nous être assurés que je parvenais à marcher, ou plutôt à me traîner avec lui qui me servait de béquille, nous commençâmes à nous déplacer vers les escaliers.

— Oh, c'est haut !

Sydney émit un son des plus étranges, qui ressemblait à un petit ricanement.

— Allez, vous pouvez y arriver. Une marche après l'autre.

Le bâtiment fut de nouveau secoué. Je n'entendis toutefois aucune explosion qui l'expliquait. L'espace d'une seconde, j'eus la très vilaine impression que le sol devenait le plafond, et inversement. Je me sentis basculer en arrière et m'agrippai à la blouse du médecin comme si ma vie entière en dépendait.

Une fois la gravité rétablie, je repris péniblement mon ascension. Sydney me conduisit ensuite à l'opposé de la salle du trône. La moquette orange et rouge était encore plus désagréable à regarder avec les sensations étranges que m'apportait le sang d'Esther. Après avoir passé une porte, Sydney m'invita à m'installer dans un immense fauteuil. Je m'enfonçai complètement dans les coussins comme s'ils tentaient de m'avaler.

— Bon, on va pratiquer quelques examens de routine, juste pour être certain que vous allez bien.

L'homme disparut avant de revenir avec un énorme sac de cuir, et un verre d'eau que je bus d'une seule traite. Cela aida à atténuer le goût cuivré qui persistait sur ma langue. Sydney fouilla dans sa trousse et en sortit divers instruments.

— Est-ce que vous pouvez me dire ce qui s'est passé ? me demanda-t-il.

Je pris un moment pour rassembler mes esprits. Je n'étais toujours pas parfaitement certaine de la façon dont les évènements s'étaient enchaînés. Je décidai de m'en tenir à ce que je savais.

— Il y a eu un grand bruit, et je me suis retrouvée par terre contre le mur du fond, et j'avais mal dans tout le corps. Je crois qu'ils ont envoyé un missile sur la porte du garage ! Je n'entendais plus rien. Esther m'a donné du sang, et ça a chatouillé partout, et « plop », et maintenant j'entends.

Sydney parut interloqué par mon discours puis commença ses tests. Il pointa une lueur dans mes yeux, me fit suivre un stylo et regarda à l'intérieur de mes oreilles. Au fil des examens, je me rendis compte que l'impression que tout était plus lourd que la normale s'était inversée. Je me sentais toute légère, et j'étais persuadée que si je sautais un peu fort, je m'envolerais.

— Bon, ça devrait aller. Il faut dire qu'avec un sang ancien, peu importe à quel point vous étiez amochée, ça devrait avoir tout réglé.

— Je guéris toujours vite de toute façon. Ça marche comment en fait ? Plus le vampire est vieux, plus l'effet du sang est fort ?

— Tout à fait. Cette pièce est sûre, restez là jusqu'à ce que la bataille soit finie. Je vais vous apporter de l'eau, mais je dois retourner m'occuper des blessés.

— La bataille ? Qu'est-ce qui se passe ?

— Vous n'êtes pas au courant ? Des hommes ont attaqué le manoir. Il est complètement assiégé. Heureusement que Sa Majesté était sur place avec la Nuée Sacrée, sinon...

Sydney me laissa seule, après m'avoir déposé une bouteille sur les genoux. Je me demandai qui pouvait s'en prendre à la communauté de Karyna. S'agissait-il d'autres vampires ? Et où était Azraël ? Il avait dû ressentir la gravité de mes blessures. Pourquoi n'avait-il pas accouru ? J'espérais qu'il allait bien.

Une détonation de plus retentit. Ce n'était vraiment pas une attaque de petite envergure. Des armes, des explosifs... Ces gens ne faisaient pas semblant. Si le manoir n'était pas réduit à l'état de gravats rapidement, ce serait surprenant.

Soudain, un grincement derrière moi me fit bondir. Je sortis du fauteuil et me retournai pour me retrouver face à face avec une princesse de dessin animé.

La personne qui me regardait avec un air inquisiteur devait avoir une quinzaine d'années au maximum. Une cascade de cheveux bouclés d'un blanc immaculé encadrait son visage aux joues rebondies avant de descendre jusqu'à sa taille. Elle portait une robe fuchsia dont les nombreux jupons touchaient le sol.

Elle était nimbée d'une aura argentée, aussi, j'étais persuadée d'être en train de rêver. Ce devait être le sang qui me faisait totalement délirer. Il n'y avait pas d'autre explication.

— Qui êtes-vous et qui vous a permis d'entrer ?

Sa voix claquait de façon sèche et autoritaire, ce qui contrastait avec son apparence si frêle, si fragile. Quand je réalisai que j'avais vraiment entendu sa question, je compris qu'elle existait bel et bien, en chair et en os.

— Je m'appelle Lena, commençai-je à balbutier. C'est Sydney qui m'a mise à l'abri ici, le temps que le grabuge soit terminé.

— Je vois.

Elle fit quelques pas dans ma direction, relevant délicatement sa robe du bout des doigts. À un peu moins d'un mètre de moi, elle s'arrêta et pencha la tête sur le côté. Ses yeux étaient d'un bleu pâle, comme ceux d'un husky.

— Qui êtes-vous ? demandai-je, intimidée tout à coup.

— Tu n'en as pas la moindre petite idée ?

Je pris une seconde avant de hausser les épaules.

— Non, vraiment. Désolée.

La façon dont elle m'avait posé la question me laissait comprendre que j'aurais dû savoir à qui je faisais face, mais ce n'était pas le cas. Je sentais au plus profond de moi que j'étais en tort de ne pas avoir la réponse. Je m'en excusai en baissant la tête.

— Ce n'est pas grave. Tu as l'air d'avoir besoin de te reposer. Assieds-toi et essaie de dormir.

L'inconnue faisait demi-tour quand je tombai au sol dans un éclat de douleur qui me coupa les jambes. Je portai mes mains à mon abdomen. Une brûlure lancinante y résidait sans que je comprenne pourquoi.

La princesse vint s'agenouiller devant moi.

— Que t'arrive-t-il ?

— Je ne sais pas, geignis-je. On dirait que quelque chose a explosé dans mon ventre.

Elle posa ses doigts sur ma cuisse quand une seconde vague chaude naquit dans mon épaule gauche. Je basculai sur le côté et ma tête heurta le parquet. J'avais l'impression que mes os avaient été réduits en miettes. J'avais beau passer mes mains sur ma peau, je n'y détectais rien d'anormal, mise à part la souffrance.

La douleur persistait sans aucune explication. Étaient-ce mes blessures qui n'avaient pas correctement guéri malgré le sang d'Esther ? Un effet secondaire ? Je me tordais en tous sens en espérant que cela me soulagerait, en vain. La jeune femme en rose tentait de me maintenir en place alors que je gémissais.

Puis l'inconnue retira vivement sa main et disparut.

— Lena ? Qu'est-ce qu'il y a ?

Azraël venait d'entrer dans la pièce. Il se laissa tomber à mes côtés. Le tissu de sa chemise était anormalement collé à sa peau au niveau de son ventre.

J'effleurai la zone humide avant de regarder mes doigts, rougis de sang. C'était Azraël qui avait été touché, et pas moi.

— Tu as été blessé ?

— J'ai pris deux balles. On pensait les avoir tous eus...

— Quoi ?

Ma voix hystérique me fit presque mal aux oreilles.

— Ce n'est rien, ça ! Ça n'a fait que traverser au niveau de l'épaule.

— Et dans le ventre ? Ça ne risque pas de te tuer ?

— Non, mes organes cicatrisent déjà. Par contre, si je pouvais sortir la balle, ce serait mieux quand même...

Pendant qu'il disait cela, il avait commencé à déboutonner sa chemise après l'avoir retirée de son pantalon. Un filet de sang coulait depuis l'orifice en étoile. Il approcha ses doigts de la plaie et entreprit de les faire rentrer à l'intérieur. Un nouvel éclair de douleur me plia en deux alors que ma vision se teintait de blanc. C'était comme si une multitude de petites lames de rasoir chauffées à blanc se déplaçaient un peu à gauche de mon nombril.

Je ne pus me retenir de gémir.

— Je l'ai !

J'entendis un bruit métallique et la pression s'atténua légèrement.

— Il faut que ça cesse. Ça fait trop mal !

Des larmes coulaient sur mes tempes alors que j'étais recroquevillée au sol en position fœtale.

— Ne bouge pas, m'ordonna-t-il en se relevant.

Il disparut de mon champ de vision en un éclair. Je n'en revenais pas qu'il me laisse seule, maintenant ! La douleur remontait depuis mes côtes jusqu'à mon épaule. La moindre tentative de mouvement déclenchait de vives brûlures.

Puis, peu à peu, comme si elles s'estompaient, les sensations désagréables s'apaisèrent, remplacées par un calme intérieur d'une profondeur infinie. Je sentis une main dans mon dos, entre mes omoplates.

— Ça va aller... Quelques instants, et ça va passer.

Azraël était revenu. La sérénité faisait disparaître la souffrance à une vitesse presque inquiétante. Ces deux sensations étaient tellement opposées, et pourtant l'une était en train de diluer l'autre.

Quand je pensai pouvoir recommencer à bouger, je me redressai, m'asseyant sur mes talons. Mon bras gauche avait retrouvé sa mobilité, même si ses mouvements provoquaient une sorte d'engourdissement étrange. La douleur n'était plus là. Elle avait disparu. Je pouvais respirer à nouveau sans avoir l'impression que mes côtes tentaient de broyer mes poumons. Toutefois, j'avais encore un peu le tournis.

— Comment tu as fait ?

— J'ai cicatrisé. Comme je n'ai plus mal, tu n'as plus mal.

— C'est... rapide.

Je vis une goutte de sang couler du bord des lèvres d'Azraël. Ses traits étaient flous, comme s'il était dessiné au pastel et qu'on en avait estompé les contours.

— Et toi, qu'est-ce qui t'est arrivé au juste ? J'ai ressenti de vives douleurs un peu plus tôt, mais je n'ai pas pu venir immédiatement.

Je lui fis le récit des évènements tels que je croyais qu'ils s'étaient déroulés. Son visage passa par toute une palette d'émotions : l'angoisse, la surprise, l'admiration.

— Heureusement que Vicky avait placé ses sorts... Qui sait comment ça aurait fini sinon...

— Je préfère ne pas y penser ! Entre ça, et le sang d'Esther...

— Esther t'a donné de son sang ? Tu dois être comme neuve ! Mais te sentir toute bizarre, non ?

Je haussai les épaules. Je ressentais encore quelques fourmillements le long de ma colonne vertébrale. Le sang n'avait probablement pas terminé son office.

— Sydney m'a parlé d'une attaque. Comment ça se passe ? demandai-je.

— Pas bien. Ils sont lourdement armés, mais je pense qu'on a quand même le dessus.

Je sentais de l'inquiétude dans sa voix.

— On sait qui sont ces hommes ?

— Des humains, mais je n'en sais pas plus. Ils portent des uniformes qui laissent croire que ça pourrait être des militaires... Peut-être que d'autres ont réussi à glaner des informations. On verra quand ce sera terminé.

Azraël soupira longuement. Ses blessures l'avaient peut-être fatigué, mais j'étais persuadée que le problème était plus profond. Je n'arrivais pas à capter ses pensées. Je pouvais simplement détecter qu'elles étaient nombreuses. Trop nombreuses.

— Qu'est-ce qui te tracasse comme ça ? finis-je par lui demander en allant m'installer dans le fauteuil derrière moi.

Il ouvrit la bouche avant de la refermer vivement. Ses yeux ressemblaient à deux cascades d'eau pure qui coulaient dans le néant.

— J'ai l'impression qu'on a mis les pieds dans un bourbier qui nous dépasse...

— Tu dis ça parce qu'on se retrouve au milieu d'une espèce de guerre dont on ne connaît pas un des acteurs ?

— Je crois surtout qu'on ne connaît rien. Ni le décor ni l'intrigue, et qu'on va droit dans le mur.

Je n'avais jamais vu Azraël s'inquiéter ou se montrer pessimiste à ce point. Ses mots flottaient autour de moi, lourds, et je ne savais pas quoi répondre. Tout se mélangeait dans mon esprit, impressions et sensations. J'avais envie de toucher son visage pour vérifier s'il était réellement là.

— J'ai retrouvé les gens qui ont disparu. Enfin... je crois, finis-je par dire d'une voix pâteuse.

Azraël eut l'air dubitatif. Il leva l'un de ses sourcils en réaction à mon incertitude.

— Comment ça ?

— Il y a des prisonniers au sous-sol. Ils sont reliés à tout un tas de trucs...

— Ce sont des vampires ?

— Non. Ils sont inconscients, et il y a des machines qui prélèvent leur sang.

Azraël écarquilla les yeux.

— Je ne comprends rien à ce que tu dis. Qu'est-ce que tu as vu exactement ?

Je pris un instant pour remettre mes idées en ordre.

— Il y a plein de portes. J'en ai ouvert une. Il y avait un homme allongé là, relié à des tubes. Evangelina a sorti une poche de sang, et après, elle est allée la verser dans un verre.

Mon estomac se contracta douloureusement alors que je prononçais cette phrase.

— Tu sais combien ils sont ?

— Beaucoup. Mais je n'ai vu qu'Ulrich.

— Ulrich ?

— C'est celui qu'elle a bu.

— Ils connaissent leurs noms, en plus !

— C'est la seule chose qui t'embête dans ce que je t'ai raconté ?

J'étais sidérée : c'était cela qui étonnait Azraël plus que le reste de mon récit. Il haussa les épaules.

— Pour l'instant, il y a plus grave à gérer. On verra ce qu'on peut faire pour eux après la bataille… Toi, tu dois te reposer. Tu n'es pas en état de faire quoi que ce soit avec tout le sang que tu as ingéré.

— Entre Karyna qui m'a mordue, et le sang d'Esther, et le tien il y a quelques jours, je vais finir par devenir l'une des vôtres !

— Oh ! Crois-moi, ça n'arrive pas par accident, me rassura Azraël en passant une main dans mes cheveux. Il faudrait que tu sois drainée de tout ton sang pour t'amener sur le seuil de l'au-delà, puis que l'un des nôtres t'en donne beaucoup en échange. Pour l'instant, on en est loin !

La porte s'ouvrit à la volée, et Darius entra. Il manquait un morceau du verre droit à ses habituelles lunettes de soleil et sa tenue noire était blanchie de poussière.

— Ah, tu es là ! Et Lena aussi, parfait ! Les derniers assaillants ont battu en retraite. C'est fini et il va y avoir un conseil de guerre. Karyna veut que vous soyez tous les deux présents.

— Darius !

Je me levai et me jetai contre lui pour l'enlacer avant même de réaliser ce que j'étais en train de faire. J'étais ravie de voir qu'il ne semblait pas blessé et était libre de ses mouvements.

— Elle est défoncée, ou quoi ?

Sa voix profonde trahissait un amusement certain.

— Esther lui a donné du sang, chuchota Azraël.

— Ceci explique cela...

— Ils ont dit qu'ils t'avaient torturé. Comment tu vas ?

Mon oreille était toujours collée à son torse alors que j'avais passé mes bras autour de son cou.

— Je vais m'en remettre...

— Et tu es quand même venu pour les aider ! C'est incroyable !

Je sentais que j'étais à deux doigts de pleurer devant le courage de Darius. Une main se posa sur mon dos.

— Allez, lâche ce pauvre Darius. Il n'a rien fait pour mériter ça !

Azraël me saisit par les épaules pour m'éloigner de Darius. Je ressentais une joie anormalement grande. Cela devait être l'euphorie causée par le sang d'Esther qui jouait avec mes émotions.

— Et je ne suis pas venu pour les aider, eux ! se défendit Darius. Je suis là pour vous rendre la pareille, à vous !

— Merci, vieux frère.

— Vous vous rendez compte qu'on peut entrer dans une boucle infinie, comme ça ? demandai-je en me laissant emmener vers le fauteuil par Azraël.

— Qu'est-ce qu'elle raconte ?

— Ça doit être le sang qui fait encore des siennes...

— Eh bien, si tu es un otage, et que nous, on devient otage pour te libérer, et que tu reviens de nouveau pour nous libérer. Et ainsi de suite ! On n'est pas sortis de l'auberge !

Je vis Azraël sourire en s'assurant que j'étais correctement installée.

— Elle devait être sacrément amochée vu l'état dans lequel elle est !

— Apparemment, elle était près de la porte du garage quand ils l'ont fait sauter.

Soudain, un souvenir me frappa. Je n'étais pas seule au moment de l'explosion.

— Où est Evangelina ?

Je tentai de me lever, mais Azraël m'en empêcha d'un bras puissant.

— Elle va bien, ne t'en fais pas !

— Tu en es sûr ? insistai-je en continuant de lutter.

— Vu ton état, tu vas rester là. Faire des câlins à Darius, ce n'est pas bien grave, mais Dieu seul sait ce que tu es capable de faire avec autant de sang dans l'organisme.

— Je n'ai pas fait de câlin à Darius, ce n'est pas vrai !

— Ah, si ! confirma le principal intéressé.

Je levai les yeux au ciel.

— Bon d'accord. Mais c'était un tout petit ! Et je n'ai pas fait exprès... Ah, c'est ça ! Tu es jaloux en fait !

Je me penchai en avant et passai mes bras autour du cou d'Azraël pour l'enlacer à son tour.

— Lena, je m'inquiète, tu sais, chuchota-t-il à mon oreille en me rendant mon étreinte. Darius, tu peux nous amener un truc à manger, ça devrait lui faire du bien.

— Tout de suite !

J'entendis la porte s'ouvrir puis se refermer alors que je restais blottie contre Azraël. L'espace d'un instant, j'eus la profonde certitude que c'était probablement le seul endroit sur terre où je ne craignais aucun danger.

— Est-ce que si je mourais, là, maintenant, je deviendrais un vampire ?

Je sentis les muscles de son dos se crisper alors qu'il hésitait une seconde avant de me répondre.

— Il y a un risque non négligeable, en effet.

Je me reculai et le regardai droit dans ses magnifiques yeux bleu saphir.

— Est-ce que, si un jour ça arrivait, tu m'aiderais à gérer ça ?

La conversation était en train de prendre un tour très sérieux, mais ma vision restait parasitée par une brume blanche.

— Toujours, Lena. Ne t'en fais pas pour ça. Tu n'as quand même pas prévu de mourir dans l'immédiat, si ?

— Et si l'explosion m'avait tuée, tout à l'heure ? Ou l'accident de voiture ? Je n'avais jamais failli mourir avant...

— Ce n'est rien, ce n'est pas arrivé. C'est le principal, non ?

Son visage laissait transparaître une certaine inquiétude. Je ne parvenais pas à déterminer si c'étaient mes propos qui le perturbaient, ou la situation.

— Depuis que je te connais, je suis blessée, je vais à l'hôpital, et je manque de mourir. Le monde des ténèbres est un endroit dangereux, et tu voudrais que j'y plonge pleinement pour être ton associée... Les risques sont grands que je ne m'en sorte pas.

Je ne savais pas d'où me venait cette certitude, mais elle m'habitait, et la prononcer à voix haute semblait la rendre encore plus réelle. Un peu comme une prophétie.

— Ne dis pas de bêtises !

Darius apparut derrière Azraël, un yaourt à la main.

— C'est tout ce que j'ai trouvé, s'excusa-t-il en me le tendant avec une cuiller.

— Il faut que tu manges et que tu boives. Le sang, c'est comme l'alcool, il faut éponger tout ça.

Je m'exécutai, et après quelques instants, je me sentais déjà moins mal. Ma vue avait presque retrouvé son degré de précision habituel, et j'avais moins l'impression de flotter à côté de moi-même.

— Karyna ne va pas être contente qu'on la fasse poireauter comme ça.

— On l'emmerde, Karyna, répondit Azraël.

Il n'était que rarement grossier. Je me souvins alors de toutes ses puissantes émotions que j'avais captées en présence de la belle blonde. De l'eau avait coulé sous les ponts depuis qu'ils étaient sortis ensemble. J'aurais aimé l'interroger pour en savoir plus sur les mauvais traitements qu'elle lui avait fait subir, mais je ne voulais pas aggraver notre retard.

— Tu disais que même moi, je devais venir ?

Ma question me semblait légitime. Après tout, elle m'avait refusé l'accès à leur réunion plus tôt dans la nuit.

— Même toi, dit Darius en haussant les épaules. C'est dans la salle de commandement. Je pars devant, ça devrait la calmer quelques instants.

Il referma la porte derrière lui et Azraël m'aida à me lever.

— Tu te sens comment ?

— Un peu fatiguée, un peu éméchée, mais ça va. Désolée pour les débordements d'affection !

Toute la chaleur de mon corps se concentra au niveau de mes joues que je devinais écarlates. L'effet du sang était en train de passer, et le souvenir de mes actions me laissait quelque peu honteuse.

— Ne t'en fais pas. On sait tous ce que ça fait. On y va ?

Je le suivis jusqu'à la salle du trône. Nous traversâmes la vaste pièce pour nous diriger vers la porte dans le fond. Avant de la franchir, je vérifiai ma tenue. J'étais toute poussiéreuse, aussi, j'essayai de me nettoyer comme je le pouvais. Mes collants en résille étaient déchirés à plusieurs endroits. Il n'y avait rien à faire. Azraël se retourna pour regarder mon petit manège.

— Tu es très bien ! Attends, par contre...

Il s'approcha et leva la main vers mon visage avant de frotter énergiquement ma joue droite et de m'essuyer le dessous des yeux.

— Merci, murmurai-je.

— Maintenant, c'est presque parfait. Allez, on ne va pas se faire désirer plus longtemps.

12

Je passai la porte sur les talons d'Azraël. Je ne m'attendais pas à trouver ici une sorte de poste de contrôle qui aurait pu servir à la NASA. La salle du trône, qui faisait clairement dans le style médiéval, ne laissait pas présager toute cette technologie.

L'un des murs de la pièce rectangulaire dans laquelle nous étions était intégralement recouvert d'écrans. Seule source de lumière de l'endroit, de la neige et des interférences étaient diffusées sur la quasi-totalité d'entre eux. Malgré l'obscurité, je devinais des silhouettes installées dans des fauteuils autour d'une immense table carrée. Azraël m'indiqua deux places disponibles.

— Je vous remercie de vous être joints à moi pour ce conseil de guerre, commença Karyna. L'heure est grave. Nous avons gagné la bataille, mais il y a fort à parier que la guerre n'est pas terminée. Je dois remercier notre bien-aimée Reine qui a permis cette victoire en nous prêtant en renforts sa garde personnelle. Toutefois, ce bastion est compromis. Nous devons le quitter et trouver un nouvel endroit où nous installer, et le plus rapidement sera le mieux. Avant toute chose, le Capitaine de la Nuée Sacrée souhaiterait nous faire un compte-rendu des évènements. Capitaine ?

Mes yeux commençaient à s'habituer à la pénombre. Je vis un homme qui portait une tenue écarlate se lever de sa chaise comme si quelque chose venait de lui mordre le derrière.

— Merci, Madame. Les assaillants ont attaqué sur deux fronts différents. Chacun de nos groupes a eu à faire face à un bataillon d'une petite centaine d'hommes. Le premier bataillon a attaqué depuis l'entrée principale, alors que le second s'est occupé de la zone à l'arrière de la propriété. Ce que nous n'avions pas prévu, c'est qu'il s'agisse d'une diversion pour attaquer deux autres endroits.

« Pour être précis, alors que les combats faisaient rage, deux groupes un peu plus restreints ont littéralement pris d'assaut le bâtiment. L'un a tenté de passer par le flanc, au niveau de l'entrée du garage, et un groupe d'une dizaine d'hommes est arrivé par le toit. Ils ont créé des brèches dans l'enceinte à l'aide d'explosifs et ont réussi à pénétrer nos défenses.

« Les effectifs civils sur place sont parvenus à freiner la progression des assaillants jusqu'à ce que la Nuée puisse intervenir. Nous dénombrons au total huit membres de la Nuée décédés définitivement. Parmi les civils, dix-neuf individus y ont également laissé la vie. Les blessés sont nombreux, mais tous devraient s'en remettre grâce aux stocks de sang disponibles.

« L'intégrité du bâtiment est sévèrement compromise. Outre les brèches majeures au sous-sol et sur le toit, l'escalier du dernier étage de l'aile ouest s'est totalement effondré. La structure même du manoir est fragilisée et certaines zones sont à présent condamnées jusqu'à ce qu'elles soient sécurisées.

« Bien que la majorité des assaillants ait été éliminée, il y a fort à parier qu'ils n'ont pas déployé l'intégralité de leurs forces dans cette attaque. La sophistication des assaillants laisse à penser qu'ils sont bien plus malins que nous pouvions le penser, et beaucoup plus organisés. Une seconde attaque est, selon moi, la principale menace. Vous devez évacuer, aussi vite que possible. Au vu de la force de feu déployée, une attaque majeure peut être envisagée. Nous avons eu affaire à des hommes entraînés, et lourdement armés. S'ils décidaient de bombarder la zone depuis le ciel, nous ne pourrions pas lutter.

Le capitaine se rassit, laissant le silence envahir la salle. Je balayai l'assistance du regard. Est-ce que tous ceux présents ici étaient des vampires ? Je reconnus Esther dont le bustier était abîmé, comme si elle avait été blessée. Une auréole de sang le maculait au niveau de la clavicule. Darius et Vicky étaient installés à sa gauche. Je ne connaissais pas les autres personnes dont j'arrivais à distinguer le visage. Certains n'étaient que des ombres.

— Merci pour ce rapport, dit Karyna. Bon, maintenant, passons à la suite. Est-ce que quelqu'un a la moindre idée pour nous sortir de ce merdier ?

Quelques murmures montèrent sans que personne ne prenne franchement la parole. Karyna se racla bruyamment la gorge comme pour signifier que cela ne lui convenait pas et le calme revint.

— On sait qui étaient ces hommes ? Pourquoi ils ont attaqué ?

La question provenait d'une femme installée un peu plus loin sur ma gauche. Je ne pouvais pas l'apercevoir à cause de la configuration des lieux, mais sa voix me paraissait assez âgée.

Un silence pesant tomba sur la salle. Se pouvait-il que personne ne sache ce qui venait de se passer ? Alors que tout le monde se lançait des regards inquiets, un homme en costume bleu nuit dont la cravate soyeuse brillait dans la pénombre prit la parole sur un ton désinvolte.

— Alors comme ça, Karyna, tu n'as pas la moindre idée de qui pouvait bien vouloir vous rayer de la carte ?

La principale intéressée paraissait furieuse. Elle tapa du poing sur la table.

— Absolument pas, Richard ! Sinon, tu penses bien que j'aurais tout fait pour éviter qu'on en arrive là !

Le dénommé Richard émit un petit rire qui laissa comprendre qu'il mettait ses propos en doute.

— Pas la moindre piste ?

— Nous avons fait quatre prisonniers qu'il nous faut encore interroger, reprit le capitaine de la Nuée Sacrée. Nous espérons en savoir plus sur leur identité et leurs motivations rapidement.

Je me demandai s'ils allaient utiliser la magie pour les forcer à parler, ou s'ils se contenteraient des bonnes vieilles techniques de torture classiques. Avais-je réellement envie de connaître la réponse à cette question ?

La porte de la salle de commandement s'ouvrit à la volée et un homme qui tenait une lance entra. Oui, oui, une lance ! Il semblait porter la même tenue que le Capitaine de la Nuée Sacrée. Il frappa le sol avec son arme tout en se penchant.

— Capitaine, j'ai des informations urgentes. C'est à propos des prisonniers.

— Parle !

— Nous n'avons rien pu faire. Ils étaient équipés de dispositifs pour mettre fin à leur vie.

— Ils sont morts tous les quatre ? hurla Karyna en se matérialisant devant le messager qui recula d'un pas.

— Non, Madame. Trois seulement. Le système de l'un d'eux semble avoir connu une avarie. Il est gravement blessé, mais vivant.

— Amenez-le. Immédiatement.

— Oui, Madame.

Il frappa à nouveau le sol avec le manche de son arme et sortit. Finalement, j'allais peut-être découvrir comment ils comptaient lui extirper des renseignements. Cela ne me donnait aucune envie de rire, et j'en conclus que j'avais définitivement perdu les effets euphorisants du sang d'Esther. Avec le spectacle qui m'attendait, je devais avouer regretter quelque peu la vision floue et l'excès de calinothérapie.

L'assemblée était figée comme seuls les vampires savent le faire. J'étais persuadée qu'aucune des personnes présentes, exceptée moi, avait cligné des yeux depuis que le lancier était sorti. J'avais très envie d'inverser le croisement de mes jambes, mais je m'en empêchais. Le bruit que cela pourrait causer risquait de focaliser toute l'attention sur moi, et je préférais l'éviter.

La porte de la salle de commandement s'ouvrit à nouveau et deux lanciers entrèrent. Ils encadraient un homme qui n'avait vraiment pas l'air en grande forme, le retenant chacun d'un bras. Ses jambes traînaient derrière lui et sa tête ballottait contre sa poitrine. Ils l'emmenèrent jusqu'au mur d'écrans et le lâchèrent près du fauteuil de Karyna. Le prisonnier s'effondra comme un tas de chiffons kaki au sol.

— Esther, je peux compter sur toi ?

Je jetai un regard interrogateur à Azraël à côté de moi.

— Esther a la capacité de détecter le mensonge, me murmura-t-il à l'oreille.

C'était une information intéressante que j'aurais aimé connaître plus tôt. Il ne me semblait pas avoir menti en sa présence, mais tout de même, il aurait pu me prévenir !

Karyna se leva et poussa son fauteuil afin que les deux lanciers de la Nuée Sacrée puissent y asseoir le prisonnier. L'un d'eux se plaça derrière et lui maintint la tête droite pour que tout le monde puisse voir son visage.

Malgré le contre-jour, je notai qu'il était sacrément amoché. Il lui manquait une oreille, et tout le côté gauche de son uniforme était taché et déchiré. On aurait dit qu'il avait pris une balle de très gros calibre dans le dos et qu'elle était ressortie par sa clavicule.

— Vous pouvez y aller, fit le lancier à l'intention de Karyna.

— Bien. Première chose : qui êtes-vous ?

Le soldat resta silencieux et immobile. Je doutais qu'il ait réellement entendu la question.

— Qui êtes-vous ? insista Karyna, détachant chaque syllabe à quelques centimètres à peine du visage de ce pauvre homme.

Aucune réponse.

— Y a-t-il quelqu'un qui contrôle les actions dans l'assemblée ? demanda le Capitaine de la Nuée Sacrée.

— Moi, fit Darius à ma plus grande surprise. Je peux l'obliger à coopérer, mais ça a ses limites.

— Allez-y. On ne peut pas se permettre de le perdre.

Darius se leva et vint s'agenouiller devant le prisonnier.

— Maintenez-lui les yeux ouverts. Le contact ne doit pas être rompu, ordonna-t-il au lancier.

Il ajusta sa prise, et Darius bougea un peu après avoir remonté ses lunettes de soleil au-dessus de son crâne.

— C'est bon. Il est prêt.

— Qui êtes-vous ? redemanda Karyna.

— Jack... Williams.

— Pour qui est-ce que vous travaillez ?

— Une branche secrète de l'armée.

— Quelle est votre mission ?

— Éradiquer la menace V nouvellement identifiée.

— Dites-m'en plus à ce sujet.

Le visage de l'homme se gonfla et rougit. Il paraissait lutter. Darius posa ses mains sur les cuisses du prisonnier.

— Qu'est-ce que la menace V ?

J'eus l'impression pendant une seconde que ses yeux se fixaient sur moi avant de revenir vers Darius. Il déglutit et reprit la parole.

— Le gouvernement a appris que les vampires n'étaient pas que des créatures de fiction, mais qu'ils foulent cette terre à nos côtés. Une branche secrète de l'armée a donc été créée pour enquêter sur cette menace et trouver un moyen de l'éliminer.

Plusieurs membres de l'assistance avaient frémi sans tenter de s'en cacher. Si leur existence était maintenant une information publique, leur mode de vie était en péril.

— Que savez-vous sur eux ?

— Ils boivent du sang et craignent le feu. Le soleil les affaiblit, mais ne semble pas leur être fatal. Ils vivent en nids avec un chef reproducteur qui propage sa lignée au sein de chacun d'eux.

— Comme c'est pittoresque, murmura quelqu'un non loin.

La tête de Karyna pivota dans sa direction et elle le foudroya du regard.

— Est-ce pour cela que vous nous avez attaqués ?

— Je... La menace V a été clairement identifiée.

— Comment ?

— La zone présente une anomalie statistique de mortalité. Une surveillance minutieuse du quartier a montré qu'il y avait beaucoup trop de mouvements autour de ce manoir supposé abandonné.

— En quoi cela a-t-il été corrélé à la menace V ?

L'homme glissa au sol, en proie à des convulsions étranges. Darius le lâcha et le phénomène stoppa.

— On n'en tirera plus rien, déplora Karyna. Débarrassez-vous-en. Esther, rien à signaler ?

— Rien, confirma cette dernière alors que le corps du prisonnier était sorti de la pièce.

Quelque chose me tracassait, et ce n'était pas seulement le fait que cet homme soit mort devant moi. Ce fait, bien que capital, était éclipsé par le nombre de choses qui ne collaient pas dans le discours du militaire.

D'autres personnes en étaient arrivées aux mêmes conclusions qu'Azraël et moi. S'il s'agissait de la police, comment expliquer que ce ne soient pas leurs services qui interviennent ? Ils n'ont presque aucun lien avec l'armée. Et s'ils n'avaient rien à voir avec tout cela ? Il nous manquait une information cruciale. Probablement plusieurs. La voix anormalement espiègle d'Esther mit fin à mes interrogations.

— Je sais que je change de sujet, mais une question me brûle les lèvres. Pourquoi est-ce toi qui nous as convoqués, ou même qui mènes cette réunion ?

— Et qui voudrais-tu que ce soit ? demanda Karyna sur un ton de défi.

— Soren.

Plusieurs personnes avaient parlé en cœur.

Karyna se mit à rire à gorge déployée.

— Mais c'est moi, la souveraine, maintenant. Il m'a laissé sa place !

L'agitation se saisit de l'assemblée. Des exclamations et des murmures envahirent la salle. J'entendis quelqu'un frapper du poing sur la table. Je n'étais pas certaine qu'ils approuvent une telle passation de pouvoir.

— Depuis combien de temps ? demanda un homme sur ma droite.

— De toute façon, ce n'est pas le sujet, reprit Karyna pour faire taire les protestations. Le sujet qui nous intéresse est de savoir ce que nous allons faire maintenant que cet endroit est compromis.

— Le plus gros souci, c'est que notre espèce tout entière est compromise, il semblerait. Le prisonnier a mentionné des morts ! Qu'est-ce qui se passe ici, bon sang ?

La femme qui avait parlé paraissait en colère, et cela pouvait se comprendre.

— Cela te pendait au nez, intervint Vicky. Vous multipliez les entorses à nos lois, probablement depuis que tu as pris le pouvoir, et voilà le résultat. Les humains ont trouvé ton repaire et ont bien failli t'éliminer. Le fait qu'il y ait eu aussi peu de victimes tient tout simplement du miracle !

— De quoi parles-tu, Victorina ? s'enquit la voix âgée que j'avais déjà entendue plus tôt.

— Il y a de nombreuses personnes qui disparaissent dans le quartier, depuis plusieurs années. Beaucoup trop pour que cela continue à passer inaperçu.

— Et nous savons à présent que certains sont retenus et drainés de leur sang ici, au sous-sol, ajouta Azraël.

— Qu'as-tu à répondre à ces accusations, Karyna ?

— Nous faisons ce que nous voulons, comme nous le voulons, et nous n'avons de comptes à rendre à personne ! Est-ce qu'on peut en revenir au fait que le manoir risque de nous tomber dessus d'un instant à l'autre ? Nous réglerons ces histoires plus tard, si vous le voulez bien.

La liste des sujets qu'il n'était pas temps d'aborder commençait à s'allonger dangereusement. Je me demandai s'il s'agissait d'une stratégie pour éviter les problèmes, ou si d'autres rassemblements allaient suivre. J'avais du mal à imaginer que les vampires pouvaient être atteints de réunionite aiguë.

— Si ta population était absorbée par un groupe existant, cela serait plus évident, plus facile, et plus rapide, étant donnée l'urgence de la situation, fit remarquer Richard.

— Nous devons dans tous les cas évacuer, intervint Azraël. Et le plus vite possible, comme l'a dit le capitaine. Nous discuterons de la suite après, je suis d'accord avec Karyna sur ce point. Nous ne pouvons pas prendre le risque de rester là plus longtemps.

— Et tu veux qu'on aille où, gros bêta, lui rétorqua Karyna d'un ton hargneux. Aucun d'entre vous n'a la capacité de nous accueillir tous au même endroit !

— Il y a bien l'installation d'urgence, au pire...

Azraël avait prononcé ces mots très doucement, et je n'étais pas certaine d'avoir correctement entendu. Des murmures agacés s'élevèrent autour de la table.

— L'installation d'urgence ? C'est quoi ça, encore ? demanda un homme à la longue chevelure de feu.

— En plus de gérer les implantations des douze communautés primaires, le Conseil Vampirique m'avait chargé de créer des infrastructures annexes. L'une d'elles est un immense abri antiatomique prévu pour pouvoir nous protéger en cas d'urgence.

Je n'en revenais pas. Les vampires possédaient un bunker secret.

— Comment ça se fait que personne n'en ait entendu parler ?

— On pourrait y accueillir combien des nôtres ?

— Il est où, ce bunker ?

— Quelle est la procédure ?

Karyna avait haussé la voix pour prendre le dessus sur le vacarme des questions qui provenaient des quatre coins de la pièce.

— Puisque ce n'est qu'un repli temporaire, disons pour une poignée de jours, je n'ai pas à remplir les réserves de sang, ce genre de choses. Nous pouvons donc y aller dès que tout le monde sera prêt.

— Et les humains ? On en fait quoi ?

— Tu parles de ceux que tu retiens prisonniers à la cave pour te servir de nourriture ?

Le ton d'Azraël ne laissait aucune place au doute. Chaque fibre de son corps méprisait Karyna à cet instant précis.

— La question est de savoir si le bunker peut accueillir nos installations ou si nous allons devoir nous en défaire.

L'utilisation du mot « installations » pour désigner ces pauvres gens me révolta, tout comme le fait qu'elle puisse s'en débarrasser d'un claquement de doigts, et je ne fus visiblement pas la seule. Richard se leva en demandant à Karyna si elle avait perdu l'esprit, et l'homme aux longs cheveux roux porta sa main devant sa bouche comme s'il était choqué.

— Nous n'avons pas le temps de nous chamailler à ce propos, intervint quelqu'un derrière moi. Nous réglerons ces soucis une fois à l'abri. Ces humains doivent être libérés, ce n'est pas négociable. Nous devons nous hâter avant que cet endroit s'effondre sur nous. Azraël, c'est toi qui diriges les opérations. Je ne veux entendre aucune contestation.

L'assemblée s'était figée, tournée vers le point d'origine de ces paroles. Je pivotai sur mon fauteuil pour découvrir la princesse que j'avais rencontrée plus tôt.

Tous les vampires autour de la table vinrent former un arc de cercle devant ce petit bout de femme et mirent un genou au sol, la tête exagérément penchée en avant. Même Karyna s'était pliée à ce protocole révérencieux. Il ne restait que moi, assise sur ma chaise, et je me sentis un peu bête de ne pas avoir suivi le mouvement. Pour ma défense, je ne comprenais rien à ce qui était en train de se passer.

— Tu n'as donc pas menti. Tu n'as vraiment pas la moindre idée de qui te fait face, n'est-ce pas ?

J'hésitai à imiter les autres avant de répondre, mais elle ne m'en laissa pas l'occasion. Comme si elle glissait vers moi, retenant ses jupons délicatement relevés, celle à qui tout le monde présentait tant de respect s'approcha et posa ses mains sur les accoudoirs de mon fauteuil.

— Je suis...

— Chut ! me coupa-t-elle. C'est rafraîchissant ! Cela faisait bien longtemps que personne n'avait osé engendrer un nouveau vampire sans lui parler de moi... À qui appartient cette chose ?

Azraël se leva et vint se placer à mes côtés.

— Je suis désolé, mais tu fais erreur. Lena n'est pas l'une des nôtres...

— Quoi ? Tu as autorisé un humain à se joindre à nous et à connaître le moindre détail de notre organisation ? Azraël, je ne te savais pas si... stupide !

J'avais sursauté quand elle avait élevé la voix. Mes tympans n'étaient peut-être pas encore parfaitement remis, car j'eus l'impression qu'ils claquaient sous l'effet du son.

— Elle est liée à lui, intervint Esther d'un ton amusé en approchant à son tour. C'est compliqué pour lui de s'en éloigner...

Je n'aurais jamais pensé qu'Esther vienne au secours d'Azraël, à moins que ce soit au mien ?

— Un lien ? Comme c'est surprenant... Lena, c'est ça ? Je suis ravie de faire ta connaissance, dit-elle d'une voix douce et calme. Je suis Morgane, et je te souhaite la bienvenue parmi nous. Désolée si je t'ai fait peur... Ce n'était pas dans mes intentions. Azraël, Esther, j'espère que vous contrôlez parfaitement le déroulement des évènements, sinon vous aurez affaire à moi. Allez, levez-vous, il suffit ! Nous devons nous mettre en route.

Je restai sidérée. J'avais malencontreusement offensé la Reine des vampires par deux fois. Est-ce que je risquais quelque chose ? Un châtiment éternel pour non-respect du protocole ?

Tout le monde se releva et Azraël commença à donner des ordres. Il pointait du doigt certaines personnes, faisait de grands gestes vers d'autres. Au milieu de l'agitation apparente, il dégageait une impression de maîtrise de lui qui me rassura malgré le tour que les évènements avaient pris.

— Et moi, je m'occupe du sous-sol avec Lena, finit-il. Rendez-vous dans le hall dans deux heures.

— La Nuée et moi partons devant, expliqua Morgane. Nous veillerons à ce que tout soit prêt, et nous reprendrons les tractations à propos de l'avenir de cette communauté dès que tout le monde sera installé.

Le manoir était devenu un champ de ruines. Cette impression était d'autant plus vraie que des gens se déplaçaient en tous sens, des valises et des sacs à la main, parés à évacuer la zone. Azraël me suivait alors que je le guidais jusqu'au sous-sol.

L'appréhension me gagnait à l'idée de descendre à nouveau cet escalier. Je savais ce que j'y avais vu, mais une partie de moi craignait que mon imagination m'ait joué des tours. Toutefois, le fait que Karyna n'ait pas démenti les accusations me confortait dans l'idée que j'allais remettre les pieds en enfer.

Je n'avais vraiment pas envie de découvrir combien de personnes étaient emprisonnées là-dessous ni dans quelles conditions. La seule chose qui me rassurait était que nous allions libérer tous ces pauvres gens.

Une fois la lourde porte métallique passée, nous nous retrouvâmes dans le long corridor.

— C'est là.

Azraël émit un sifflement d'admiration en observant l'installation.

— Ils ont fait ça bien, murmura-t-il en regardant par l'ouverture. Dommage que leurs desseins soient si sombres...

J'attendis pendant qu'il parcourait le couloir. Quand il revint devant moi, il avait l'air soucieux.

— Qu'est-ce qui se passe ?

— Ça ne va pas être de la tarte !

— Pourquoi ?

— Fort heureusement, il n'y a pas quelqu'un derrière chaque porte, mais il y a quand même dix-sept personnes ici...

— Dix-sept !

Je me doutais bien qu'il y avait beaucoup de prisonniers, mais mon esprit avait refusé d'y associer un nombre précis. Dix-sept... C'était à la fois beaucoup, au regard de ce qu'ils avaient enduré, et finalement peu. Je m'étais attendue à bien plus.

— Je ne pense pas arriver à trouver dix-sept histoires convaincantes pour expliquer leur réapparition mystérieuse. Je vais effacer leur mémoire. Ils ne garderont aucun souvenir de tout ça, et nous allons passer un appel anonyme pour que les pompiers interviennent. Ce sera plus simple. Est-ce que tu te sens capable de les débrancher ?

— Tu es sûr que c'est une bonne idée ? Il va y avoir une enquête... Ils risquent de trouver des indices...

— Non, j'ai chargé Richard et Apollon de s'occuper de faire disparaître tout ce qui pourrait trahir notre présence. Ils chercheront un prédateur sexuel, ou des trafiquants d'organes, ce genre de choses.

C'était triste de se dire que ces personnes ne sauraient jamais ce qui leur était arrivé. Je me demandai combien de victimes, combien de familles déjà, de par le monde, avaient été confrontées à cela à cause des vampires.

— Bon, d'accord, dis-je un peu à contrecœur. Mais tu es certain qu'aucun d'eux ne va se réveiller ?

— Je pense qu'il n'y a aucun risque.

Azraël m'accompagna dans une première cellule pour s'assurer que je saurais me débrouiller. Une femme d'origine asiatique y était allongée. Elle portait la même tunique de toile rouge que j'avais vue sur Ulrich.

L'appareillage semblait plus complexe qu'il ne l'était finalement. Un tuyau implanté au creux de son bras s'occupait du sang et un autre, branché au niveau de sa main, était relié à deux poches accrochées en hauteur.

— Comment est-ce que ces gens peuvent survivre ? Comme est-ce qu'ils font leurs besoins ?

Azraël me regarda comme si je lui avais demandé de m'expliquer les mystères de l'existence. Je retirai les sparadraps qui maintenaient les cathéters en place et cela me donna légèrement la nausée.

— Ils les réveillaient pour qu'ils aillent aux toilettes. C'est certain. Leur hygiène est irréprochable. Ils devaient aussi leur permettre de faire de vrais repas par moments. Ils sont en trop bonne forme pour des gens qui ne seraient nourris que par intraveineuse... Ils doivent avoir au moins une personne capable de rentrer dans leurs esprits...

Il avait probablement raison. Je repensai alors au pouvoir qu'Evangelina avait semblé utiliser sur moi et l'expliquai à Azraël du mieux que je pouvais. Pendant ce temps, je tirai délicatement sur l'aiguille qui était plantée dans son bras. L'espace d'une seconde, ma vision se flouta.

— Si cette pauvre petite a été obligée de s'occuper de ces gens, j'ose à peine imaginer...

— C'est Karyna qui l'a transformée, le coupai-je. Je ne sais pas quand c'est arrivé, mais cela explique qu'elle soit aussi détachée vis-à-vis de ce qui se passe ici. Elle n'a jamais rien connu d'autre.

— Réintégrer ces vampires ne va pas être une tâche aisée...

Je sentis de la lassitude dans la voix d'Azraël. Et une pointe d'inquiétude également. Je retirai le dernier tuyau qui était planté dans la main de la jeune femme. J'étais à présent certaine que je n'avais pas raté une vocation dans le domaine médical : cela me causait une douleur sourde dans le ventre.

— Oui, mais au moins, nous savons ce qui est arrivé à tous ces gens. Et nous sommes en train d'en sauver une partie, fis-je aussi bien à ma propre intention qu'à celle d'Azraël.

— Tu as raison, focalisons-nous sur les aspects positifs. Je m'occupe de son esprit, maintenant. Fais pareil avec chacun d'eux, et tu me dis quand tu as fini.

Je hochai la tête avant de le laisser faire sa part du travail. J'allais de cellule en cellule, essayant de faire au plus vite, de faire au mieux. J'espérais ne pas leur faire mal. Je ne voulais pas ajouter autre chose à leur calvaire.

La douleur dans mon ventre était la même à chaque aiguille retirée malgré l'assurance que mon geste prenait au fil du temps. Je mettais de moins en moins de temps à chaque personne, je tremblais de moins en moins. Je me figeai toutefois en faisant face à Ulrich. Evangelina l'avait présenté comme son dîner préféré. Je me demandais à quel point la saveur du sang pouvait varier d'un individu à l'autre. Surtout qu'ici, tous ces gens étaient traités de la même façon.

Je m'attardai une seconde sur le pauvre homme. Les traits de son visage me paraissaient fatigués, usés. Il devait avoir une quarantaine d'années. Peut-être avait-il une famille, quelque part, qui s'inquiétait de son sort... Je chassai ces pensées le plus rapidement possible. J'avais déjà bien assez de mal à les libérer de tout cet attirail médical sans savoir qui ils étaient... Alors, si je commençais à me poser des questions sur leur vie, je n'étais pas sortie de l'auberge.

Toutes les personnes emprisonnées ici ne possédaient pas de points communs évidents contrairement à ce que j'avais d'abord envisagé. Nous pouvions éliminer une préférence pour un sexe particulier, puisque des hommes et des femmes étaient enfermés. L'âge des victimes allait d'une vingtaine d'années à une petite soixantaine d'après mes estimations. Les vampires avaient probablement profité des occasions quand elles se présentaient, sans se soucier d'un quelconque critère de choix.

Quand j'eus enfin fini, je remontai le couloir. Azraël sortit d'une des cellules. Dans la lueur blafarde des plafonniers, il semblait avoir perdu sa prestance ordinaire.

— Ça va aller ? lui demandai-je en posant délicatement une main sur la poitrine pour l'empêcher de passer.

Ses épaules me paraissaient voûtées, et sa démarche saccadée. Il n'y résidait pas l'éternelle fluidité qui m'était devenue familière.

— Oui, oui.

Je détectai une langueur anormale dans sa réponse qui ne me convainquit absolument pas.

— Je n'en ai pas l'impression. Dis-moi ce qu'il y a.

Le vampire soupira, et comme si l'évacuation de ce trop-plein d'air le soulageait d'un poids, je sentis une onde étrange remonter depuis le bout de mes doigts jusqu'à ma gorge. Une pression folle semblait s'exercer dans tout mon organisme. Quelque chose d'une puissance infinie essayait de déchiqueter mon corps depuis l'intérieur. Je reculai pour que cela cesse.

— Je suis désolé, murmura-t-il en se retournant.

— Est-ce que... la soif ?

Azraël s'appuya d'une main contre le mur, comme s'il avait besoin de lui pour tenir debout.

— Cette nuit a été éprouvante.

— Je ne te le fais pas dire.

— Je me suis nourri juste ce qu'il fallait pour que ta douleur disparaisse, mais j'ai perdu énormément de sang. Et toute cette utilisation de pouvoir... Mon énergie est en train de se vider.

Il pivota vers moi. Sa peau semblait transparente, et ses yeux ternes. Il faisait vraiment peine à voir.

— Je peux faire quelque chose ?

Il secoua la tête.

— J'ai besoin de sang. Beaucoup de sang.

Je pensai aux poches prélevées sur toutes ces personnes. Il devait y en avoir dans presque toutes les cellules.

— Le sang qui est là ne suffirait pas ?

— Si, bien sûr, mais...

— Mais quoi ?

Il avait stoppé sa phrase comme s'il n'osait pas la terminer. Je lui lançai un regard insistant et le vis hésiter. Il baissa la tête.

— Je ne veux pas me nourrir de ces pauvres gens. Ils ont bien assez souffert, murmura-t-il.

Je souris malgré moi. Connaissant Azraël, je n'étais vraiment pas surprise de sa réaction.

— Les poches de sang sont là. Elles ont déjà été prélevées. Ils ont déjà souffert. Tu ne seras pas responsable d'une aggravation de leur état, tu sais.

— Je sais, mais quand même... Ça me...

— Ce que tu as bu tout à l'heure venait de là, non ? le coupai-je avec un geste de la main.

— Oui...

— Bon, voilà. Tu en as déjà pris. Je ne vois pas ce que deux ou trois de plus vont changer au niveau de ton karma ! Et puis, si tu n'as plus d'énergie, tu ne pourras plus libérer tous ces gens !

Je savais mon ton particulièrement sec, mais je m'en fichais. Je ne pouvais pas le laisser continuer à faire n'importe quoi.

— Tu as probablement raison...

Je rentrai dans la cellule directement sur ma droite et ouvris le petit compartiment réfrigéré pour en sortir quelques poches. D'un mouvement brusque, je les lui collai contre la poitrine.

— Voilà, bois.

Son visage trahissait le fait qu'il ne me prenait pas au sérieux et résistait. Cela me mit dans une rage noire.

— Azraël, arrête de faire l'enfant ! Si tu ne peux plus utiliser ton pouvoir, ces pauvres gens vont rester encore plus traumatisés qu'ils ne le seront de toute façon. Et il y a aussi tous les vampires de la région, et peut-être de plus loin encore, pour ce que j'en sais, qui comptent sur toi pour les sortir d'ici avant que le bâtiment leur tombe sur la tête. Et je ne parle même pas de l'effet que tes conneries pourraient avoir sur le lien, et donc sur moi !

— D'accord, d'accord, concéda-t-il en prenant de mes mains les poches. Tu sais que tu fais un peu peur quand tu t'énerves ?

— Et crois-moi, t'as rien vu ! Maintenant, bois. On va finir par être en retard...

Il sortit son téléphone et regarda l'écran.

— On est déjà en retard.

— Eh bien, magne-toi !

Il entra dans la cellule suivante, et je lui laissai un peu d'intimité. Je n'avais pas besoin de le surveiller pour vérifier qu'il terminait bien son assiette. Je pensais m'être montrée assez convaincante. Une minute ou deux plus tard, j'eus l'impression qu'un poids me quittait, bien que je n'avais pas eu conscience de sa présence jusque-là. C'était une sensation des plus étranges.

Une fois de plus, je me demandai quelle était la limite entre ce qui m'appartenait, et ce qui provenait d'Azraël. Ce lien, comme il l'avait appelé depuis le début, s'apparentait plutôt à une sorte de passerelle qui semblait équilibrer les forces entre nos deux personnes. Quand je n'allais pas bien, une partie de son énergie venait contrebalancer mes blessures ou mes malaises. Et quand c'était lui qui n'allait pas bien, je le délestais d'une partie de son fardeau pour qu'il se sente mieux. Tout cela était extrêmement complexe et je me demandai, l'espace d'un instant, quels étaient les mécanismes physiologiques et physiques qui pouvaient permettre ce phénomène.

Après ce qui me parut une éternité à patienter dans ce couloir déprimant, je vis Azraël revenir vers moi.

— On a fini. Je dois prévenir Richard et Apollon qu'ils peuvent venir nettoyer ici aussi, maintenant.

Quand il arriva à ma hauteur, il me sourit franchement.

— Qu'est-ce que tu as ?

— Merci, Lena. Merci de veiller sur moi.

— Y'a pas de quoi.

Je me sentis rougir.

— Si. Je pense toujours que c'est à moi de veiller sur toi, de te protéger, mais ça fonctionne dans les deux sens. Et je ne l'avais pas bien réalisé. Alors, merci.

Il s'approcha et déposa un baiser sur ma joue. Il s'attarda plus que la politesse l'aurait voulu et je me surpris à en être gênée.

— Ce n'est rien, je te dis, fis-je en reculant d'un pas. On décampe avant que cet endroit finisse de siphonner toute mon âme ?

13

L'entrée du manoir grouillait autant de monde qu'un hall de gare le week-end de Thanksgiving. Il était difficile de se frayer un chemin à travers la foule. Azraël devait retrouver Richard et Apollon pour leur dire qu'ils pouvaient s'occuper du sous-sol. Je me demandai quel genre de personne pouvait porter un tel nom : Apollon. Peut-être était-ce un pseudonyme, comme Azraël, mais je ne pouvais pas en être certaine.

— Peut-être que Rob pourra m'aider...

Azraël avait beau être assez grand, ce qui lui permettait de voir par-dessus la foule, c'était comme chercher une aiguille dans une botte de foin. Le manoir était immense, et ils pouvaient se trouver n'importe où, malgré le fait que l'heure du rendez-vous dans le hall était dépassée depuis près de vingt minutes.

Je suivais péniblement Azraël qui se frayait un chemin parmi les gens. L'impatience et l'excitation étaient palpables.

Quand nous arrivâmes au guichet de l'intendant, Azraël bondit sur le comptoir d'un mouvement élégant avant de se redresser. L'espace d'un instant, j'eus peur qu'il se cogne la tête au plafond.

— Mes amis, je vous demande de faire preuve d'encore un peu de patience, dit-il en haussant la voix par-dessus le brouhaha ambiant. Le soleil ne va pas tarder à se lever, et un déplacement massif attirerait l'attention. Nous allons donc procéder par petits groupes.

L'exaspération s'était emparée des vampires, ce que je pouvais comprendre. Ils étaient contraints de quitter leur foyer pour aller se réfugier dans un bunker, et en plus, le transport ne se faisait pas dans les temps. Azraël descendit de son perchoir et échangea quelques mots avec Rob. Celui-ci prit le téléphone devant lui et composa un numéro.

— Oui, c'est Rob. Azraël a terminé en bas, c'est à vous.

Il raccrocha et hocha la tête en direction d'Azraël.

— Merci.

Il pivota vers moi et me fit signe de le suivre. Il m'emmena jusqu'à la salle du trône. C'était à présent un espace totalement différent. Les braseros avaient disparu, tout comme l'immense siège de pierre.

Nous n'étions pas encore à mi-chemin que j'entendais déjà des éclats de voix en provenance de l'autre côté du mur. Azraël se tourna vers moi et je compris que je devais patienter quelques instants. Il passa la porte, et je perçus un grondement. La curiosité l'emporta et je finis de traverser la pièce pour essayer d'écouter ce qui se disait.

— Tu délires complètement !

C'était Darius, j'en étais certaine.

— Je n'ai de comptes à rendre à personne, cracha Karyna. Si ça se trouve, c'est elle qui les a informés. On doit tirer ça au clair !

— Elle était avec moi, tout du long. Tu nous as capturés, tu te rappelles ?

Les mots d'Azraël me firent comprendre qu'ils parlaient de moi. Toutefois, je ne parvenais pas à deviner réellement quel était le problème.

— Elle avait peut-être un dispositif de localisation, ou quelque chose. Personne ne savait où nous étions. Ça a dégénéré quand vous êtes arrivés. C'est forcément de votre faute !

Ainsi, Karyna croyait que nous étions responsables de l'attaque des militaires.

— Tu ne penses pas plutôt qu'à force de faire n'importe quoi, vous avez fini par attirer l'attention ?

Vicky était là aussi.

— Non ! Nous avons toujours fait attention...

— Vous avez fait attention ! Que dalle ! la coupa Vicky. Azraël et Lena ont réussi à mettre en évidence que vous faisiez n'importe quoi ! C'était ce qu'ils étaient en train de nous expliquer quand tes hommes sont venus les prendre, espèce d'idiote !

— Comment ça ?

La voix de Karyna tremblait légèrement. Je sentais que son assurance commençait à s'effriter.

— Ils menaient l'enquête sur les nombreuses disparitions dans le quartier.

— Mener l'enquête ?

— Lena est détective, l'informa Darius. Et Azraël tente de le devenir...

Je percevais une pointe d'amusement dans sa phrase.

— Bon, ce n'est pas le sujet, fit Azraël pour couper court à la conversation. Lena n'est pour rien dans l'attaque. Point.

— Et comment tu expliques une coïncidence pareille, alors ? insista Karyna.

— L'homme que vous avez capturé a parlé d'anomalie statistique, je te rappelle, et c'est comme ça qu'on est remontés jusqu'à vous, nous aussi. C'est juste un hasard qu'ils en soient arrivés à la même conclusion que nous à peu près au même moment.

— Mais...

— Stop, hurla Azraël. Je ne veux plus entendre parler de ça. Tu la fermes !

Je perçus du mouvement non loin et je compris que les vampires allaient sortir. Je n'avais pas envie qu'ils me surprennent à les espionner. Cela pourrait paraître suspect. Je reculai vivement et me retournai en prenant un air aussi innocent que possible.

Karyna me lança un regard plein de morgue et j'essayai de le soutenir comme je le pouvais. Azraël s'arrêta à mes côtés pendant que toute la petite troupe quittait l'immense pièce à présent vide.

— Tout va bien ?

— Je sais que tu nous as écoutés.

Je levai les mains pour lui signaler que je n'avais pas pu lutter, que c'était plus fort que moi.

— C'est quoi la suite du programme ?

— Je dois organiser les transports. Le bunker est loin au nord dans les Highlands. Très peu de vampires auraient le pouvoir de se déplacer rapidement aussi loin en pleine journée. Il faut qu'on trouve un moyen...

— Tu penses à quoi exactement ?

— Des voitures, il en faudrait trop. Il va falloir faire plusieurs allers-retours. Ce serait mieux si on avait des camions, ou quelque chose comme ça...

— Tu crois qu'on a assez de personnes capables de les conduire ?

Azraël haussa les épaules.

— Faudrait voir. On devra forcément finir le trajet à pieds, de toute façon. La route s'arrête assez loin du bunker...

Quelque chose me revint à l'esprit.

— Il n'y avait pas un dépôt de cars dans le coin ?

— Lena, tu es un génie !

Azraël fila et je me retrouvai seule. Je remontai vers l'entrée de la pièce, là où se trouvait l'allée de braseros encore quelques heures plus tôt. Personne ne pouvait deviner ce qui avait pu se passer entre ces quatre murs... Richard et Apollon avaient travaillé comme des professionnels. Ce n'était peut-être pas la première fois qu'une communauté devait disparaître de la surface de la Terre.

Le couloir donnait toujours froid dans le dos. Je pris les escaliers pour retourner dans le hall. J'aperçus Azraël se diriger vers les belles portes de vitrail accompagné de quelques personnes. J'aurais aimé le suivre, mais je n'y avais pas été conviée. Je croisai mes bras sur ma poitrine. Il ne m'avait même pas dit ce qu'il comptait faire à propos des bus. Je m'appuyai contre le mur derrière moi et restai là à fixer le plancher. Après tout, je n'avais rien de mieux à faire.

Deux chaussures entrèrent dans mon champ de vision. Elles appartenaient à Evangelina.

— Ça ne va pas ? me demanda-t-elle.

— Si. Je suis contente de voir que tu n'as rien.

— Tiens, je t'ai rapporté tes affaires. J'ai pensé que tu aimerais les récupérer.

Elle me tendit un sac en papier kraft. Je m'en saisis et regardai à l'intérieur pour m'assurer qu'il ne manquait rien.

— Merci beaucoup.

— De rien. Désolée qu'on t'ait tout pris quand on t'a amenée.

Elle tourna les talons et disparut dans la foule. Je me frayai un chemin vers le couloir qui menait aux chambres. La simple vue de mon jean dans le sac avait déclenché chez moi une furieuse envie de me débarrasser de ces vêtements sales et déchirés qui n'étaient pas les miens. Je poussai avec délicatesse une porte et m'assurai qu'il n'y avait personne dans la pièce. Je me changeai le plus rapidement possible, effrayée à l'idée que quelqu'un puisse entrer. Je me sentis immédiatement mieux une fois les résilles retirées. Ensuite, j'essayai d'allumer mon téléphone, mais il était à plat. Je devrais peut-être penser à m'acheter une de ces batteries de secours...

Alors que je me rapprochais du hall, des klaxons me firent accélérer le pas. Rob ouvrait les portes en vitrail, et invitait les gens à sortir dans le calme.

— Répartissez-vous dans les cars après avoir mis vos bagages dans les soutes. Il y aura de la place pour tout le monde, pas besoin de vous bousculer !

Il répétait son message plusieurs fois au fur et à mesure que le flot de la foule se dirigeait vers l'extérieur. Voir que les vampires, malgré leur apparente sophistication, n'en restaient pas moins des humains me fit sourire. Certains essayaient de doubler la file d'attente, d'autres jouaient des coudes pour passer les portes. Je ne pensais pas qu'ils puissent se montrer aussi indisciplinés.

Remontant le courant des derniers occupants du manoir, j'aperçus Azraël qui marchait vers moi.

— Tu comptes rester là, finalement ? me demanda-t-il d'un air amusé.

— Je ne sais pas trop... L'endroit est charmant après tout...

— Allez, arrête de bouder et viens avec moi.

Une fois dehors, je découvris un véritable écrin de nature d'une beauté époustouflante malgré le peu de lumière. Le ciel commençait à peine à s'éclaircir à l'approche de l'aube. Des lampions et des torches étaient allumés des deux côtés du chemin en gravier sur lequel nous progressions. Je pouvais distinguer d'énormes massifs de fleurs, une sorte d'étang avec un kiosque sur une petite île à laquelle on pouvait accéder par des ponts étroits. De majestueux arbres déployaient leurs branches au-dessus de nous. J'aurais aimé voir cet endroit de jour, ce devait être splendide.

Nous passâmes un haut portail. Quatre bus nous attendaient, alignés le long de la ruelle dans laquelle nous arrivions. Les soutes étaient en train d'être fermées, et il ne restait presque plus personne sur le trottoir. Azraël m'invita à le suivre dans l'un des cars. Il me fit m'asseoir derrière le chauffeur, côté fenêtre, et se laissa tomber dans le fauteuil voisin. Il se massa les paupières du bout des doigts pendant quelques secondes. Cette nuit n'en finissait pas, et il était manifestement épuisé, tout comme moi.

Richard monta et s'installa derrière le volant avant de pivoter vers nous.

— Tout le monde est là. C'est quand tu veux.

— Il faut rejoindre l'Interstate 95 et aller vers le nord. Je te dirai où sortir.

Richard me regarda un instant avant de se retourner pour mettre le contact.

— C'est parti les amis !

Le bus démarra et je pris un moment pour observer le manoir. Vu d'ici, il ne donnait pas l'impression d'avoir été le siège d'une sanglante bataille. En même temps, il ne ressemblait pas non plus au repaire d'une communauté de vampires. Sa façade de pierre beige paraissait très sophistiquée, avec plusieurs niveaux différents, des petits balcons, une tour carrée d'un côté et une ronde de l'autre. La belle bâtisse disparut de mon champ de vision quand le car bifurqua.

Je pris alors conscience que rien dans la ruelle, ni dans les artères attenantes, ne trahissait les évènements de la nuit passée.

— Azraël ?

— Hein ?

— C'est vous qui avez nettoyé les alentours ?

Il ouvrit une paupière et me fixa avec un mélange de fatigue et de curiosité.

— De quoi tu parles ?

— Regarde ! Vous avez tué des militaires, il y a eu des coups de feu, des explosions...

— Merci, j'y étais !

— Justement ! Tu ne crois pas que la zone devrait ressembler à un champ de bataille ?

— Mouais...

— Y'a rien ! Pas la moindre trace de quoi que ce soit !

Azraël ouvrit enfin son deuxième œil et s'approcha de la vitre en se penchant par-dessus mes jambes.

— Grand Dieu ! Mais tu as parfaitement raison !

Les deux mains appuyées sur la fenêtre, il avait l'air incrédule.

— Qu'est-ce que ça signifie, selon toi ?

— Je ne sais pas exactement comment ils ont fait, mais ils ont de l'argent, et probablement le bras long aussi. Tu imagines le nombre de personnes qu'il a fallu pour dégager tous les corps, toutes les douilles, la moindre trace de conflit ?

C'était tout simplement impossible. Et en un temps record, par-dessus le marché !

— Est-on absolument certains qu'ils étaient humains, finalement ?

La question provenait du visage d'Esther qui s'était inséré entre le siège d'Azraël et le mien.

— Je ne sais pas trop, admit Azraël en se laissant retomber dans son fauteuil. Il y a tellement de sujets que j'aurais aimé aborder avec ces otages...

Je vis le bout du nez d'Esther disparaître et je compris alors que la conversation était terminée.

Une atmosphère étrange, faite d'abattement et de fatigue, régnait dans le bus. Se pouvait-il que cette attaque ait ébranlé la confiance des vampires ?

Le trajet en car dura un peu plus de trois heures. L'autoroute laissa place progressivement à des chemins étroits et sinueux, et finalement, Azraël donna à Richard l'ordre de se garer.

L'agitation gagna l'intérieur du véhicule alors que les portes n'étaient pas encore ouvertes. Entre les nappes de brouillard, la forêt semblait s'étaler à perte de vue. Un lac s'étirait non loin, nous en avions longé la berge quelques minutes plus tôt, mais je ne le distinguais plus à travers la vitre.

— Je sais que vous êtes épuisés, commença Azraël après s'être placé dans l'allée centrale, mais le chemin n'est pas terminé. Le bunker est au cœur de la forêt, à environ une heure de marche encore d'ici.

Des exclamations retentirent, certaines assez véhémentes. Azraël leva les mains pour demander le calme.

— La zone ne serait pas en sécurité si nous l'avions laissée aussi facilement accessible, vous vous en doutez bien ! Je vais aller prévenir les autres maintenant. Commencez à sortir et prenez tout ce que vous êtes capables de transporter. Si besoin, nous ferons un aller-retour à la nuit tombée pour récupérer toutes les affaires, ne vous inquiétez pas.

Azraël se retourna et Richard ouvrit la porte. L'air glacial et humide de la forêt emplit le car et je remerciai silencieusement Evangelina de m'avoir rendu mes vêtements. Mon manteau serait plus que nécessaire si nous devions marcher une heure dans le froid. Je l'extirpai du sac que j'avais gardé à mes pieds pendant le trajet et l'enfilai. Pendant ce temps, les vampires rescapés du manoir avançaient en file indienne dans l'allée centrale pour sortir.

Aucun d'eux, ou presque, n'était habillé pour la randonnée, et moi non plus. Mon jean et mes baskets faisaient pourtant de moi l'une des personnes les mieux équipées. Quand Esther passa devant moi dans sa belle robe déchirée, je me rappelai qu'ils ne ressentaient pas vraiment le froid. Sa tenue n'allait pas être pratique pour elle, mais ce serait probablement tout.

— Mademoiselle, après vous.

Je tournai la tête et vis Richard. Il ne restait plus que lui et moi.

— On va laisser les bus ici ? demandai-je en mettant un pied au sol.

— Pour l'instant, oui. On les ramènera dès qu'ils seront vides, et les chauffeurs pourront faire le trajet de nuit.

— Vous allez voler, ou marcher très vite ?

Le vampire ajusta son nœud de cravate en me regardant avec un sourire des plus charmeurs.

— Je ne peux pas dévoiler tout mon jeu au premier rendez-vous, ma chère !

Je laissai échapper un petit rire devant ses manières. Je me souvins qu'Azraël avait refusé de répondre, lui aussi, lorsque je l'avais questionné à ce sujet peu après notre rencontre.

— Je ne voulais pas être indiscrète, désolée.

— Ne vous en faites pas. Personnellement, je préfère flotter un peu au-dessus du sol. C'est moins fatigant, et cela use moins les semelles des chaussures.

Il m'adressa un clin d'œil et se retourna pour fermer le car. Il avait les mêmes manières qu'Azraël, ce mélange de désinvolture et de charme.

— Richard ne t'importune pas, au moins ?

— Il me révèle ses plus grands secrets, dis-je à Azraël qui revenait vers moi.

Richard plaça une main sur sa poitrine en feignant l'innocence avant de s'éloigner pour nous laisser seuls.

— Tu vas réussir à faire la route ?

— On verra bien, soupirai-je en lançant un regard vers Esther qui retirait ses magnifiques sandales à talons hauts.

— Ne t'inquiète pas pour elle, me rassura Azraël. Le pire qui puisse lui arriver serait de s'entailler la plante du pied sur un rocher tranchant.

Je grimaçai à cette idée.

— On a une chance folle dans notre malheur : il fait un froid de canard, mais il ne neige pas !

Comme si j'avais offensé le responsable céleste de la météo, un flocon passa devant mes yeux. Puis un autre. Azraël éclata de rire en voyant ma tête.

— Allez, en route, avant que tu dises autre chose !

Je lui lançai un regard qui se voulait courroucé avant de le suivre.

J'allais devoir ouvrir la marche à ses côtés. Je me retournai alors que les arbres semblaient refermer la cage de leurs branches sur nous. La longue procession qui s'étirait derrière Azraël et moi avait des airs de convoi funéraire.

Esther et Richard détonnaient avec leurs tenues trop élégantes pour la situation. Elle, avec sa belle robe, et lui, dans son costume, auraient eu leur place à une cérémonie de mariage, et non au beau milieu de la nature à l'approche de l'hiver.

Seul le bruit de nos pas se faisait entendre. Pas la moindre conversation ne venait perturber l'atmosphère pesante qui nous enveloppait. Le brouillard paraissait écarter ses tentacules sur notre passage pour les refermer derrière nous.

— Regarde devant toi si tu ne veux pas te tuer, me conseilla Esther en me poussant légèrement d'une main sur mon épaule. Si nous pouvions éviter de devoir traîner ton cadavre sur le trajet, cela m'arrangerait !

À contrecœur, j'arrêtai d'observer ces vampires exilés en pleine forêt pour me concentrer sur le sol. Des racines, des branches cassées, des rochers... Le terrain était effectivement dangereux et je n'avais vraiment pas envie de me fouler une cheville.

14

J'avais l'impression que cela faisait une éternité que nous errions dans cette forêt lugubre. Les bras croisés sur ma poitrine pour essayer de me tenir chaud, je luttais pour garder l'équilibre sur ce terrain accidenté. Je ne voulais pas prendre le risque de retarder le groupe derrière moi, ce qui m'obligeait à suivre le rythme de marche d'Azraël bien qu'il soit trop rapide pour moi. Mes jambes et mes pieds étaient atrocement douloureux. Je n'avais pas la moindre idée de combien de temps le trajet allait encore durer, et j'étais presque à bout de forces.

— On arrive, me rassura Azraël qui avait probablement deviné ma fatigue.

Je regardai autour de nous, mais ne distinguai que des arbres, des arbres, et d'autres arbres. Même si ses mots m'avaient apporté un soulagement immense, je restai dubitative.

— Tu es sûr de toi ? Je ne vois rien.

La question ne venait pas de moi, mais de Richard. Cela m'évita de la poser.

— Suivez-moi.

Nous gravîmes un petit affleurement rocheux de deux mètres environ. Depuis le sommet, nous pouvions voir de l'eau qui s'étendait à perte de vue en contrebas d'une falaise abrupte. Cela me donna une impression de vertige désagréable.

Le vampire descendit trois espèces de hautes marches creusées dans la pierre qui semblaient mener à la rive. Le chemin s'arrêtait là. À ma grande surprise, Azraël fit un écart vers la gauche et disparut. Je n'en croyais pas mes yeux. Je m'approchai doucement du vide pour essayer de comprendre la situation. Soudain, sa main apparut.

— Viens, je vais t'aider à passer. Reste collée à la paroi, je te tiens. Tu n'as rien à craindre.

Je l'agrippai le plus fermement possible et posai un pied sur une corniche qui mesurait à peine trente centimètres de large. Je me déplaçai lentement. Après deux petits pas, Azraël tira un peu plus fort et je me retrouvai sous une arche de pierre qui paraissait s'ouvrir sur une caverne dans la falaise.

— C'est ici ?

— C'est ça ! Ne reste pas dans le passage.

Azraël me poussa contre la paroi alors que les vampires défilaient un à un pour venir disparaître dans l'obscurité. Le boyau rocheux s'enfonçait dans les ténèbres. Je ne pouvais rien distinguer de ce qui nous attendait là-dedans.

— Avancez, c'est toujours tout droit, avancez...

— Tu es certain que personne n'a jamais trouvé cet endroit ?

Je restai perplexe. Il me semblait évident que depuis l'autre rive, l'ouverture pouvait être repérée.

— Non. Il y a une sorte de bouclier magique qui le dissimule. Si on n'est pas ici, ou devant la porte, on ne voit aucune entrée dans la falaise.

Décidément, la magie permettait de résoudre tous les soucis auxquels je pouvais penser !

Une fois que tous les vampires étaient passés, je suivis Azraël le long du couloir taillé à même la roche. Après une vingtaine de mètres à nous enfoncer dans le sol, nous arrivâmes dans une grande grotte aux parois irrégulières. Celle du fond possédait une lourde porte de métal qui s'ouvrait sur un carré de lumière blanche.

Quand Azraël avait parlé de bunker, je m'étais imaginé une sorte d'espace austère et relativement restreint. Pourtant, j'aurais dû me douter que les vampires sont du genre à faire les choses en grand.

Je me retrouvai dans une salle qui ne donnait pas du tout l'impression d'être sous terre. Le carrelage au sol était blanc, comme le plafond en forme d'arche. De la clé de voûte pendaient des ampoules qui diffusaient une lumière qui semblait presque naturelle. Les murs, gris perle et laqués, paraissaient agrandir l'espace. Au centre, une sorte de verrière carrée contenait un joli jardin miniature avec de petits arbres et des fleurs colorées. Des canapés anthracite ainsi que des fauteuils étaient répartis dans tout cet espace. Des arches s'ouvraient à plusieurs endroits, menant à d'autres pièces.

— Cet endroit est immense !

— Il est prévu pour héberger environ trois cents personnes. Enfin... trois cents vampires. Pas besoin d'eau potable ni de cuisine. La logistique est bien moindre que si nous devions accueillir des mortels. L'électricité est produite grâce à une installation hydraulique. C'est pour ça que nous sommes si près de l'eau. Il y a quarante-cinq cabines pour six personnes chacune. Les douches sont alimentées par l'eau du lac que nous chauffons.

— Dieu, merci, je vais pouvoir prendre une douche !

Je n'avais pas vu Esther se faufiler jusqu'à nous.

— Comment est-ce que vous avez fait pour construire un truc pareil au milieu de nulle part ? demandai-je. Il a bien fallu des ouvriers, du maté-riel... Les camions ne pouvaient pas arriver jusque-là. Je ne comprends pas comment c'est possible !

— Mon pouvoir a été mis à contribution, et le chantier s'est étalé sur presque dix ans.

— Qui était au courant pour tout ça ?

Une moue peu élégante déformait le visage d'Esther. Elle était visiblement vexée de ne pas avoir eu connaissance de cet endroit.

— Moi, et c'est tout. Quand Morgane a pris le pouvoir, je l'ai informée de l'existence du bunker et de tout le reste... Cela m'avait paru judicieux sur le moment. Tiens, quand on parle du loup...

Azraël se retourna et j'entendis la voix de Morgane demander l'attention un peu plus loin. Nous suivîmes le mouvement vers l'autre côté de la pièce. Je ne pouvais pas distinguer la Reine des vampires au milieu de cette foule.

— Vous êtes ici en sécurité. Les cabines sont sur la gauche. Répartissez-vous comme vous le souhaitez. Toutefois, je désirerais voir les fondateurs qui sont encore parmi nous, ainsi que toutes les personnes impliquées dans la gestion de la bataille qui a eu lieu cette nuit, dans la salle de réunion. Immédiatement.

Son ton ne laissait rien présager de bon. Azraël haussa les épaules et m'invita à l'accompagner dans le dédale des couloirs étroits du bunker. Aucune des ouvertures ne se faisait face, et nous devions toujours suivre un coude d'environ un mètre pour passer d'un espace à l'autre. Quand je le questionnai sur cet agencement étrange, Azraël m'expliqua que cela permettait de stopper la propagation du souffle d'une explosion par exemple, ainsi que la trajectoire des balles. C'était apparemment une norme d'architecture défensive militaire. Après la nuit que nous venions de subir, je me dis que finalement, ce genre de précautions avait du bon.

La salle dans laquelle Azraël me fit entrer était stupéfiante. Ronde et aux parois recouvertes de tentures écarlates, elle n'abritait qu'une table massive en bois laqué aux reflets pourpres. Une petite quinzaine de sièges l'entourait, rouges également. Je ne savais pas si c'était cette teinte en particulier, ou le peu de place pour circuler, mais cette pièce me donnait une impression de suffocation.

— Tu es sûr que je suis censée venir avec toi ? murmurai-je, soudain hésitante.

Azraël haussa les épaules.

— Au pire, on te mettra à la porte. Allez, installe-toi.

Je me glissai sur un siège et essayai de faire abstraction du décor. Azraël s'assit à mes côtés. Nous faisions face à Karyna. Morgane faisait les cent pas avec légèreté, sa robe d'un rose poudré flottant autour d'elle alors qu'elle paraissait sautiller d'un endroit à l'autre. Elle avait trouvé le temps de changer de tenue malgré l'agitation et la situation.

Esther et Richard nous rejoignirent, suivis par un homme que je n'avais encore jamais vu. Sa peau sombre contrastait avec la pâleur des vampires que j'avais rencontrés jusque-là. Toutefois, ses yeux ne laissaient aucune place au doute quant à sa nature. Ils étaient d'une étrange couleur rubis et étincelaient malgré la faible lueur du plafonnier central. Peu après, Vicky et Darius arrivèrent à leur tour.

— Bien, est-ce que tout le monde est là ? demanda Morgane en se dirigeant vers l'entrée.

— On dirait bien, répondit Karyna avec un sourire mauvais. Qu'est-ce qui se passe encore ?

— Est-ce que tu en es bien sûre ?

Morgane ferma la porte et appuya son dos contre le battant.

— Parfaitement.

Karyna réajusta sa queue de cheval avec un air insouciant, mais je comprenais que quelque chose de grave était en train de se tramer. Peut-être parce qu'à part elles deux, tout le monde transpirait la crainte et l'angoisse dans cette pièce.

— Pourquoi Soren n'est-il pas assis à cette table ?

— Il est... indisponible.

— Il fait une sieste peut-être ?

Je sentis que Karyna commençait doucement à perdre son assurance. Ses épaules étaient en train de s'enrouler vers l'avant comme si elle souhaitait disparaître. La transition était ténue, mais une fois notée, je ne remarquai plus que cela.

— Il est quand même étrange que personne ne l'ait vu pendant l'évacuation, non ?

Personne ne pipa mot. Morgane s'était glissée derrière le fauteuil de Karyna. Ses mains posées sur le dossier, elle nous regardait tour à tour. Clairement, la question s'adressait à nous tous.

— Il s'est absenté quelque temps, il ne va pas tarder à revenir...

Esther tourna vivement la tête vers elle.

— C'est un mensonge !

Morgane fit pivoter le siège de Karyna pour lui faire face. Se saisissant de son menton entre son pouce et son index, elle approcha son visage si près du sien qu'on aurait dit que leurs nez se touchaient.

— Depuis quand est-il mort ? demanda Morgane.

— Je ne comprends pas ce que vous...

— Oh, ne m'oblige pas à répéter ma question !

J'avais l'impression que Morgane allait la frapper si jamais elle ne répondait pas correctement.

— Treize ans.

— As-tu pris le pouvoir suite à son décès, ou est-il mort pour que tu puisses arriver à tes fins ?

En même temps qu'elle parlait, elle avait à nouveau fait pivoter Karyna vers la table. Nous pouvions ainsi voir qu'elle avait définitivement perdu toute son assurance. Morgane, quant à elle, arborait un sourire carnassier très inquiétant sur un visage aussi enfantin. Cela me donna envie de me replier sur moi-même pour disparaître à mon tour. J'aurais parié qu'elle prenait un malin plaisir à torturer Karyna de la sorte.

Je m'étonnai de ressentir un peu de compassion pour elle, surtout avec tout ce qu'elle avait fait. Je savais qu'elle ne faisait pas partie du groupe des gentils, et toutefois, la voir traitée comme une souris blessée avec laquelle joue un chat ne me procurait aucune joie.

Alors que la réponse mettait trop de temps à venir à son goût, Morgane enfonça ses doigts dans le tissu du fauteuil qui se déchira. Karyna sursauta et marmonna quelque chose.

— Plus fort, je ne suis pas certaine que tout le monde a bien entendu...

— Je l'ai tué.

— Oh, ma pauvre petite Karyna, reprit Morgane en penchant la tête sur le côté avec un ton faussement désolé. Avouer le meurtre de l'un d'entre nous en ma présence... Je dois bien reconnaître que tu fais preuve de courage. Le contraire m'aurait étonnée de ta part, et m'aurait obligée à demander à Esther de vérifier. Mais je suppose qu'elle ne ment pas, n'est-ce pas ?

— C'est la vérité, confirma Esther. Cette fois, elle n'a pas menti.

— Bien, bien. Que va-t-on faire de toi, pauvre chose ? Des fondateurs sont venus à ta rescousse, sans rien exiger en échange, alors que tu as tué froidement l'un des leurs ! N'as-tu donc aucun respect pour ce qu'ils ont accompli ?

Karyna garda le silence.

— Réponds !

Ce mot claqua comme un fouet, me faisant sursauter.

— Je vous serai éternellement reconnaissante, à chacun et chacune d'entre vous, pour avoir permis mon existence...

— Tu parles d'une reconnaissance ! Tu as trahi l'un des nôtres dès qu'il a eu le dos tourné. Est-ce que tu pensais vraiment pouvoir être meilleure que lui ?

— Soren avait le charisme d'un cadavre de méduse échoué sur la plage. Il n'a jamais pris la moindre initiative, la moindre décision...

Comme si elle avait activé un interrupteur, le comportement de Karyna changea. Elle n'était plus sur la défensive à présent, mais pleine de hargne. Elle n'avait probablement plus rien à perdre et ne comptait plus se montrer en victime. La vitesse avec laquelle elle passait d'un état à l'autre me laissait perplexe. Quels étaient ses vrais sentiments au juste ? Ses vraies réactions aux évènements en cours ? J'étais persuadée qu'elle était tout sauf naturelle à cet instant, qu'elle se fabriquait un masque pour essayer de garder la face. À quoi pouvait bien ressembler la réelle personnalité de Karyna ?

Le silence s'installa alors que je commençais à appréhender ce qui allait suivre. Je savais que le fait de tuer un vampire définitivement constituait un crime grave et que la punition était la mort. Je n'avais toutefois pas la moindre idée de la façon dont ils mettaient en œuvre leurs châtiments. Mon instinct me souffla que je n'allais pas tarder à le découvrir.

— Quelqu'un a-t-il quelque chose à déclarer concernant Karyna ? Azraël ?

— Non.

Il avait chuchoté le mot du bout des lèvres, comme si cela lui coûtait.

— Bien. Y a-t-il ici des membres de cette communauté ?

— Personne, répondit Richard.

— Bon... Lena, va donc chercher des représentants des vampires qui sont aux ordres de Karyna.

— Moi ?

— Il y a une autre Lena ? Oui, toi ! Je suis sûre que tu arriveras à te débrouiller. Et fais vite... Le programme de la nuit va s'avérer chargé...

Je ne savais pas trop si c'était une menace voilée, mais je me levai aussi rapidement que possible et fonçai hors de la salle de réunion. Je devais m'activer les méninges. Je n'avais pas eu la chance de rencontrer grand monde, et cette installation m'était totalement inconnue. La première personne qui me vint à l'esprit était Evangelina. Puis je pensai à Rob. Après tout, si quelqu'un pouvait m'aider, c'était bien lui.

Je filai aussi vite que possible vers la pièce qui accueillait le petit jardin, tentant de me souvenir par où nous étions passés avec Azraël. Je ne distinguais nulle part l'uniforme bordeaux que je recherchais.

J'interpellai plusieurs vampires pour leur demander s'ils avaient vu l'intendant, et finalement, je fus dirigée vers un couloir qui desservait une partie des couchettes. À l'angle d'une porte, je me heurtai à ma cible.

— Ah ! Vous êtes là ! Je vous cherchais !

— Lena, que puis-je faire pour vous ? Vous n'avez pas l'air bien...

— Morgane... Elle veut rencontrer des représentants de votre groupe.

— Karyna n'est pas avec elle ?

— Je suis désolée... c'est fichu pour elle, bredouillai-je.

— Sainte Mère de Dieu !

— Je crois que c'est urgent. Elle a dit de faire vite.

— On n'a pas de représentants, ni quoi que ce soit s'en approchant un tant soit peu...

— Désignez-en alors ! le pressai-je.

L'angoisse s'était totalement emparée de moi. J'avais vraiment l'impression que ma vie était en danger si je ne répondais pas aux exigences de la Reine dans le temps qu'elle jugerait imparti.

— D'accord, d'accord. Qui pourrait exercer une telle responsabilité ?

— Si vous ne le savez pas, je ne peux pas le savoir pour vous ! J'avais pensé à Evangelina, mais c'est simplement parce que je ne connais personne d'autre ici.

— OK. Donnez-moi un instant, je vais voir qui je peux appeler. Je vous rejoins au salon.

— C'est la pièce avec la vitrine et le jardin ?

— Oui.

Je retournai donc là-bas en espérant qu'il trouve une solution le plus rapidement possible.

Il s'écoula quelques minutes qui me semblèrent durer des heures, et Rob apparut entouré de quatre personnes.

Evangelina se tenait parmi eux, son joli visage crispé et inquiet. À sa droite, un homme à l'allure décontractée en jean et en chemise blanche affichait un sourire mauvais en me détaillant des pieds à la tête.

— Nous devrions peut-être nous hâter... Il ne faut pas faire attendre Morgane.

La femme qui avait parlé était vêtuc d'un jogging en velours violet. La fermeture Éclair de la veste s'ouvrait sur un bandeau de dentelle de la même teinte aubergine. Je n'aurais jamais osé porter une telle tenue pour me présenter devant ma Reine...

— Allons-y, les pressai-je en leur indiquant la direction à emprunter.

Tout notre petit groupe entra dans la salle de réunion écarlate où rien ni personne ne semblait avoir bougé d'un micromètre en mon absence. Les vampires s'agenouillèrent et je les contournai pour retourner à ma place.

— Relevez-vous, leur ordonna Morgane en lâchant le fauteuil de Karyna pour s'approcher des nouveaux arrivants. Et bienvenue. J'ai quelques questions à vous poser, si vous le voulez bien. Quels sont vos noms ?

— Evangelina, Madame.

— Paulo.

— Melanie.

— Je suis Rob, intendant des lieux.

— Bien. Combien de personnes vivaient au manoir, Rob ?

— Quatre-vingt-huit vampires.

— Est-ce que cela prend en compte les pertes de la bataille ?

— Les chiffres ne m'ont pas été communiqués.

— Et Soren ? Le comptez-vous parmi les effectifs ?

— Bien sûr. Pourquoi ne le ferais-je pas ?

— Parce qu'il est mort, mon cher. Parce qu'il est mort... Donc, nous avons soixante-neuf vampires sans maître à reloger... Merci Rob.

L'intendant était visiblement interloqué. Evangelina avait porté ses mains à son visage, mais cela ne suffisait pas à masquer sa surprise.

— Soren est tombé au combat ? marmonna Rob, la lèvre tremblante.

— Non. Il a été tué par Karyna, il y a treize ans, le corrigea Morgane. Acceptez-vous, tous les quatre, de représenter votre groupe devant cette assemblée ?

Des murmures d'approbation s'élevèrent, mais aucun des quatre ne prit la parole pour signifier son accord. Ils étaient totalement abasourdis par la nouvelle qu'ils venaient d'entendre. Je me demandai comment Karyna avait réussi à cacher le décès d'un individu pendant tout ce temps, leur dirigeant de surcroît.

— Bien. Vous serez conviés au rituel dès que la nuit sera tombée. Vous pouvez disposer.

Les quatre représentants s'inclinèrent avant de sortir et le silence se referma sur la pièce comme les crocs d'une bête sauvage. Seul le frottement des jupons de Morgane qui tournait autour de nous dans le sens des aiguilles d'une montre venait le rompre.

— Azraël, est-ce que cet endroit possède une salle des rituels convenable, ou devons-nous trouver un espace à l'extérieur ?

— Oui, au niveau inférieur.

— Très bien. Dès que le soleil sera couché, nous procéderons.

Tous les vampires, à l'exception de Karyna, se levèrent de leur siège. Je fis de même, à retardement, et suivis le mouvement pour sortir. Trois membres de la Nuée Sacrée venaient vers nous, à contre-courant. J'étais certaine qu'ils allaient s'occuper de mettre Karyna aux fers en attendant la nuit.

— Qu'est-ce que...

— Pas maintenant, me coupa Azraël. Pas ici.

Esther posa une main sur mon épaule avant de se diriger vers le salon central. Richard la suivit quelques instants plus tard, accompagné de l'homme que je ne connaissais pas.

Morgane passa la porte et s'approcha de nous.

— Azraël, je voudrais que tous les fondateurs soient là pour le rituel. Peux-tu les convier ?

— Bien sûr, je m'en occupe.

— Et j'espère que tu seras des nôtres, ajouta-t-elle à mon intention. Toutefois, si tu pouvais porter quelque chose de plus... approprié, ce serait parfait.

Elle tourna les talons et je restai seule avec Azraël.

— Approprié ? Mais qu'est-ce qui va se passer ?

Azraël glissa un bras au creux de mon dos et m'obligea ainsi à le suivre dans les couloirs tentaculaires du bunker. Après une énième porte, il me fit entrer dans une sorte de chambre minuscule.

— Ce sont mes quartiers. Personne ne viendra ici nous embêter sans bonne raison.

La fatigue déferla sur moi comme un raz-de-marée à la vue du lit qui avait l'air si moelleux. Je me laissai tomber dessus, les doigts croisés derrière la nuque.

Des boiseries recouvraient les murs et le plafond était d'un blanc laqué dans lequel je pouvais deviner les formes de mon reflet. Azraël s'assit non loin de moi.

— C'est si grave ? finis-je par demander.

Le vampire restait immobile, sa tête dans ses mains, comme recroquevillé sur lui-même. Je me redressai pour me tenir près de lui. Je ne voulais pas le brusquer. Je ressentais son désarroi, même si j'avais un peu de mal à en comprendre l'exacte source.

Le temps s'étira. La fatigue s'insinuait en profondeur, comme si elle rampait le long de mes veines.

— Je vais m'allonger. Mais je suis là. Dès que tu seras prêt à en parler...

J'arrangeai les coussins et enlevai mes chaussures avant de m'installer sur le côté pour pouvoir voir mon colocataire. J'espérais que le fait de m'avoir dans son champ de vision pourrait le rassurer, l'aider à se sentir moins seul. À certains instants, je ressentais de la peine, de la douleur, et je savais que ces émotions n'étaient pas les miennes. À d'autres moments, ces vagues refluaient, remplacées par de la colère ou du soulagement. J'aurais aimé qu'il se confie à moi, mais il n'était pas prêt pour l'instant.

J'ouvris les yeux et mis quelques secondes à me remémorer où j'étais. La lumière diffuse du chevet se reflétait dans le plafond que je fixais quand je me souvins que j'étais dans le bunker souterrain secret des vampires. Je m'assis et m'étirai, réalisant avec stupeur que j'étais seule. Azraël m'avait laissée dormir. Combien de temps s'était-il écoulé ?

— Azraël ?

J'espérais le trouver derrière cette petite porte coulissante que je distinguais dans le fond de la pièce. Je me dirigeai vers elle et toquai doucement.

— Azraël ? Tu es là ?

Aucune réponse. Je fis glisser le panneau de bois clair pour découvrir une cabine de douche exiguë. Vide.

Je sortis de la chambre et tentai de retrouver mon chemin vers le salon central. J'avais déjà parcouru quelques mètres quand je réalisai que j'étais en chaussettes. Tant pis.

Je n'avais pas la moindre idée de l'heure qu'il pouvait bien être. J'aurais donné cher pour une horloge, une montre, un cadran solaire, peu importe. Je savais que nous étions attendus dès la tombée de la nuit, et je n'avais pas envie de froisser Morgane à nouveau en étant en retard, ou pire, en ratant le rituel.

Quand j'arrivai en vue du jardin vitré, je me rendis compte que l'agitation qui régnait plus tôt avait laissé place à une atmosphère beaucoup plus calme. Les rescapés du manoir semblaient s'être approprié les lieux et avoir repris leurs activités normales.

Enfin... que pouvaient faire des vampires toute la journée dans un bunker ? Beaucoup devaient dormir, d'après ce que je savais. Une petite dizaine de personnes avait investi le salon. Un groupe était en train de discuter, dans un canapé. J'aperçus même une femme avec un ordinateur portable sur les genoux alors qu'un homme lisait un livre un peu plus loin. Si on oubliait que nous nous trouvions sous terre, l'endroit était plutôt paisible et agréable.

J'avais beau regarder partout, je ne voyais Azraël nulle part. Un vampire aux longs cheveux blonds, torse nu, et dont l'allure me rappelait de mauvais souvenirs, me demanda de m'écarter. J'étais restée plantée en plein milieu du passage. Je m'excusai en me poussant quand j'aperçus une silhouette bordeaux traverser un couloir de l'autre côté du jardin. À coup sûr, Rob pourrait m'aider.

Je filai aussi vite que possible dans sa direction, sans toutefois courir. Mes chaussettes glissaient sur le carrelage et je n'avais pas envie de me blesser.

— Hey, Rob ! Vous ne sauriez pas où je peux trouver Azraël par hasard ? lui demandai-je quand je l'eus enfin rattrapé.

— Non, par contre, vous tombez bien, il fallait que je vous voie. On m'a déposé un paquet à votre attention. Où est-ce que je peux vous le livrer ?

— Un paquet ? Vous pouvez l'amener à la cabine d'Azraël, si vous voulez.

— Très bien, je fais ça tout de suite.

L'homme fit demi-tour et je décidai de retourner là-bas. Après tout, Azraël y repasserait obligatoirement à un moment ou un autre.

Au détour d'un couloir, alors que je me reprochais le fait de ne pas avoir demandé l'heure à Rob, je perdis mes repères. Je ne retrouvai mon chemin qu'une fois devant la verrière arborée. J'avais l'impression d'avoir erré comme une âme en peine de longues minutes. Quand j'arrivai enfin à la porte de la chambre, celle-ci s'ouvrit sur le sourire aimable de l'intendant.

— Il n'y avait personne alors je me suis permis de mettre le paquet sur le lit, mademoiselle Lena.

— Merci. Vous n'auriez pas l'heure, par hasard ?

Rob regarda sa montre et m'informa qu'il était un peu plus de 14 heures. Je n'avais finalement pas autant dormi que je ne le craignais.

Je le remerciai encore et m'écartai pour le laisser partir. Une grande boîte satinée d'un rose pâle reposait sur les draps, accompagnée d'une plus petite, rouge.

Je déballai la première et découvris un magnifique tissu noir orné de broderies florales argentées. Je le sortis et le dépliai avec délicatesse. C'était une longue robe aux jupons volumineux. La phrase de Morgane quant au fait de porter quelque chose d'approprié me revint en mémoire. Le second carton contenait une paire de ballerines assorties en dentelle.

La porte de la cabine s'ouvrit, et j'aperçus Azraël.

— Ah... Morgane n'a pas pu se retenir, à ce que je vois...

— Vous avez vraiment des soucis avec les fringues ! m'exclamai-je.

Il haussa les épaules.

— Tu as peut-être faim ?

Il sortit de derrière son dos une bouteille d'eau et un paquet de chips.

— C'est pas ça qui va me nourrir ! déplorai-je en reposant la robe.

— On n'avait pas vraiment prévu d'avoir des humains ici. Darius est parti faire quelques courses à la station-service la plus proche, mais ça va être frugal. Désolé.

Je soupirai. Ce serait toujours mieux que rien. Je pris ce qu'il me tendait et commençai à manger rapidement. J'étais affamée. Une fois le fond du paquet atteint, je descendis la bouteille d'eau et restai quelques instants à profiter de cette sensation de plénitude qui risquait de ne pas durer.

Azraël s'était assis à mes côtés. Il paraissait moins abattu qu'un peu plus tôt.

— Tu vas enfin me dire ce qui se passe ?

— Je suis désolé. J'avais besoin de prendre un moment pour digérer tout ça.

— C'est normal, ne t'en fais pas...

— Comme tu l'as compris, Karyna et moi, on est sortis ensemble il y a longtemps...

— Ah bon ? fis-je en feignant la surprise de façon ridicule.

— Ne te moque pas ! Si je ne l'ai jamais rappelée, c'est parce qu'elle me faisait peur !

Le visage d'Azraël était tendu, mais à cet instant précis, je ne trouvai rien de mieux que d'éclater de rire. Elle était excellente, celle-là ! Je riais au point de me tenir les côtes et d'en avoir mal aux abdominaux, ou du moins, ce qui résidait dans mon ventre à leur place. Je n'arrivais plus à m'arrêter. Les nerfs, probablement. Je ne pouvais pas imaginer qu'Azraël puisse avoir peur de sa petite amie. Vraiment.

Alors que des larmes coulaient de mes yeux, je vis qu'Azraël s'était recroquevillé sur lui-même, ramenant ses jambes contre lui. La tête entre les genoux, totalement voûté, il se balançait doucement. Un reflet lumineux apparut sur sa joue et je compris qu'il pleurait. Mon fou rire se stoppa net. J'essuyai mon visage avant de venir m'asseoir devant lui et de le forcer à remettre ses pieds au sol.

— Je suis désolée. Je ne voulais pas...

Ses yeux étaient rougis, ses traits dévastés par la tristesse. Je m'approchai et le pris dans mes bras.

— Qu'est-ce que je peux être conne, parfois ! Je suis désolée. Je crois que mes nerfs ont lâché...

J'essayai de me justifier comme je le pouvais en le berçant contre moi. Il se racla la gorge avant de murmurer.

— En même temps, qui aurait cru que le grand Azraël pouvait avoir peur de quoi que ce soit, hein !

Le sarcasme semblait aussi bien dirigé contre lui que contre moi.

— Pourquoi est-ce que cela te touche autant ?

Il se dégagea de mon étreinte et s'essuya les yeux.

— J'ai vraiment pensé que j'étais en train de tomber amoureux, à un moment. Alors quand elle a voulu boire mon sang, je l'ai laissée faire. Mais je ne m'attendais pas à ce qu'elle...

Azraël semblait chercher ses mots en même temps que son air. Je ressentais sa peine, et elle était immense. Alors que le silence s'étirait, je posai délicatement une main sur son bras, dans un signe d'encouragement.

— Elle t'a fait du mal ?

— Elle m'a presque égorgé, puis entaillé totalement la cuisse après m'avoir ligoté. Elle m'a laissé me vider de mon sang jusqu'à ce que je perde connaissance...

Il prononça cette phrase dans un seul souffle, sans pause. Cela sembla le soulager. Ses épaules se détendirent un petit peu, et il me sourit très légèrement. Ses propos faisaient écho à ces images que j'avais aperçues quand Karyna m'avait mordue. Ainsi, c'étaient ses souvenirs qu'elle m'avait transmis.

— Je n'en ai jamais parlé à personne...

— J'en conclus que ce ne sont pas des pratiques... habituelles chez les vampires ?

— Pas vraiment. J'ai mis quelques jours à m'en remettre. Quand elle a tenté de recommencer quelques semaines plus tard, je suis parti, et je ne l'ai plus jamais revue.

— J'ai l'impression que ta chère et tendre n'a pas compris le message...

Ma formule ironique ne lui plut pas et il me lança un regard mauvais. Je faisais tout ce que je pouvais pour alléger l'atmosphère, mais apparemment, je m'y prenais très mal.

— De toute façon, étant donné son appétit pour le sang et la torture, j'aurais dû me douter qu'elle n'était pas étrangère à tout ça...

— Les gens se comportent parfois différemment dans l'intimité. Tu ne dois pas t'en vouloir.

J'avais mis toute la gentillesse et toute la bienveillance que je pouvais dans mes mots. Azraël me sourit, un peu plus franchement cette fois-ci.

— Tu as probablement raison, mais quand même.

Le silence s'installa brièvement. Je le rompis, car une question me brûlait les lèvres.

— Le rituel, ce soir ? Je suppose que Karyna n'en ressortira pas vivante ?

— Tu supposes bien.

— Qu'est-ce qui va se passer, au juste ?

Azraël sembla hésiter.

— Ça ne va pas te plaire. Mais si je te révèle maintenant les détails de la cérémonie, je suis à peu près certain que tu ne viendras pas. Et ce serait une offense à Morgane qu'on ne peut pas se permettre.

Ses mots me crispèrent. Cela allait donc être terrible. Vraiment terrible.

— Pas même les grandes lignes ? insistai-je.

— Procès et exécution.

— Pourquoi faire un procès alors qu'elle a reconnu les faits ?

— C'est comme ça. Morgane a décidé que tout ce qui touche aux fondateurs doit être réglé en leur présence. Comme nous n'étions pas tous là tout à l'heure...

— Et donc, je dois être sur mon trente-et-un pour ça ?

Azraël sourit.

— On a un souci avec les fringues, tu te rappelles ?

Je jetai un œil à sa chemise déchirée et tachée et me retins de faire une remarque moqueuse. Il en avait assez bavé pour la semaine, peut-être même pour le mois.

Je m'assis dans le lit et laissai mes doigts courir le long des broderies de la robe que Morgane m'avait fait livrer.

— C'est quand même dommage de porter un si beau vêtement, et de ne rien avoir pour me coiffer, ou me maquiller un peu... marmonnai-je.

— Tu ne crois pas qu'Evangelina pourrait t'aider ?

C'était une idée fantastique. D'autant plus qu'elle paraissait très douée. Pourquoi n'y avais-je pas pensé par moi-même ?

— Tu sais où je peux la trouver ?

— Il y a une liste avec les noms et les numéros de chambre épinglée dans le salon. Rob a tenu à ce que tout le monde la remplisse...

Je me levai et partis avec ma robe et mes chaussures en quête d'Evangelina. J'espérais que m'occuper de mon apparence pour ne pas froisser la Reine des vampires m'aiderait à ne pas trop réfléchir à ce qui allait se passer une fois la nuit tombée.

15

La mâchoire d'Azraël faillit se décrocher quand je rentrai dans notre cabine après avoir frappé doucement. Je savais que ma nouvelle styliste attitrée avait réalisé un travail extraordinaire, mais je ne m'attendais tout de même pas à une telle réaction.

Après m'avoir fait prendre une douche, Evangelina avait séché mes cheveux afin que mes boucles soient bien définies. Elle en avait relevé quelques-unes avec de jolies pinces argentées, assorties à la robe, puis m'avait lourdement maquillée. Le résultat était spectaculaire.

Mon teint était lisse, sans accroc, et un rouge à lèvres sombre posé à la perfection grossissait artificiellement ma bouche. Elle avait peint mes paupières d'un bleu foncé pailleté que je n'aurais jamais osé porter avec la couleur de mes yeux. Un épais trait d'eye-liner remontait presque jusqu'à la racine de mes cheveux.

Tout cela combiné à la magnifique robe de princesse que Morgane m'avait prêtée faisait que je n'aurais pas du tout l'air ridicule à côté d'Esther, elle qui est toujours si élégante.

— Tu es... époustouflante.

Azraël était resté planté là quelques secondes avant de dire quoi que ce soit.

— Tu n'es pas mal non plus, je dois dire.

Le vampire portait un costume noir, sur une chemise noire, avec une cravate noire soyeuse. Le tout mettait parfaitement en valeur sa silhouette, sans qu'il ait cet air trop baraqué que lui donnaient parfois ses t-shirts.

— Morgane m'aurait étripé sur la place publique si je m'étais pointé en jean à ton bras alors qu'elle t'a fait livrer une telle robe...

— À mon bras ?

— Tu es un peu ma cavalière ce soir, si tu vois ce que je veux dire...

— On va à une exécution !

— Oui, mais c'est aussi une réunion des fondateurs. Ça n'arrive pas souvent...

— Pourquoi est-ce que tout doit forcément devenir compliqué avec vous ?

— Parce que l'éternité, c'est long, et on s'ennuierait sinon !

Cela me fit sourire sans que je sache vraiment s'il s'agissait d'un trait d'humour ou non. Azraël passa son bras sous le mien et m'emmena vers la salle du rituel. Nous avions encore un peu de temps devant nous, mais je n'avais rien contre l'idée de prendre de l'avance. Je ne souhaitais pas me faire remarquer en arrivant en retard. J'imaginais que le fait qu'une mortelle soit conviée à leur petite sauterie allait déjà constituer un évènement en soi, alors autant éviter de leur donner plus de grain à moudre.

— Est-ce qu'il y a des choses que je devrais savoir avant qu'on arrive ?

— Non, rien de particulier. Essaie de ne pas trop t'éloigner, comme ça, je devrais pouvoir parer à toute éventualité.

— Toute éventualité ?

— Oui, toute éventualité.

— Tu peux détailler ?

— Il pourrait se passer plein de choses. Comme rien du tout. Donc non, je ne peux vraiment pas détailler.

Cela ne me rassurait pas du tout. J'aurais aimé savoir ce à quoi il pouvait bien penser. J'avais beau me concentrer, je ne distinguais rien qui me paraissait étranger à mes propres émotions.

Je n'eus pas le temps de le sermonner, car j'aperçus une double porte en marbre blanc un peu plus loin. Deux membres de la Nuée Sacrée, dans leurs uniformes écarlates, lances à la main, se tenaient devant.

Alors que nous n'étions plus qu'à deux pas, ils ouvrirent les battants devant nous afin de nous laisser passer.

Nous entrâmes dans une grande pièce carrée, haute de plafond. En son centre, une sorte de puits dont le marbre faisait écho à celui de la porte accueillait un feu immense dont, étrangement, les flammes ne semblaient pas dégager de chaleur. Des tentures écarlates recouvraient les murs, tout comme dans la salle de réunion. Je me demandai si c'était la couleur préférée de Morgane ou si elle avait une valeur particulière chez les vampires. Après tout, la Nuée Sacrée aussi portait des uniformes de cette teinte. Des tables hautes décorées de lanternes étaient disséminées dans presque tout l'espace. Je notai que le fond de la pièce avait été laissé vide.

Les invités n'étaient pas encore arrivés, à l'exception d'un petit groupe de trois personnes qui semblait mener une conversation relativement houleuse. Les mouvements de mains étaient rapides et nombreux, ce qui était étonnant pour des vampires.

— Il n'y aura aucun autre mortel que moi ?

— Non...

Je sentis qu'il s'apprêtait à dire autre chose, mais il n'en eut pas le temps.

— Azraël ! Cela fait une éternité !

— Tu exagères, Violet, tu exagères, la réprimanda-t-il d'une voix aux intonations chantantes que je ne lui connaissais pas. Soixante-dix ans, ce n'est pas une éternité !

Azraël nous amena jusqu'au petit groupe. Celle qui s'appelait Violet était une femme dont la peau était presque aussi pâle que celle d'Esther ou de Morgane. Ses longs cheveux, d'un roux sombre, étaient coiffés en une couronne tressée ornée de rubans. Elle portait une magnifique robe rouge et or aux grandes manches évasées et au décolleté qui ne laissait pas beaucoup de place à l'imagination. Ses seins semblaient sur le point de bondir hors du tissu tant le laçage de son corset les remontait près de sa gorge.

Deux hommes, qui ressemblaient à des major-domes en costume et nœud papillon, se tenaient à ses côtés, contrastant avec le style plutôt médiéval que dégageait son apparence.

— Tu te souviens de Dean et Joe ?

— Bien sûr.

J'avais très envie de leur demander de quoi ils étaient en train de parler juste avant que nous arrivions, mais cela aurait probablement paru déplacé. D'autant plus que je n'avais pas la moindre idée de qui pouvait bien me faire face. J'aurais aimé, autant que possible, éviter de froisser encore un membre haut placé de l'administration vampirique. Aussi discrètement que possible, je mis un coup de coude dans les côtes de mon cavalier pour qu'il se rappelle mon existence. Je me doutais que, si le décolleté de Violet m'avait distraite, moi, ce devait être pire pour Azraël !

— Oh ! Je te présente Lena. Lena, voici Violet, l'une des fondatrices, tout comme moi.

— Lena, enchantée. Je croyais que les fondateurs seuls, ou tout du moins, les personnalités... importantes et dirigeantes, étaient conviés à cette réunion de crise.

Le ton de Violet était hautain, et son accent britannique aggravait le phénomène, tout comme le regard presque dédaigneux qu'elle me jeta en disant cela. Ses yeux m'avaient balayée de haut en bas comme on étudie une marchandise. Son attitude me laissa penser qu'elle n'appréciait pas ce qu'elle voyait.

Je sentis une force m'envelopper de façon désagréable. Elle semblait appuyer sur chaque centimètre de ma peau comme pour passer au travers. Je me crispai au bras d'Azraël. Cela me rappelait mes premiers contacts avec Vicky. Était-elle en train d'essayer d'utiliser de la magie sur moi ?

— Violet, ne fais pas preuve d'une telle vulgarité ! fit Azraël pour voler à ma rescousse. Tenter d'abuser de tes pouvoirs de la sorte... Je t'ai connue plus civilisée que ça !

— De plus, Lena est mon invitée, tout autant qu'elle est celle d'Azraël, fit la voix de Morgane derrière moi. Elle s'est jointe à nous dans le combat d'hier, ce qui n'est pas le cas de tout le monde ici.

La pique de Morgane me fit comprendre que Violet n'avait pas assisté à la bataille. Cette dernière effleura mon épaule de sa main avant de me dépasser pour aller se poster à côté de l'un de ses deux sbires.

À peine la pression du pouvoir de Violet s'était-elle dissipée qu'elle fut remplacée par une nouvelle vague d'énergie qui parut traverser toute la pièce. Je n'avais pas la moindre idée de sa provenance, et j'eus comme l'impression qu'Azraël se crispait lui aussi en réponse à sa pulsation.

Morgane arborait une magnifique robe d'un bleu turquoise pâle ornée d'une multitude de volants de tulle. Ses cheveux étaient ramenés en un chignon complexe et élégant au-dessus de sa tête. Seules quelques boucles blondes s'en échappaient pour cascader jusqu'à sa taille.

— Une humaine qui prend part aux combats pour aider les vampires... Tu t'es mis à l'esclavage, Azraël ?

— Oh, mais Lena est bien plus qu'une simple humaine, Violet ! intervint Morgane. Et je ne tolérerais pas une seconde de plus que tu remettes en question sa présence parmi nous. J'espère que je suis bien claire.

— Merci, murmurai-je pour remercier Morgane de prendre ma défense.

— Tu n'as pas à me remercier ! Tu as mis ta vie en péril pour défendre les miens alors que rien ne t'y obligeait. De plus, tu es une personne exceptionnelle, ta place serait dans un musée !

Cela faisait beaucoup d'éloges de la part de quelqu'un d'aussi important. Je me sentis rougir. Toutefois, une légère pression du bras d'Azraël contre le mien me laissa comprendre que je ferais mieux de rester sur mes gardes.

— Exceptionnelle ? répéta Violet, intriguée.

— Cette petite chose étrange a réussi à se lier à notre Azraël, explicita Morgane. Qui aurait cru que son cœur de glace serait capable de battre à nouveau, qui plus est pour quelqu'un qui ressemble autant à sa chère Sonya ?

Violet s'approcha de moi, beaucoup trop près à mon goût, et détailla mes traits pendant de longues secondes. Son regard était si intense qu'elle semblait m'analyser au niveau subatomique.

— C'est donc pour ça que son visage me paraissait si familier ! Est-il possible que Sonya ait eu une descendance mortelle ? La ressemblance est... troublante, en effet.

Je sentais le souffle de ses paroles sur ma joue et j'avais envie de reculer de plusieurs pas, mais le bras d'Azraël me maintenait fermement contre lui. Je ne pouvais pas m'échapper.

— Qu'est-ce que tu es en train de faire à cette pauvre demoiselle ?

Azraël se retourna et je suivis le mouvement, ravie de rompre le contact avec le regard inquisiteur de Violet. Richard marchait vers nous dans la version blanche de la tenue d'Azraël.

— Richard ! Est-ce que tu as déjà rencontré cette...
personne ?

— Mademoiselle Lena, fit Richard en me prenant
une main et en me faisant faire un tour sur moi-
même comme si nous dansions. Vous êtes un vrai
caméléon !

— Euh... merci. Je crois.

Comme Richard ne semblait pas vouloir me
lâcher, je lançai un regard de détresse à Azraël. À
peine quelques secondes plus tôt, j'aurais donné cher
pour échapper à son étreinte et pouvoir bouger, et
maintenant que c'était le cas, je regrettais. Je m'étais
attendue à ce qu'on me remarque, mais je ne pensais
pas être l'attraction principale de la soirée. Je
n'aimais pas que tous les projecteurs soient braqués
dans ma direction. Azraël comprit ma peine et saisit
mon autre main pour me faire également tournoyer
afin de me ramener dans ses bras.

— Tu ne crois quand même pas que tu vas me
piquer ma cavalière, Rich ? Tu n'avais qu'à venir
accompagné, toi aussi !

Les bras croisés, mon dos contre la poitrine
d'Azraël, toutes ces pirouettes m'avaient donné le
tournis. Quand le monde se stabilisa, je vis un groupe
de près d'une dizaine de vampires se diriger vers
nous. Le fondateur que j'avais rencontré plus tôt,
mais dont je ne connaissais pas le nom arborait un
surprenant costume doré. Cela contrastait de la plus
magnifique des façons avec sa peau sombre. Il

s'approcha de moi et plaça un index sous mon menton.

— Il est vrai que c'est saisissant. Je n'ai pas osé faire la remarque plus tôt, mais c'est difficile de ne pas y penser...

Ce contact non désiré supplémentaire fut la goutte d'eau qui fit déborder le vase. Je me dégageai de l'étreinte d'Azraël et, tapant d'un doigt menaçant sur la poitrine de l'homme, je le repoussai.

— Non, mais ça suffit oui ? Qui vous a autorisé à me toucher, vous ? Et vous ? fis-je à l'intention de Violet et de Richard.

— Toutes mes excuses, dit ce dernier en exécutant une courbette dans ma direction. Mais c'est qu'elle mord, cette petite chose !

Plusieurs vampires éclatèrent de rire. Je pivotai vers Azraël à la recherche de soutien, mais il semblait lui aussi trouver la situation amusante. Cela finit de me mettre en rogne.

— De toute façon, vous n'avez pas besoin de moi ici. Morgane, je suis désolée, je crois que je vais retourner dans ma chambre. Mais merci pour l'invitation !

Je tournai les talons et franchis la lourde porte de marbre alors qu'une femme en robe courte rouge entrait. Elle s'écarta sur mon passage en voyant la vitesse à laquelle je me déplaçais. J'étais presque arrivée au niveau du salon quand Morgane apparut devant moi, comme si elle sortait du sol. Elle m'attrapa par le bras et avant même que j'aie le temps de cligner des yeux, nous étions de nouveau dans la salle du rituel.

— Je ne le dirai pas une fois de plus, commença Morgane d'une voix puissante qui me fit vibrer les tympans. Lena est une invitée ici, non pas en tant qu'amuse-bouche, ou animal de compagnie, ou quoi que ce soit d'autre. Elle est aussi bien sous la protection d'Azraël et d'Esther que sous la mienne, donc je ne tolérerai plus aucun débordement.

Morgane me lâcha le bras, que je m'empressai de frotter en y jetant un œil. Cela allait me laisser un bel hématome... Toutefois, quand je relevai la tête, toute l'assemblée s'était agenouillée devant nous. Cela représentait une vingtaine de personnes, ce qui était à la fois impressionnant et un peu gênant, je devais l'avouer. J'aperçus Azraël qui se redressait avant de me faire signe, aussi, je me faufilai jusqu'à lui.

— Toute éventualité, hein ? fis-je, moqueuse.

— Tu vois que tu n'as pas besoin de moi, finalement. Tu t'en sors très bien !

Les autres vampires se relevèrent avant de se disperser en petits groupes autour des tables. Le calme s'installa à nouveau en quelques secondes, comme si rien de grave ne s'était passé. Mon pouls trahissait pourtant encore les vives émotions qui m'habitaient.

— J'en ai marre que des gens que je ne connais pas me touchent sans rien me demander ! finis-je par dire.

— Je suis désolé. On n'est pas vraiment très...

— Civilisés ? C'est quand même ironique alors qu'il est possible que certains d'entre vous aient été témoins de la naissance et de l'évolution de plusieurs civilisations !

— J'allais dire « sociables »...

— Pardon. Je suis en colère. Si seulement on avait à boire, histoire que je noie mon absence de joie d'être ici dans l'alcool...

Comme si une quelconque divinité recluse dans un recoin de l'univers avait entendu ma prière, des serveurs en tablier blanc et en veston écarlate apparurent avec des plateaux.

— Champagne ? me demanda l'un d'eux, légèrement penché en avant, un bras dans le dos.

— Et comment !

Azraël prit deux flûtes et m'en tendit une, puis l'homme se redressa avant de poursuivre sa progression. Je bus une gorgée en détaillant l'assemblée. Dire que si l'un d'entre eux le désirait, il pourrait mettre fin à mon existence en moins de temps qu'il m'en faudrait pour claquer des doigts. Cette pensée me fit frissonner. Je me demandai ce qui arriverait si quelqu'un passait à l'acte. Serait-il exécuté ? Je me doutais que ce serait le cas si Azraël était également tué dans le processus. Mais s'il survivait...

Je vis Richard approcher alors que ces idées tournaient dans mon esprit. Il tendit un bras vers moi avant de le laisser retomber.

— Je voulais m'excuser. Si je vous ai mise mal à l'aise, un peu plus tôt, sachez que ce n'était pas mon intention.

— Je crois que si je dois continuer à vous fréquenter, je vais devoir me faire une raison et m'habituer au fait que vous êtes tous très... tactiles.

— Me fréquenter ? Moi ? fit-il en portant une main à sa poitrine. Mais ce serait trop d'honneur !

— Je parlais des vampires, en général ! Pas de vous, en particulier !

— Celle-là, tu ne l'avais pas vue venir, hein ?

Azraël se moquait gentiment alors que le visage de Richard laissait place pendant une seconde à une mine déconfite. Le sourire qu'il affichait généralement revint tout aussi vite. Il avait la prestance d'un prince charmant, ainsi que l'attitude.

Deux épais sourcils bruns surlignaient ses yeux bleus qui auraient presque pu rendre Azraël jaloux. Son nez était étonnement fin, presque trop, ce qui paraissait bizarre pour un vampire, eux qui m'avaient habituée à tant de perfection. Malgré cela, il restait très agréable à regarder. Ses lèvres étaient légèrement retroussées, laissant apparaître des dents d'une blancheur stupéfiante. Ses cheveux, mi-longs, étaient tirés en arrière et attachés au niveau de sa nuque.

— En effet, finit-il par dire, je ne l'avais pas vue venir ! De toute façon, le passé nous a démontré que c'est toujours toi qui gagnes, en matière de filles !

— Oh ! Vous avez des histoires croustillantes à me raconter ?

Quand je m'entendis poser cette question à voix haute, je me fis la réflexion que j'avais peut-être bu mon champagne un peu vite... Tant pis !

— Il y a toujours eu une sorte de... compétition entre nous. Comme on nous compare souvent l'un à l'autre... commença Azraël.

— Les yeux bleus, les longs cheveux... C'est beaucoup trop facile ! Comment est-ce que Morgane nous avait appelés, déjà ?

— « Les séducteurs de ces dames » !

— Ah oui !

Tous deux éclatèrent de rire. Je devinais dans l'attitude de Richard qu'il aimait jouer de son charme, mais Azraël... Depuis que je le connaissais, je l'avais rarement vu en faire usage, à part pour blaguer. J'avais du mal à imaginer qu'ils pouvaient être mis en compétition. Il était toutefois vrai qu'ils auraient pu aisément passer pour frères. Comme l'avait signalé Richard, ils avaient la même allure générale. Ce soir, leurs costumes qui se répondaient renforçaient encore cette impression.

— Qui a marqué le plus de points, jusqu'à présent ? demandai-je.

J'étais bien décidée à essayer de glaner des informations. L'occasion était bien trop belle pour prendre le risque de ne pas en profiter.

— Rich, sans aucun doute !

— Ma victoire est incontestée, voyons. C'est à peine si Azraël daigne sortir de sa tanière depuis la disparition de Sonya. C'est triste quand même…

Le ton désinvolte que le vampire employa déclencha chez moi une vive émotion. Je sus immédiatement qu'elle n'était pas mienne quand je commençai à m'en prendre à lui.

— Tu es qui pour juger, comme ça ? Tu n'as jamais connu l'amour, et encore moins le grand amour ! Tes conquêtes sont comme des mouchoirs en papier : tu t'en sers, puis tu les jettes sans la moindre considération !

— Lena, vous allez bien ?

Richard avait reculé d'un pas, l'air interloqué, alors que je lui hurlais dessus. J'ignorais parfaitement ce qui m'avait pris. C'était comme si j'étais devenue le vaisseau de la colère d'Azraël et que j'avais dit tout haut ce qu'il pensait depuis longtemps.

— Euh, pardon. Je ne sais pas ce qui…

Une main se posa sur mon épaule, et instinctivement, j'y ajoutai la mienne. Elle appartenait à Azraël, je n'avais même pas besoin de vérifier. Plusieurs vampires s'étaient tournés vers nous, cessant toute conversation. Une silhouette se glissa derrière Richard avant de le contourner pour me faire face.

— Eh bien ! Je vois que ce lien n'est pas près de se rompre, fit Esther, un sourire triste aux lèvres.

— Qu'est-ce que ça peut bien te faire ? demanda Azraël sur la défensive.

— Je m'en fais pour toi. Et pour Lena. Je n'aimerais pas perdre l'un d'entre vous s'il devait arriver quelque chose, et encore moins vous perdre tous les deux.

Elle posa sa main par-dessus les nôtres et me fixa tendrement. Ses yeux dorés cernés de khôl semblaient vouloir me traverser. Je me focalisai sur sa tenue afin de ne pas y plonger mon regard, de peur que cela lui fournisse une porte d'entrée vers les tréfonds de mon esprit. Je notai qu'elle portait une ample combinaison-pantalon à motif floral multicolore. C'était la première fois que je la voyais vêtue d'autre chose que d'une robe, et elle n'en était pas moins stupéfiante de beauté.

Malgré ce qu'elle avait fait à Azraël, c'était quelqu'un pour qui j'avais de l'admiration. Et autre chose m'habitait quand je me tenais à ses côtés. Je n'arrivais pas à mettre de mots dessus. C'était une certitude absolue que j'avais au plus profond de mon être : son intérêt pour ma personne n'était pas feint. Peut-être que les motivations derrière celui-ci étaient discutables, mais je savais qu'elle remuerait ciel et terre pour me sortir d'une mauvaise passe.

— Tu t'es attendrie avec le temps ! Comme c'est mignon...

Morgane prononça ces mots d'un ton méprisant. Esther, Azraël et moi tournâmes la tête en un seul mouvement dans sa direction. Elle affichait un sourire narquois. Elle n'avait aucun autre but que de tenter de faire du mal, je le sentais.

— Tout le monde n'a pas un cœur de pierre comme toi, lui rétorqua Esther.

— Allons, allons, Mesdames ! Vous êtes beaucoup trop charmantes pour vous crêper le chignon de la sorte !

Richard, avec ses manières de séducteur, essayait de calmer le jeu, mais pendant une seconde, je me demandai si cela n'allait pas, au contraire, jeter de l'huile sur le feu.

Je glissai un coup d'œil à Esther qui haussa les épaules avant de tourner les talons pour caresser la joue de Richard.

— Toi, alors ! Est-ce qu'il y a la moindre chose sur cette terre qui ne constitue pas un amusement pour toi ?

Richard sourit avant de s'approcher vivement d'Esther en tentant de l'embrasser. Celle-ci bondit sur le côté, l'esquivant.

— Tu me fends le cœur à me résister depuis tous ces siècles, tu le sais ?

Il porta ses mains à sa poitrine et fit mine de s'effondrer au sol. Je pouffai de rire devant le ridicule de la situation. Plusieurs personnes de l'assemblée en firent de même, et l'atmosphère se détendit à nouveau.

Les bavardages reprirent. Cette soirée était un ouragan d'émotions diverses qui allaient et venaient avec une rapidité et une force déconcertantes. Je me demandai si toutes les réceptions de vampires étaient aussi mouvementées. Une seconde tournée de champagne fut servie et alors qu'Azraël était en grande discussion avec l'homme en doré, Richard s'approcha de moi.

— C'est qui, lui ? en profitai-je pour chuchoter en me penchant vers lui pour m'assurer que personne d'autre ne puisse m'entendre.

— C'est Apollon. Un fondateur, m'expliqua-t-il.

— C'est peut-être stupide, mais je n'avais jamais vu de vampire noir... On dirait que si votre peau s'éclaircit avec le temps, alors la sienne s'assombrit, non ?

Je portai ma main à ma bouche, surprise par mes propos. Ma réflexion était d'une indélicatesse folle.

— Ne vous en faites pas, votre remarque n'a rien de déplacé. J'imagine que vous connaissez peu de vampires pour penser que de telles considérations pourraient nous heurter.

J'acquiesçai d'un hochement de tête avant de boire une gorgée de champagne pour dissimuler mon embarras.

— Cela fait longtemps que vous êtes liée à Azraël ?

— Un mois environ...

— Le phénomène est stupéfiant, n'est-ce pas ?

— Vous avez déjà été lié ?

La façon dont il m'avait posé la question ne laissait aucune place au doute. Richard ajusta sa cravate d'un mouvement un peu trop vif.

— Je ne voulais pas être impolie...

— Non, ne vous en faites pas. Je me suis retrouvé lié à une naïade quelque temps après avoir fait des folies de nos corps...

Il paraissait nostalgique. Cela semblait avoir constitué une expérience agréable pour lui. Une foule de questions se déversait dans mon esprit.

— Une naïade ?

— Une fée des eaux, si vous préférez.

J'étais sidérée. Pourtant, Azraël m'avait prévenue que les fées existaient. Je me demandai de quoi elles avaient l'air, où elles étaient cachées.

— Wouah, il y a encore tant de choses que j'ignore !

— Cela viendra avec le temps, si vous continuez à nous « fréquenter », comme vous disiez un peu plus tôt. Puis-je vous poser une question à mon tour ?

— Allez-y.

— Avez-vous une idée de pourquoi vous ressemblez autant à Sonya ?

Je pivotai vers mon interlocuteur, stupéfaite. Personne ne m'avait personnellement et directement interrogée à ce sujet.

— Je ne sais même pas qui c'est... Azraël ne veut pas vraiment m'en parler. Je sais seulement qu'elle est morte.

— Je ne suis pas sûr d'être celui qui doit vous raconter ces choses-là, mais je l'ai connue, autrefois.

— Dites-m'en plus, s'il vous plaît !

Ma phrase s'était littéralement muée en une supplique. Les yeux de Richard croisèrent les miens avant qu'il regarde par-dessus son épaule. Il passa un bras précautionneux autour de ma taille et m'attira dans l'ombre d'un angle de la pièce, à l'écart des anneaux lumineux dessinés par les lanternes. J'avais l'impression qu'il allait me révéler des secrets honteux, ou que nous ne devions surtout pas être vus ensemble. Je trouvais la situation excitante malgré moi.

— Sonya était une puissante magicienne. L'une des plus puissantes, si vous voulez mon avis, commença-t-il à voix basse. Pour Azraël, ce fut le coup de foudre... Mais elle lui a résisté avant d'être promise à un autre homme !

— Vous n'étiez quand même pas cet homme-là !

— J'aurais aimé, dit-il avec un sourire nostalgique. C'était une femme splendide, une femme forte. Probablement trop pour le temps dans lequel elle vivait. N'importe qui l'ayant un tant soit peu connue, même quand elle n'était encore qu'une simple mortelle, aurait aimé être à ses côtés pour l'éternité.

Je déduisis de ses propos qu'elle avait été un vampire.

— Que s'est-il passé ?

— Pour faire simple, les hommes... ce n'était pas tout à fait son genre. Cela, mêlé à ses pratiques... Ajoutez une épidémie, et les gens ont cherché un coupable. Elle a été brûlée vive comme les sorcières d'antan pour apaiser la colère divine.

— Le feu vous est fatal ?

— Si vous devez vous débarrasser d'un vampire, un jour, optez pour le feu. C'est probablement l'une des façons les plus sûres de tuer l'un des nôtres.

— C'était quel genre de personne ?

Richard prit un moment, comme s'il choisissait avec soin les mots qu'il allait employer.

— Une personne solaire. Vraiment. Elle était lumineuse, pleine de vie.

Le terme qu'il avait utilisé me glaça le sang. Vicky, en particulier, avait pensé que ma magie pouvait être liée au soleil... La coïncidence était trop grosse pour que je ne la remarque pas.

Je n'eus pas le temps de poser plus de questions. Les portes de marbre s'ouvrirent bruyamment et quatre membres de la Nuée Sacrée entrèrent, transportant une sorte de civière. Les vampires s'écartèrent sur leur passage alors qu'ils se dirigeaient vers le fond de la pièce. D'autres hommes en uniforme écarlate suivirent, chargés de plusieurs objets, et tous s'affairèrent un moment. L'assistance disséminée dans la salle s'était figée devant cet étrange spectacle.

Quand enfin ils repartirent, Karyna était installée sur une lourde chaise, ses mains attachées aux accoudoirs par un tissu sombre. D'épaisses chaînes entravaient également ses pieds. Sa tête pendait sur sa poitrine comme si elle était inconsciente.

Morgane nous fit signe de nous rassembler, et nous avançâmes, dessinant un demi-cercle autour de Karyna. Je repérai Azraël et le vis se faufiler jusqu'à moi. Le savoir à mes côtés me rassura. Nous allions entrer dans le vif du sujet, et le simple fait d'y penser me nouait la gorge d'angoisse.

— Karyna, Karyna... Il est temps, commença Morgane en haussant la voix et en s'approchant d'elle. Tu es ici devant nous, car tu as mis en danger notre espèce. Tu n'as pas respecté nos règles, et des mortels ont découvert où tu te terrais.

L'accusée releva la tête d'un mouvement sec afin de basculer en arrière sa queue de cheval blonde qui était venue se placer en travers de son visage.

— Les règles sont cruelles... Trop difficiles à respecter.

— On y arrive bien, nous, l'interpella Violet.

— Elles datent d'un autre temps, tenta de se justifier Karyna. Elles devraient changer. Elles ne correspondent plus à la société d'aujourd'hui.

Je me surpris à trouver du sens dans ses propos. Les règles qui régissaient la vie des vampires, pour ce que je savais, ne semblaient pas tenir compte des évolutions que le monde avait subies ces cent dernières années, ou plus.

— Si je peux me permettre, est-ce que quelqu'un peut nous rappeler les faits ? Je ne suis pas sûr d'avoir compris de quoi on l'accuse exactement...

L'homme qui avait parlé m'était inconnu. Je n'étais même pas certaine de l'endroit d'où provenait sa voix.

— Azraël, tu veux bien ?

Morgane accompagna sa requête d'un geste de la main qui me laissa penser qu'elle n'en avait rien à faire. Qu'elle n'avait pas envie de se plier à ce genre d'exercice. Cela me donna un instant l'impression que faire couler le sang était la seule raison de ce rituel. Je me doutais toutefois qu'il n'en était rien. Les vampires ne s'embêtaient probablement pas avec des choses qui ne présentaient aucune importance pour eux.

Azraël me lâcha la main, et je ne réalisai qu'à cet instant précis que je m'en étais saisie un peu plus tôt. Il se fraya un chemin entre les personnes qui se tenaient devant nous et s'approcha de Karyna. Il évoqua notre enquête préliminaire, les prisonniers dans les sous-sols du manoir, l'attaque nocturne par des militaires humains et finit avec la mort de Soren.

— Soren est mort ? Et on ne nous en parle que maintenant ?

— Cela sera abordé dans la seconde partie de ce procès, mes chers amis. Chaque chef d'accusation sera traité l'un après l'autre. Ne vous inquiétez pas...

Morgane paraissait s'impatienter. Elle voulait que Karyna soit jugée aussi bien pour ce qu'elle avait fait à Soren que pour toutes ses exactions de ces dernières années. Je trouvais cela louable, très juste, mais le reste de l'audience ne semblait pas de mon avis.

— Sommes-nous certains que l'attaque n'est pas une vendetta locale ? demanda Violet non loin.

— L'homme qui a été capturé a clairement parlé du gouvernement et de l'armée, rappela Azraël. Aucun doute n'est permis.

Morgane était retournée s'installer derrière la chaise de Karyna. Ses mains posées sur le dossier, comme elle l'avait fait dans la salle de réunion, elle regardait l'assemblée autour d'elle.

— L'heure est grave. Les mortels savent que nous foulons la même terre qu'eux, et ils semblent déterminés à ne pas nous laisser en paix.

— Ils ne savent presque rien, intervint Richard. Je ne crois pas que nous soyons réellement en danger.

Les vampires autour de moi s'agitèrent, marmonnant parfois quelques mots. Ils semblaient ne pas trop savoir quoi penser de tout cela. Azraël était revenu s'installer à mes côtés, m'aidant à me sentir moins seule.

— Quoi qu'il en soit, les évènements de la nuit passée sont bien de la responsabilité de Karyna. Nous pouvons tous nous accorder sur cela, n'est-ce pas ? Tu as quelque chose à ajouter pour ta défense ?

Un sourire mauvais se dessina sur les lèvres de l'accusée et son regard me transperça.

— C'est sa faute à elle, pas la mienne !

Tout le monde se retourna pour m'observer alors qu'elle m'avait désignée d'un mouvement du menton. Je ne savais pas quoi dire, quoi faire. Je reculai d'un pas et me heurtai à Richard.

— Je... Je n'ai rien fait.

— Peux-tu jurer ne pas être impliquée ? me demanda Apollon.

Je trouvais sa question étrange, mais m'empressai néanmoins d'y répondre.

— Oui, je vous le jure !

— Elle ne ment pas, intervint Esther.

— Elle a demandé les dossiers à la police. Je suis certaine que c'est ce qui a attiré leur attention, insista Karyna.

— Je ne pouvais pas savoir !

— Nous ne connaissons pas la chronologie des évènements. Nous ne saurons donc jamais si l'armée a commencé à te soupçonner avant ou après que Lena a demandé les informations à la police, fit remarquer Richard.

J'aurais voulu me retourner pour le remercier de prendre ma défense, mais je n'en eus pas le temps, la voix d'Esther retentissait déjà.

— Ce que dit Richard est vrai. Tu cherches simplement un bouc émissaire. Si vous n'aviez pas semé le chaos autour de ton manoir, toi et les tiens, tout cela ne serait pas arrivé. Lena n'a enlevé et séquestré personne, à ma connaissance !

— S'il vous plaît, s'il vous plaît, demanda Morgane. Est-ce que nous pourrions ne pas dévier du sujet ? Ce n'est en effet pas Lena qui a tué ces gens. Qui en a enfermé certains pendant des années... Ce ne sont pas nos façons de faire, Karyna, et tu le savais !

— Tout cela ne correspond pas à nos principes, ajouta une femme à la peau fripée en s'avançant vers l'accusée. Notre organisation tout entière repose sur le fait de privilégier la qualité sur la quantité. Pourquoi être allée à l'encontre de cela ?

Je reconnus la voix que j'avais entendue dans la salle de commandement. Cette femme paraissait avoir près de quatre-vingts ans. C'était la première fois que je rencontrais un vampire qui n'avait pas été transformé dans la fleur de l'âge.

— Parce qu'on leur est supérieurs, Elena ! Supérieurs en tout ! Et on ne devrait même pas en profiter ? Ils devraient être du bétail ! Les plus vigoureux ne devraient être rien de plus que nos esclaves !

Les mots de Karyna claquaient dans l'air comme un fouet. Elle les crachait avec une haine qui dépassait l'entendement.

— Karyna chérie... Tu ne vaux pas mieux qu'eux avec ce genre de comportement. Est-ce pour cela que tu as tué Soren ? Pour imposer ta vision des choses ?

La voix douce d'Elena ne semblait pas à sa place dans cette pièce après ce déchaînement de rage à l'état brut.

— Il avait amorcé un début de changement. Il ne nous avait pas obligés à cultiver la terre, déjà. Alors, pourquoi ne pas aller au bout du processus ?

— Tu penses vraiment que c'est ça, le bout du processus ? Élever les mortels comme du bétail pour nous en nourrir ?

— Et pourquoi pas ?

— Vu comment ils étaient traités, tes pouvoirs ne doivent plus être ce qu'ils étaient, je me trompe ?

Azraël avait parlé d'un ton froid comme la pierre.

— Ils sont encore assez puissants pour avoir fait croire à ta chère Lena qu'elle était morte !

Ses paroles débordaient de venin. Elle ne souhaitait qu'essayer de me blesser en me rappelant ce qu'elle m'avait fait, et je pris sur moi pour ne pas réagir. Cela lui aurait procuré beaucoup trop de plaisir et lui aurait attribué plus d'importance qu'elle n'en méritait. Je chassai le souvenir des visions que j'avais eues quand elle m'avait attaquée pour ne pas perdre mon assurance.

— Encore heureux que tu puisses atteindre un mortel affaibli après l'avoir mordu, se moqua Azraël. C'est la moindre des choses pour « l'espèce dominante », non ?

Karyna s'agita sur son siège, mettant à rude épreuve les entraves de tissu qui lui maintenaient les poignets. Je me demandai comment elles pouvaient la tenir immobilisée. J'avais vu Esther briser des chaînes à mains nues. Elle aurait dû pouvoir se dégager s'il s'agissait de liens conventionnels. J'en déduisis que c'était quelque chose d'autre, probablement une magie quelconque.

— Je pense qu'on a fait le tour de la question, intervint Morgane. Maintenant, que souhaites-tu dire concernant le meurtre de Soren ?

Karyna, à ma grande surprise, resta calme. Je m'étais attendue à ce qu'elle oppose avec véhémence des arguments pour justifier son comportement, comme elle l'avait fait jusqu'à présent.

— Il n'avait pas le courage de ses convictions. Nous méritions un meilleur chef.

Sa voix était froide et posée. Elle n'était plus dans l'émotion ni dans la haine. Elle débordait d'assurance, de confiance. Elle croyait en ses propos du plus profond de son cœur.

— Et tu aurais dû être ce meilleur chef ? s'exclama Apollon. Tu n'as toujours été qu'une sauvage assoiffée de sang !

— Ça arrangeait bien Soren pour que je fasse toutes les choses qu'il ne souhaitait pas faire et garder ses mains propres !

Elle n'était pas sur la défensive, mais plutôt amusée. Cela me donnait froid dans le dos.

— Tu n'as donc rien à dire pour ta défense ? demanda Morgane après un long silence.

— Je ne vois vraiment pas ce que je pourrais ajouter. Je l'ai tué. Point.

— Karyna, reprit Morgane en haussant la voix. Tu as mis en péril nos existences et tu as tué l'un des nôtres. Pire encore, tu as tué l'un des membres fondateurs de notre population sur ce continent, et ton Maître. Tu l'as tué pour prendre sa place et son pouvoir. Ceci est une trahison manifeste, un crime des plus graves au sein de notre espèce, si ce n'est le plus grave. Quelqu'un souhaite-t-il ajouter quelque chose ?

À part les craquements du feu au centre de la pièce, le silence était de plomb. Personne ne prit la parole pour défendre Karyna ni pour l'accabler. Au bout d'un moment, que je trouvai particulièrement long, Morgane décida que personne n'allait intervenir.

— La punition pour le meurtre est la mort. Karyna, je te condamne donc à mort. Qui est d'accord avec la sentence ?

Tout le monde leva la main. Certains rapidement, d'autres plus timidement. Mais je suis presque certaine qu'aucun ne s'abstint. Azraël m'attrapa le bras. Je résistai, ne souhaitant pas m'impliquer dans la mise à mort de quelqu'un, même d'un vilain méchant vampire. Utilisant sa force, il m'obligea à maintenir ma main au-dessus de ma tête.

— Tu n'as vraiment pas envie de ne pas voter pour, murmura-t-il sèchement.

Sa phrase ne laissait aucune place au doute. Il valait probablement mieux que je sois du côté des buveurs de sang plutôt que je me les mette à dos. J'arrêtai donc de résister en soupirant aussi discrètement que possible.

Morgane embrassa l'assemblée du regard avec un air de contentement.

— Bien. Karyna, un dernier mot ?

— Az... Je t'ai aimé, tu sais. Vraiment.

Bien que nous ayons baissé nos mains, Azraël me tenait toujours le bras, et je le sentis se crisper.

— Ta vision de l'amour est une chose horrible, Karyna. Si je le pouvais, je m'effacerais moi-même la mémoire pour me faire oublier ce que tu m'as fait endurer. Pour oublier jusqu'à ton existence même.

Ses derniers mots n'étaient plus qu'un souffle. Je savais qu'il ne voulait pas simplement l'accabler, mais qu'il souhaitait être honnête envers elle, et exorciser les démons qui le hantaient depuis leur aventure. J'espérais que cela l'aiderait à avancer.

16

Sur un geste de Morgane, les lourdes portes de marbre s'ouvrirent dans un bruit sourd. Je me retournai pour voir le Capitaine de la Nuée Sacrée entrer. Il portait à deux mains un coussin écarlate sur lequel reposait quelque chose que je n'arrivais pas à distinguer nettement. Derrière lui, les quatre représentants de la communauté de Karyna avançaient en file indienne. Ils s'agenouillèrent aux pieds de Morgane qui se saisit de ce qui ressemblait à une sorte d'étoffe soyeuse.

Elle s'affaira quelques instants avant de brandir une dague dont la lame étincelait, reflétant les flammes du puits central. Le tissu retomba au sol et le Capitaine le ramassa, puis alla se poster dans un angle de la pièce.

— Chers vampires aux ordres de Karyna, est-ce que vous souhaitez vous joindre aux fondateurs pour exercer la sentence ?

Les quatre représentants s'approchèrent d'un même pas. Morgane leur sourit dans un hochement de tête. Elle pivota vers la condamnée dont les yeux semblaient affolés et, d'un mouvement rapide, lui entailla l'épaule gauche. Karyna tressaillit, tout comme moi, mais elle ne laissa échapper aucun bruit. Je portai ma main à ma bouche pour tenter de masquer mon effroi. Morgane embrassa ensuite la dague puis la tendit à Rob. Il abattit l'arme au niveau du cou de Karyna avant de l'embrasser à son tour et de la passer à Paulo. Le manège continua ainsi. Melanie et Evangelina prirent le relai. Evangelina taillada le visage de sa maîtresse, juste au-dessous de l'œil droit.

À chaque nouvelle entaille, Karyna se crispait, mais restait silencieuse, le regard fixe, comme résignée. Son sort était scellé et elle souhaitait partir dans la dignité.

Evangelina rendit la dague à Morgane qui la leva au-dessus de sa tête à nouveau. Je m'attendais à ce qu'elle achève Karyna, mais le protocole n'était apparemment pas terminé.

— Membres fondateurs...

Les vampires s'alignèrent comme s'ils faisaient la queue pour accéder à la caisse au supermarché. Azraël m'avait tirée dans le rang afin que je me retrouve derrière lui, en bout de file.

Le rituel était toujours le même. Ils tailladaient la condamnée, embrassaient l'arme et la passaient au suivant. La dague devait être enchantée d'une façon ou d'une autre pour prolonger l'agonie de la victime. Je ne trouvais pas d'autre explication pour justifier qu'elle continue à saigner aussi abondamment et que ses plaies ne se referment pas.

Esther entailla Karyna au niveau de la poitrine, puis ce fut au tour d'Azraël. Je le vis hésiter une fraction de seconde, puis, méticuleusement et lentement, il traça avec l'arme une très longue incision le long de l'intérieur de la cuisse de Karyna. Pour la première fois depuis le début, je l'entendis gémir de douleur. Je me souvins alors de ce qu'il m'avait raconté. Une boule d'émotion obstrua ma gorge un instant, puis Azraël embrassa la lame et la passa à Morgane.

Elle récupéra la dague et s'approcha de moi. Mon cœur accéléra quand elle me tendit l'arme. Comme je ne bougeais pas, elle attrapa ma main et l'y glissa.

— C'est à ton tour, petite chose étrange.

— Pourquoi ?

— Elle t'a fait du mal, comme aux autres, et tu as la possibilité de demander rétribution pour cela.

— Et si je ne veux pas ?

— Fais-le, au moins pour celui à qui tu es liée.

Je regardai la dague dans ma main droite. La lame était courte et courbe. Le manche résultait visiblement d'un véritable travail d'orfèvrerie. Une mystérieuse figure y était ciselée, mais je n'arrivais pas bien à distinguer s'il s'agissait d'un animal ou d'un humanoïde. Deux petites pierres luisaient en lieu et place de ses yeux et une multitude d'autres joyaux ornaient l'arme.

J'avais une sensation de déjà-vu, sans parvenir à déterminer d'où elle provenait.

— Lena, tu dois le faire, insista Azraël.

Morgane me fixait toujours, un étrange sourire aux lèvres. J'avais l'impression qu'elle prenait plaisir à mon hésitation. Je refermai ma main sur la dague et avançai vers Karyna. Une immense flaque de sang s'était formée sous son fauteuil, et sa tête pendait sur son épaule. Elle semblait ne plus avoir de force pour se tenir droite. Sa peau paraissait s'être affaissée sur ses os, comme un ballon de baudruche qui se serait dégonflé. Elle n'était plus si impressionnante, plus si imposante.

Je n'avais pas particulièrement envie de lui faire du mal, mais je savais que je devais le faire. Je n'avais pas le choix. Je commençai par réfléchir à l'endroit où l'entailler. Peu de zones n'avaient pas encore été lacérées. Quelle force devais-je mettre dans le mouvement ? Quelle intensité ? Des questions purement pratiques auxquelles mon cerveau se rattachait pour ne pas perdre la raison. Après tout, je m'apprêtais à blesser volontairement quelqu'un, chose que je n'avais jamais faite de ma vie.

Je finis par faire le dernier pas qui me séparait d'elle. Un bruit humide me laissa comprendre que je marchais dans la flaque de sang qui s'était répandue au sol. Alors que je levais l'arme, elle redressa péniblement la tête. Un rictus mauvais tordit ses lèvres avant qu'elle les entrouvre.

J'abattis mon bras avant qu'elle ait le temps de prononcer le moindre mot. Je n'avais pas envie de l'entendre me dire quoi que ce soit. La lame traversa son visage de sa joue gauche jusqu'au menton, entaillant sa bouche au passage. Karyna poussa un geignement de stupéfaction, comme si elle avait cru que je n'étais pas capable d'aller jusqu'au bout. Je pivotai et revins vers Morgane. Je portai la dague à mes lèvres, essayant de trouver une zone peu ensanglantée, avant de la lui rendre.

— Tu as le don de savoir t'entourer, Azraël... murmura-t-elle avec ce qui ressemblait à de la surprise, mêlée à de l'admiration.

Elle retourna auprès de Karyna et toute l'assemblée s'agenouilla, le regard tourné vers la suppliciée. Morgane fit de même, sa splendide robe trempant dans la flaque rouge qui maculait le sol comme une tache d'huile dans un garage. Quand elle se releva, elle avait une sorte de calice dans les mains. Il devait se trouver sous le siège depuis le début du rituel. Il débordait, et le liquide coulait le long des bras de la Reine alors qu'elle le brandissait au-dessus de sa tête.

— À présent, nous allons nous repaître de ton pouvoir. Nous t'avons fait don de la vie éternelle, et nous te reprenons cette offrande dont tu n'as pas su te montrer digne.

Les vampires s'alignèrent tous, comme précédemment, les fondateurs se mêlant aux gens de Karyna. Azraël me fit signe de suivre le mouvement, encore une fois. Nous nous mîmes dans le rang. Azraël me poussa devant lui, une main posée sur chacune de mes épaules. Ce n'était pas tant pour me réconforter que pour me contraindre à ne pas bouger.

La file faisait face à Karyna, et je ne parvenais plus à distinguer ce qui se passait à présent. Le dos large de Richard obstruait mon champ de vision. Je tentai de m'écarter sur le côté pour pouvoir observer ce qui m'attendait, mais Azraël me maintenait en place. Il m'empêchait volontairement de voir la suite des évènements. Une vague d'effroi me balaya. S'il estimait que je ne devais pas savoir, c'était probablement affreux. Je fus alors certaine que le plus dur restait à venir. À intervalles réguliers, nous nous approchions d'un pas ou deux et mon angoisse montait en intensité.

Beaucoup plus rapidement que je l'aurais souhaité, Richard avança. J'aperçus la coupe un instant, avant qu'il fasse un geste que je ne compris pas, puis ce fut mon tour. Je me retrouvai à nouveau face à Morgane. Azraël ne m'avait pas lâchée pour autant. Ses mains semblaient peser chacune une tonne sur mes épaules. La Reine leva le calice sanguinolent au-dessus de sa tête puis me le présenta. Je n'avais pas la moindre idée de ce qu'on attendait de moi. Je sentis alors le souffle d'Azraël près de mon oreille.

— Bois.

— Quoi ?

J'avais dû mal comprendre. Ce n'était pas possible.

— Nourris-toi du pouvoir de la traîtresse, m'encouragea Morgane en approchant le récipient de mes lèvres jusqu'à ce qu'il les touche.

Azraël m'empêchait de me reculer alors que Morgane tentait de me forcer à boire. Finalement, une de ses mains vint m'attraper le menton pour m'ouvrir la bouche, et elle fit couler un peu de son contenu à l'intérieur avant de la refermer et de la maintenir en place. Je n'avais pas pu lutter contre sa force ni contre sa rapidité. Je voulus recracher le liquide, mais mes mâchoires étaient scellées par la poigne puissante de Morgane. Le goût ignoble et métallique sur ma langue me déclenchait des haut-le-cœur. Chaque seconde qui passait semblait décupler cette atroce sensation.

— Avale, Lena. Ne me force pas à t'obliger, murmura Azraël avec une douceur qui me surprit au vu de la situation.

Je tentai de me débattre de plus belle, et les doigts d'Azraël se resserrèrent sur mes épaules. Je ne voulais pas qu'il utilise ses pouvoirs. Je savais qu'il le ferait si cela devenait nécessaire. Je le sentais. Je pris une grande inspiration par le nez et déglutis péniblement. Morgane relâcha son étreinte et je m'étouffai quand l'air s'engagea à nouveau dans ma gorge, ce qui aggrava la nausée qui menaçait. Était-ce parce que le sang était froid, ou parce que je ne l'avais pas accepté de moi-même ? Dans tous les cas, cela me dégoûtait infiniment plus que les fois précédentes. Je tombai à genoux et Morgane m'aida à me relever.

— Pauvre petite fille ! Ça va aller. Absorbe sa force et fais-la tienne.

Je retirai d'un coup sec ma main de la sienne et, d'un mouvement d'épaules, me dégageai d'Azraël pour me diriger vers l'attroupement qui s'était formé plus loin.

Azraël me rejoignit rapidement pendant qu'un autre vampire se prêtait à cette communion sanglante à son tour. Je lui lançai un regard méchant et m'écartai un peu. Quelqu'un m'attrapa par le bras, et je crus que c'était lui qui essayait de m'empêcher de partir, mais quand je pivotai, je fis face à Evangelina.

— C'est bientôt fini. Je suis désolée que tu doives subir ça, me chuchota-t-elle en s'approchant de moi. Ne bouge pas, tu ne peux pas t'en aller maintenant.

Elle me lâcha la main, et d'un mouvement du pouce, m'essuya le bord de la bouche. Elle me montra ensuite le sang sur son doigt pour m'expliquer son geste.

— Merci, marmonnai-je.

Evangelina caressa mon bras de haut en bas, avant de serrer mon poignet un instant. Elle paraissait sincère quand elle disait qu'elle était désolée pour moi, mais je comprenais surtout que je devais rester jusqu'au bout. Je n'avais visiblement pas le choix si je ne voulais pas commettre un crime de lèse-majesté. Je me doutais que le fait que j'ai tenté d'éviter de boire le sang de Karyna n'avait déjà pas beaucoup plu à Morgane...

Une fois que le dernier vampire de la file se fut prêté à cette étrange et dégoûtante cérémonie, tout le monde se remit en demi-cercle autour de Karyna. Elle ne bougeait plus du tout. Elle ressemblait à une poupée de chiffons dont on aurait retiré le rembourrage, ratatinée sur elle-même. Le Capitaine de la Nuée Sacrée vint récupérer le calice des mains de Morgane et disparut hors de mon champ de vision.

Morgane attrapa Karyna par les cheveux et lui releva la tête. Celle-ci ne réagit pas. Je me réjouis malgré moi en me disant que, si elle avait été vidée de son sang à mort, cela voulait probablement dire que toute cette comédie était enfin terminée. Mais je compris rapidement que cela ne suffisait pas à tuer un vampire et que mes espoirs étaient vains.

— Ton pouvoir survivra en chacun de nous. Pour l'éternité.

Alors que Morgane finissait sa phrase, sa main libre traversa la poitrine de Karyna d'un mouvement vif. Quand elle lâcha la suppliciée et se retourna vers nous, elle tenait une masse de chair frémissante qu'elle nous présentait comme une offrande.

— Une vie pour une vie, une mort pour une mort, récita l'assemblée comme un seul homme.

— Une vie pour une vie, une mort pour une mort, reprit Morgane avant de refermer ses doigts pour broyer ce que je devinais être le cœur de Karyna.

Je baissai le regard pour ne pas continuer à voir cela. Le silence et l'immobilité s'installèrent dans l'audience. Après quelques secondes, je me décidai à relever la tête pour apercevoir le corps de Karyna qui semblait se réduire en cendres.

Le phénomène était étrange, comme si Karyna n'était plus qu'une sculpture de sable qui avait séché. La cohésion de l'ensemble n'existait plus et les grains se séparaient les uns des autres au gré des mouvements du vent.

C'était terminé. Pour de vrai. Je le compris au changement que je détectais dans l'atmosphère.

Après un long moment, Morgane écarta enfin ses doigts desquels s'écoula une poussière sombre. Elle frotta ensuite ses mains sur sa robe pour finir de les nettoyer et se dirigea vers les portes qui s'ouvraient.

— Ça va aller ?

Je sursautai. Je n'avais pas entendu Azraël approcher derrière mon dos.

— Non.

— Je suis désolé, mais ces rites sont immuables...

J'émis un grognement plus qu'une réelle réponse. Je lui en voulais pour avoir aidé Morgane à me forcer à boire le sang de Karyna. J'avais parfaitement conscience que cette rancœur était infondée, que ce n'était pas lui qui décidait des protocoles. Toutefois, si je n'étais pas liée à lui, jamais je ne me serais retrouvée impliquée dans une exécution vampirique pour haute trahison.

Je levai mes yeux vers son visage. Il semblait réellement contrit. La soirée n'avait pas dû être une partie de plaisir pour lui non plus.

— Je sais, finis-je par chuchoter. On peut rentrer maintenant ?

Azraël regarda le bout de ses chaussures, l'air embarrassé. Je compris que j'allais encore devoir patienter avant de me glisser sous ma couette.

— Il faut décider de ce qu'il va advenir de tous ceux qui étaient au manoir. Le procès de Karyna a un peu éclipsé la question, mais elle est toujours à l'ordre du jour. Nous sommes attendus en salle de réunion...

Morgane dirigeait une longue procession de vampires. Nous étions à la traîne, quelques pas derrière le dernier d'entre eux.

— Pourquoi est-ce que vous vous embêtez à vous déplacer à cette vitesse, alors que vous pourriez tous être là-bas en une fraction de seconde ?

— Elle me plaît vraiment, ton amie, Azraël, dit Apollon dans un éclat de rire après s'être arrêté, causant un embouteillage dans l'étroit couloir.

— Et encore, tu ne la connais que depuis cinq minutes ! s'exclama Esther.

— Pourquoi est-ce que nous voudrions gagner trois minutes ? me demanda Richard. Nous avons toute l'éternité devant nous. Trois minutes, ce n'est rien ! De nos jours, les humains ont tendance à être dans la précipitation... Vous courrez pour attraper un bus ou un métro, alors qu'il y en a un autre qui passera moins de cinq minutes plus tard... Vous avez besoin d'avoir accès à n'importe quoi, à n'importe quelle heure du jour ou de la nuit. Vous n'êtes plus capable de patienter, ne serait-ce que quelques instants, pour quoi que ce soit... Dans peu de temps, l'ennui vous sera inconnu, tout comme l'attente, et je suis certain que cela signera la fin de votre civilisation !

— Je crois que, si je me retrouvais avec la capacité de me déplacer aussi vite, j'en abuserais en permanence.

— Au début, peut-être, puis tu verrais que, finalement, ce n'est pas si fantastique ni nécessaire, reprit Apollon.

Je comprenais où ils voulaient en venir, mais j'avais tout de même du mal à concevoir la chose. Peut-être était-ce dû au fait que je savais que mes jours étaient comptés et que je désirais ne pas perdre la moindre seconde... Ou peut-être que l'humain est de nature impatiente et souhaite en effet tout avoir maintenant, immédiatement.

Je fus tirée de mes réflexions sur le caractère éphémère de mon existence quand nous arrivâmes dans la salle de réunion. Je n'avais même pas fait attention que nous avions repris notre procession.

Les vampires se répartirent les places. Je me retrouvai assise entre Azraël à ma gauche, et Richard à ma droite. J'aurais pu être beaucoup plus mal entourée, je devais bien l'avouer.

— Très chers membres fondateurs, je sais que vous vous êtes amusés comme des petits fous à cette fantastique fête et que vous êtes ravis de tous vous revoir, commença Morgane après que tout le monde se fut installé. Toutefois, nous avons d'importants sujets à aborder, à présent. Si je vous ai demandé de vous déplacer jusqu'ici, tous, c'est que nous devons prendre des décisions majeures. Karyna n'est plus, mais ceux qui étaient à ses ordres n'ont pas mérité de subir le même sort qu'elle. Nous devons trouver une solution au plus vite.

— On parle de combien de personnes, exactement ?

Apollon, dans son élégant costume doré, était avachi sur son fauteuil et avait levé la main en même temps qu'il avait posé sa question. Malgré la sophistication de sa tenue, il n'avait vraiment pas l'attitude coincée et maniérée que je connaissais à la plupart des membres de son espèce. Il avait l'air beaucoup plus décontracté, bien plus encore que Vicky, ou même Karyna.

— Soixante-neuf vampires.

— Soixante-neuf, reprit Apollon, c'est quand même beaucoup. Surtout qu'on parle de vampires mal élevés, si je peux m'exprimer ainsi. Cela représente beaucoup de travail. Ne serait-il pas plus simple de...

Il émit une sorte de sifflement en faisant glisser son pouce en travers de son cou. Je me serais bien insurgée contre la facilité avec laquelle il évoquait le meurtre d'autant de personnes, mais ce n'était pas mon rôle. Je me demandais toujours ce que je faisais ici, en pleine réunion stratégique des fondateurs.

— Ils ne sont peut-être pas tous bons à jeter, commença Esther. Il y aura forcément des âmes damnées pour lesquelles je suis certaine que nous obtiendrons toutes les justifications nécessaires afin de nous en débarrasser. Je pourrais toutefois parier qu'ils n'étaient pas tous d'accord avec les agissements de Karyna. Peut-être que certains ne savaient même pas ce qui se tramait à quelques mètres d'eux seulement. Ceux-là méritent qu'on leur accorde une seconde chance.

— Esther a raison, fit une femme qui ne m'avait pas été présentée. Nous devrions aviser au cas par cas.

Sa voix, douce et posée, respirait la sagesse.

— Combien de personnes chacun d'entre vous peut-il prendre à ses côtés ? demanda enfin Morgane.

Un brouhaha suivit cette question, chaque vampire allant de son chiffre ou de sa remarque. Quelqu'un frappa dans ses mains pour ramener le calme. C'était Esther.

— Allons, allons. Soyons civilisés. Un à la fois ! Je commence...

— Merci, Esther ! la coupa sèchement Morgane. On va commencer par Violet et on va continuer dans le sens des aiguilles d'une montre.

Chacun donna un nombre, certains sur un ton condescendant, d'autres avec enthousiasme. Quand ce fut au tour de Richard, l'angoisse monta dans ma gorge. Étais-je censée répondre, moi aussi ?

Je n'eus pas le temps d'hésiter. À peine le vampire à ma droite avait-il fini qu'Azraël prit la parole.

— Zéro.

— Comment ça, zéro ? demanda Morgane en levant un sourcil.

— Je n'ai plus de domaine à l'heure actuelle, je ne peux donc pas accueillir qui que ce soit. Je n'ai pas l'infrastructure adéquate.

— Qu'est-il arrivé à tes fabuleux vergers ? s'enquit Violet.

— C'est moi qui en ai repris les rênes, rétorqua Esther avec malice.

Un murmure de désapprobation retentit. Toutefois, la plus vive des réactions vint de Morgane que je pensais pourtant être au courant.

— Pourquoi n'en ai-je rien su ? demanda-t-elle à Esther en tapant du plat de la main sur la table.

— Esther était trop occupée à tenter d'annexer les communautés environnantes, répondit Apollon.

— Annexer ? Que veux-tu dire ?

— J'ai reçu une petite délégation pour m'expliquer qu'elle allait gérer tout l'État du Maine à partir de maintenant... C'est pour ça que Richard, Elena et moi étions chez Karyna au moment de l'attaque des étranges militaires. Elle souhaitait organiser... comment dire ? La résistance.

— Est-ce une tentative de prise de pouvoir, Esther ?

Il y avait de la menace dans la question de Morgane. J'avais compris qu'Esther n'aimait vraiment pas Morgane, mais je commençais à acquérir la certitude que la réciproque valait également.

— Non, se défendit-elle sans même sourciller. Je souhaite rétablir l'organisation telle qu'elle était initialement prévue. Il devait y avoir un responsable par région, et Azraël a simplement décidé que ce n'était pas nécessaire. Toutefois, le fait qu'il n'y ait pas d'harmonie, pas de communication entre les groupes, mène à ce genre de situation de crise. Si Soren, ou même Karyna par la suite, avait eu des comptes à rendre à quelqu'un, je suis certaine que nous ne serions pas sous terre, au milieu de la forêt.

— Je vois, je vois, fit Morgane. Nous en reparlerons plus tard, ce n'est pas le moment d'en débattre. Donc, Azraël, zéro. Très bien, on continue.

Le processus reprit. Quand arriva le tour d'Esther, elle exprima le souhait de récupérer Evangelina auprès d'elle. Elle lui avait visiblement fait une très bonne impression. Alors que le silence tombait, je compris que tout le monde s'était prononcé. Je me demandai s'ils étaient en train de calculer pour vérifier si le nombre de places disponibles suffisait. Personnellement, je n'avais pas pris la peine de compter...

Je regardai sur ma droite, puis sur ma gauche : personne ne bougeait. Cette étrange impression d'être dans une galerie de musée consacrée aux statues antiques m'habitait à nouveau. Puis je pensai à ceux qui allaient être répartis dans les communautés des fondateurs.

Certains auraient probablement aimé rester ensemble. Certains appartenaient peut-être à la même famille, pour ce que j'en savais. Les séparer me paraissait injuste. Je voulais prendre la parole, mais je n'étais pas certaine d'en avoir le droit. Un rapide coup d'œil sur ma gauche me permit de voir qu'Azraël me souriait. Il avait probablement détecté mon agitation intérieure, et j'interprétai cela comme son approbation.

— Euh... Excusez-moi. J'aimerais dire quelque chose, je peux ?

Tous les regards se tournèrent vers moi.

— Bien sûr, nous t'écoutons, fit Morgane avec un geste d'invitation de la main.

— Avant tout, je trouve ça très bien que vous preniez ces gens chez vous afin qu'ils ne soient pas livrés à eux-mêmes, vraiment. Mais j'ai deux petites choses qui me tracassent.

— Quoi donc ? me demanda Richard.

— La première est : est-ce que vous êtes les seuls vampires sur le territoire ? Je veux dire par là, certains d'entre vous doivent habiter très loin d'ici pour justifier le fait que vous ne vous voyez pas souvent. Donc certains des vampires risquent de se retrouver très loin de chez eux. Je sais qu'Azraël se débrouille très bien tout seul, pourquoi ces gens ne peuvent-ils pas faire pareil ? Pourquoi doivent-ils obligatoirement rejoindre vos communautés ? Et la seconde, c'est comment vous allez décider de qui va où ? Parce que j'imagine que certains d'entre eux aimeraient probablement ne pas être séparés les uns des autres. Et j'ai comme l'impression que vous n'avez pas prévu de leur demander leur avis...

J'avais parlé sans trop bredouiller, et j'en fus ravie. Certes, mon langage n'était pas aussi soigné ou élaboré que celui de certains des vampires présents, mais l'important était qu'ils comprennent mon message. La forme ne comptait pas réellement tant que j'arrivais à être claire.

Je m'étais attendue à une réaction rapide, à ce qu'on m'explique pourquoi j'étais stupide de poser de telles questions. Tous les regards se tournèrent finalement vers Morgane qui mit de longues secondes à répondre.

— Je dois avouer que tu soulèves des points tout à fait intéressants...

— J'aime la façon de penser de cette petite, continua Apollon.

— Cela nous rappelle certaines valeurs, certaines notions que nous avons tendance à oublier avec le temps, et c'est plutôt bienvenu, il faut bien l'avouer, reprit Morgane. Concernant ta première interrogation, la réponse est « non ». Il y a beaucoup d'autres vampires sur le sol américain. Mais ici sont présents les treize... pardon ! Les douze fondateurs. Depuis les treize domaines initiaux, nous nous sommes répandus, et il y a beaucoup plus de villages, de propriétés, de communautés qui ont vu le jour depuis.

— En fait, j'ai une question supplémentaire.

— Oui ?

Le ton de Morgane me laissa comprendre qu'elle n'avait pas aimé que je la coupe.

— Désolée. Mais en fait, vous tous, là, vous êtes venus d'Europe. Vous parlez toujours de ce que vous avez mis en place, tout ça... Donc il n'y avait pas de vampires sur le continent avant votre arrivée ?

— Si, bien sûr, quelle idée ? Pour ta seconde question, tu as raison, et nous devrions organiser cela de concert avec ceux qui sont directement concernés.

Tu veux bien aller chercher Rob pour moi, s'il te plaît ?

J'étais donc officiellement son larbin... Je soupirai avant de me lever en lançant un regard vers Azraël. Ses yeux semblaient perdus dans le vide. J'étais déjà presque arrivée au bout du couloir quand j'entendis la porte se fermer à nouveau.

— Je vais t'accompagner, si tu le veux bien.

Apollon dans son surprenant costume doré s'approchait. J'avais espéré voir Azraël.

— Bien sûr, pourquoi pas ?

— Je tenais à m'excuser pour mon comportement, tout à l'heure. Mon intention n'était pas de te manquer de respect.

— Je n'aime pas beaucoup que des gens que je ne connais pas me touchent.

— Cela peut se comprendre, fit-il en riant.

Nous arrivâmes dans le salon et j'aperçus Rob dans son éternel ensemble bordeaux. Il était assis à un bureau installé près de l'entrée.

— Puis-je te poser une question ? demanda Apollon alors que nous longions la verrière. Rien ne t'oblige à y répondre si tu trouves cela trop... intrusif.

— On verra.

— J'ai entendu dire que toi et Azraël, vous aviez établi un de ces liens mystiques et légendaires, c'est vrai ?

— Oui, tout à fait.

— Je trouve ça fascinant. Comment est-ce arrivé ?

— Il a essayé d'utiliser son pouvoir sur moi, et mon cerveau n'a pas apprécié. Il y a eu comme une explosion, et hop ! On était liés.

— Tu ne savais pas ce qu'il était, j'imagine.

— Non. Je commence tout juste à m'y habituer.

Nous étions enfin arrivés devant le bureau de Rob.

— Qu'est-ce que je peux faire pour vous ?

— Morgane souhaiterait te voir, fit Apollon.

17

Morgane expliqua la situation à Rob et lui demanda de recucillir les souhaits de chacun avant le lendemain. Il posa quelques questions, et après une poignée de minutes, sortit. Les fondateurs étaient restés immobiles et silencieux tout le long de la conversation.

Quand tous commencèrent à se lever et à échanger quelques politesses avant de quitter la pièce, j'en conclus que la réunion était terminée. Je fantasmais à l'idée de retourner à ma petite vie tranquille, loin des bunkers secrets et des rituels de mise à mort.

Alors que la plupart des vampires étaient déjà partis, Richard s'approcha de nous.

— Je voulais vous dire au revoir, expliqua-t-il en déposant une tape amicale sur le bras d'Azraël. Lena, j'ai été ravi. J'espère vous revoir rapidement.

— À bientôt !

— Lena, j'ai été charmé par votre personnalité, vraiment, fit Apollon en se joignant à notre groupe.

Je ne savais pas quoi répondre à tous ces éloges. Je hochai la tête en essayant de ne pas trop rougir. Les deux vampires nous quittèrent après avoir échangé quelques mots avec Azraël, puis je réalisai que nous étions les seuls à être encore dans la salle de réunion.

— On y va ? me demanda Azraël en désignant la porte du menton.

— On peut vraiment partir alors que tous ces gens restent dans ce bunker ?

— Morgane restera ici jusqu'à ce que tout le monde soit parti, ne t'en fais pas pour eux.

— Donc on va rentrer à la maison ?

Cela me mit en joie, effaçant presque les émotions complexes qui m'avaient assaillie depuis le début de la soirée.

Une fois arrivée dans notre chambre, je m'empressai de me changer. Je devais encore rendre à Morgane cette splendide robe, et à Evangelina les pinces qu'elle m'avait accrochées dans les cheveux.

Azraël souhaitait que nous partions avant que le soleil se lève. Ainsi, je n'aurais pas à subir la randonnée pour le chemin du retour. L'idée de retraverser la forêt ne m'enchantait pas.

Il m'accompagna jusqu'à la cabine d'Evangelina. Cela m'éviterait de devoir aller le chercher pour trouver Morgane. Pour rien au monde je n'aurais voulu me retrouver seule avec elle. Même si j'étais presque certaine qu'elle ne me ferait rien, le fait de le savoir à mes côtés me rassurait.

Quand le jeune vampire au visage poupin ouvrit la porte, elle se jeta à mon cou.

— Tu savais que j'allais aller vivre avec Esther ? me hurla-t-elle presque dans l'oreille. Elle a dit que tu pourrais me rendre visite aussi souvent que tu veux !

Je restai un moment interdite. Ce n'était pas comme si je passais ma vie au domaine, d'autant plus que les relations diplomatiques entre Esther et Azraël étaient plutôt glaciales ces derniers temps. Toutefois, je ne souhaitai pas couper court à son enthousiasme. Cela aurait été bien trop cruel. Quand elle me lâcha enfin, j'en profitai pour faire un pas en arrière.

— Je suis contente que ça te mette d'aussi bonne humeur !

— Mais c'est trop bien !

— Oui. Je suis venue te rendre tes barrettes avant de partir, expliquai-je en les lui tendant. Merci encore, pour tout.

— C'est moi qui te remercie. Je ne m'étais pas autant amusée depuis... enfin. Voilà, quoi ! Merci, merci ! J'espère qu'on se reverra bientôt !

— Moi aussi. Prends soin de toi !

— Essaie d'oublier tout ce qui s'est passé, et concentre-toi sur l'avenir, lui conseilla Azraël d'un ton un peu trop solennel compte tenu de la situation actuelle.

— Merci.

Evangelina baissa la tête en prononçant ce mot. J'avais l'impression qu'une partie de la conversation avait été non verbale et que j'en avais été tenue à l'écart.

— À bientôt !

Evangelina esquissa un mouvement pour s'approcher de moi, et parut hésiter avant de se raviser.

— À bientôt, vous deux !

Elle recula et referma la porte alors que nous n'avions pas encore fait le premier pas pour nous éloigner.

— Qu'est-ce qui vient de se passer ? demandai-je à Azraël en le retenant par la manche de sa chemise.

— Quoi donc ?

— Le truc, là. Elle a complètement changé d'attitude, d'un coup, après ce que tu lui as dit.

Il haussa les épaules avant de se remettre en marche.

— Elle est jeune et impressionnable, qu'est-ce que j'en sais, moi ?

Son explication ne me convenait pas, mais je compris le message qu'elle contenait. Il ne souhaitait pas m'en parler, tout comme il ne souhaitait pas me parler de tout un tas d'autres trucs. Je commençais à me demander si toutes ses cachotteries n'allaient pas constituer un frein à notre coopération. Nous n'avions plus évoqué le sujet depuis notre visite à Esther quelques jours plus tôt. Cela allait de toute façon s'avérer nécessaire à un moment ou à un autre.

Je gardai pour moi mes doutes, et le suivis à travers les couloirs et les escaliers pendant quelques minutes. Le bunker était vraiment gigantesque. J'avais encore du mal à imaginer qu'une structure de telle ampleur avait été construite sous terre sans que personne remarque quoi que ce soit.

Finalement, nous arrivâmes dans un long corridor qui, étonnamment, ne desservait qu'une seule et unique porte. Les murs des deux côtés étaient recouverts des mêmes tentures écarlates que la salle de la réunion.

— Votre architecte aimait le rouge ?

— C'est le symbole du pouvoir de Morgane. Un peu comme son emblème, si tu veux.

— Mais c'est juste une couleur, fis-je remarquer.

— Non, c'est SA couleur.

Azraël me jeta un œil, comme pour s'assurer que je ne m'apprêtais pas à poser une nouvelle question stupide, avant de frapper.

Mon cœur palpitait dans ma poitrine. Je savais que j'avais multiplié les entorses au protocole et contrarié Morgane à plusieurs reprises. J'espérais toutefois qu'elle ne m'en tiendrait pas trop rigueur. Après tout, je n'étais pas familière de leurs façons de procéder.

Quand la porte s'ouvrit, je suspendis mon souffle, mais le relâchai en constatant que ce n'était que l'étrange homme en blouse blanche.

— Azraël, Lena, nous vous attendions. Entrez !

La voix de Morgane provenait de plus loin dans la cabine. Nous n'avions probablement pas assez d'importance pour qu'elle daigne se déplacer.

Sydney s'écarta pour nous laisser passer. La pièce était encore plus grande et luxueuse que celle d'Azraël. En plus du lit, la moitié de l'espace était occupée par un coin salon accueillant avec ses fauteuils en velours écarlate. Elle aimait définitivement beaucoup cette couleur.

Nous entrâmes et Azraël me fit signe de m'asseoir. Morgane avait délaissé ses tenues habituelles pour une robe de chambre satinée aux motifs d'inspiration japonaise. Elle paraissait bien frêle sans les nombreuses épaisseurs de tissu qui l'entouraient en temps normal.

— Je vous ai rapporté votre robe et vos chaussures, dis-je en m'installant en face d'elle. Je voulais encore vous remercier de me les avoir prêtées pour la soirée.

— Oh ! Tu peux les garder. Je n'en ferai rien.

— Ça me dérange...

— J'insiste. Tu auras un souvenir de notre rencontre. Et cela me fait plaisir.

Elle sourit, d'un sourire franc et joyeux. C'était la première fois que je la voyais faire cela de façon si naturelle. Je réalisai alors que le moindre de ses mouvements jusqu'à présent m'avait paru calculé, millimétré, et artificiel.

Je hochai la tête pour la remercier du cadeau. J'imaginais aisément que la robe devait coûter une petite fortune.

— Il y a quelques points que je souhaiterais aborder en privé avec vous, si vous le voulez bien.

— J'aurais voulu qu'on arrive à partir avant le lever du soleil, pour que Lena n'ait pas à subir la longue marche...

— Nous avons donc encore quelques heures devant nous. Je vous promets que vous serez partis avant l'aube.

Azraël se laissa aller en arrière dans son fauteuil, s'installant plus confortablement. Puisque nous devions rester un peu, j'en profitai pour poser au sol les boîtes que j'avais gardées sur mes genoux, et prendre mes aises moi aussi.

— Qu'est-ce que tu veux savoir ?

Le ton d'Azraël semblait décontracté, mais je sentais qu'il se tenait sur ses gardes.

— J'ai cru comprendre que tu te livrais à une activité professionnelle singulière avec ta nouvelle amie...

— Ce n'est pas encore définitif, mais oui, je l'assiste dans une enquête à l'heure actuelle.

— Et cette enquête vous a mené sur le territoire de Soren. J'aimerais en savoir plus. Il y a quelque chose dans cette affaire que je ne parviens pas à comprendre.

Mon regard croisa celui d'Azraël. D'un mouvement de la main, il m'invita à prendre la parole. J'hésitai quelques instants. Comment débuter l'histoire ? Quelle quantité de détails y mettre ? Comme si elle avait détecté mes doutes, Morgane précisa ce qu'elle attendait de moi.

— Je veux tout savoir. Absolument tout, dans les moindres détails.

J'inspirai profondément avant de lui raconter l'intégralité de notre démarche. Elle ne me coupa à aucun moment, même si je la vis réagir à plusieurs reprises. Une grimace par-ci, un mouvement de la tête par-là. Quand j'eus fini, elle resta longuement silencieuse puis inversa le croisement de ses jambes. Ses petits pieds blancs apparurent un instant entre les pans de son vêtement. Ses ongles turquoise attirèrent mon regard.

— Bon, donc vos informations sont basées sur les dossiers de police de ces dernières années. Tu les as demandés à ton ami policier, bien que le territoire de Soren ne soit pas dans sa juridiction... Est-il possible que sa requête ait alerté quelqu'un ?

Azraël n'avait pas bougé d'un pouce. Il me laissait gérer la situation dans son intégralité, face à la Reine des vampires. Je ne savais pas si c'était une preuve de confiance, ou s'il testait quelque chose chez moi. Je pris un instant de réflexion.

— Cela a pu surprendre, mais pour en arriver à la même conclusion que nous, il aurait fallu être au courant et surveiller tout ce qui concerne la zone, ou alors faire le même travail d'investigation que nous. Ça nous a pris de longues heures pour cartographier la criminalité locale... Et même après, identifier le manoir comme étant la source du problème, sans savoir ce qu'il abrite... Non, je ne crois pas à cette théorie.

Morgane hocha la tête, comme si elle acquiesçait à mon explication.

— Et ton petit ami, c'est quelqu'un de fiable ? Es-tu certaine qu'il n'a pas pu mener sa propre enquête parce que ta requête était étrange ?

C'était une bonne question, je devais bien l'avouer. Je trouvais le terme de petit ami un peu ambitieux pour ce que nous vivions. Nous nous étions vus quelques fois, nous avions échangé quelques baisers passionnés, mais rien de bien sérieux selon moi. L'interrogation de Morgane était justifiée, tous les maillons de la chaîne devaient être vérifiés afin de nous assurer qu'il n'y avait pas eu de fuite de notre côté, pas d'erreur dans notre façon de procéder. Mon instinct me disait que je pouvais faire confiance à Jack. Il donnait l'impression d'être un homme honnête, un bon policier, et même si je mettais de la mauvaise volonté à passer du temps avec lui, ces instants étaient toujours très agréables.

— Je ne le connais pas depuis longtemps, finis-je par admettre, mais je suis presque certaine qu'il n'y a rien à craindre de ce côté-là.

Les yeux de Morgane se tournèrent vers Azraël, comme si elle cherchait une quelconque confirmation de son côté.

— Ne me regarde pas comme ça, lui dit-il en écartant les bras en signe d'impuissance. C'est une grande fille, et je ne suis ni son père ni son mari. Elle fréquente qui elle veut.

— Tu ne l'as même pas rencontré pour t'assurer qu'il ne présentait aucune menace ?

— Quel genre de menace pourrait-il représenter ? demandai-je, sceptique.

— Je l'ai vu une fois ou deux, mais rien de bien significatif, expliqua Azraël.

Morgane croisa ses bras sur sa poitrine.

— Donc il va falloir supposer que la fuite ne vient pas de là... mais sans grande conviction, je dois vous avouer. Je suis à court d'idées...

— Si je peux me permettre une remarque, pourquoi est-ce qu'on part du principe que la police est à l'origine de l'attaque ?

— Tu as bien entendu l'otage de Karyna, il a parlé des statistiques de criminalité, m'expliqua-t-elle comme si elle s'adressait à une enfant qui ne comprend pas quelque chose de pourtant simple.

— Ça, tout le monde y a accès. La mairie doit posséder les chiffres, ainsi que plusieurs ministères, des bureaux au niveau de l'État. Bref, ça ne veut pas dire que l'information vient forcément de la police à l'origine. Surtout que nous avons eu affaire à des militaires. L'armée et la police ne communiquent presque pas. J'ai la conviction qu'on fait face à quelque chose de bien plus important...

J'aurais probablement dû garder cette dernière phrase pour moi. Elle n'était qu'une réflexion personnelle, une intuition, rien de plus.

— À quoi tu penses ? demanda Azraël en s'avançant sur son assise.

— Je ne sais pas trop...

— Dis les premiers trucs qui te viennent à l'esprit, m'encouragea-t-il.

J'appuyai mon bras sur l'accoudoir de mon fauteuil et déposai ma joue dans ma main. Je devais arriver à ordonner ce qui trottait dans mon cerveau pour pouvoir le restituer à quelqu'un d'autre.

— La plupart des morts dans le quartier ont été attribuées à la drogue, à la prostitution. La DEA[1] ou les mœurs auraient dû intervenir s'il y avait réellement eu des doutes au niveau de la criminalité. J'aurais aimé poser tellement de questions à l'homme qui a été capturé. Il a parlé du gouvernement et de l'armée. Je suis probablement paranoïaque, mais quand je vois comment ils ont effacé toute trace des évènements en quelques heures à peine, je pense que nous avons affaire à des gens nombreux, organisés, et très bien informés. Toutes leurs idées sur les vampires ne sont pas justes. Ils ont quand même des

---

[1]   DEA : Drug Enforcement Administration. Agence fédérale américaine chargée de la lutte contre le trafic de drogues.

informations clés, comme le fait que le soleil ne vous réduit pas en cendres. Ils connaissent leur sujet. Et ils veulent vous éliminer.

« Pour organiser une attaque pareille, la stratégie est primordiale. Ils ont étudié le terrain. Il est probable qu'ils aient eu des personnes sur place depuis des semaines, peut-être depuis des mois, à épier les moindres mouvements dans le quartier. Qui sait s'ils ne surveillent pas d'autres communautés ailleurs ? L'attaque chez Karyna pourrait n'être qu'un coup d'essai en vue d'une attaque de plus grande envergure, coordonnée contre plusieurs sites... Il faut qu'on découvre leur organisation. Qui ils sont, et qui donne les ordres. C'est primordial.

J'avais parlé comme en transe, sans même regarder mes interlocuteurs, perdue dans le fil de mes pensées. Je n'étais pas certaine que ce que j'avais dit était compréhensible, mais c'était tout ce qui me trottait dans l'esprit. Il nous manquait des pièces du puzzle, et je me doutais qu'il était bien plus grand que ce à quoi nous nous attendions. Je le sentais au plus profond de moi.

Je me redressai et vis que Morgane et Azraël échangeaient un regard étrange.

— Jusqu'à présent, l'instinct de Lena l'a rarement trompée, ajouta Azraël en haussant un sourcil. Si elle a raison sur tous les points, on est dans un merdier sans nom.

Morgane parut outrée du langage employé, mais manifesta son accord d'un léger hochement de tête.

— Comment tu t'y prendrais pour répondre à toutes ces questions ?

— Vous voulez dire, essayer de savoir qui sont les gens qui ont attaqué ?

— Précisément.

— Déjà, il faudrait que j'aille étudier les lieux de l'attaque. Ils ont pu oublier des choses quand ils ont nettoyé le quartier. Et j'inspecterais aussi les tenues des hommes capturés à la recherche du moindre indice.

— Vous pensez pouvoir vous en charger ?

Je lançai un regard interrogateur à Azraël. Nous avions commencé cette enquête ensemble. Ce n'était certes plus du tout le même problème, mais les deux étaient liés, et ma curiosité me hurlait de poursuivre les investigations. Je voulais découvrir ce que les militaires mijotaient.

— Je ne sais pas toi, mais moi, j'ai très envie de connaître le fin mot de cette histoire...

La réaction d'Azraël me fit sourire.

— De toute façon, j'avais l'intention de te demander qu'on aille sur place...

— Très bien. Vous n'aurez qu'à me faire parvenir votre note d'honoraires. Je veux que vous découvriez si nous sommes menacés en tant qu'espèce ou non. Si une guerre nous pend au nez, nous devons nous tenir prêts à y faire face.

— Ça risque d'être une enquête de longue haleine... commençai-je.

— Cela m'est égal. Prenez le temps que vous voulez. La sécurité de tout notre monde repose sur vous.

Les propos de Morgane me firent l'impression que plusieurs kilos de plomb étaient tombés sur mes épaules. La responsabilité qui nous incombait m'écrasait. Azraël se pencha depuis son fauteuil et attrapa ma main.

— Ça va aller, on va y arriver. Ne t'inquiète pas.

— C'est quand même toute une espèce, tout un monde... balbutiai-je.

— Respire, ça va aller. Fais-moi confiance.

Je tentai de me calmer comme je le pouvais, me concentrant sur la pression de ses doigts sur les miens. Après tout, ce n'était qu'une expression, une façon de parler. Le destin tout entier des vampires ne reposait pas sur mes frêles épaules. Seulement la moitié. L'autre moitié était supportée par celles d'Azraël. À cette pensée, je partis d'un éclat de rire purement nerveux. Levant la tête vers le plafond, les larmes coulaient sur mes tempes.

— Ça fait peut-être un peu beaucoup d'évènements pour elle en aussi peu de temps...

Azraël me cherchait des excuses, et je lui en étais reconnaissante. Toutefois, cette sorte de crise de panique soudaine renfermait beaucoup d'autres choses. Ce n'était pas seulement la conséquence de l'enchaînement des péripéties auquel nous avions dû faire face en l'espace de quoi ? Trois jours ? Quatre jours ? J'avais complètement perdu la notion du temps. Le rire qui me secouait n'était pas dû à la simple retombée de la pression, ou au stress des responsabilités. Il abritait aussi une euphorie, une sensation de toute-puissance dont je n'arrivais pas à percevoir l'origine.

Une part de moi était certaine que je pouvais sauver tout le monde des ténèbres de la menace qui pesait sur lui. Moi seule en étais capable. Cela m'accorderait probablement un statut particulier auprès d'eux, un statut prestigieux. Je ne savais pas ce que cela m'apporterait, mais cette pensée s'enroulait autour de moi comme les bandelettes d'une momie.

Tout cela se mêlait dans mon esprit, créant une cacophonie et un chaos qui paraissaient infinis.

— Elle a aussi pris beaucoup de sang, et beaucoup de sangs différents, en peu de temps. La physiologie humaine n'est pas faite pour gérer autant d'informations, expliqua Sydney dont j'avais oublié jusqu'à l'existence tant il s'était fait discret depuis notre arrivée. Il faut espérer qu'elle n'a pas de séquelles neurologiques...

— Je voulais que tu l'examines, de toute façon, dit Morgane alors que je riais toujours. Bien qu'elle ne soit pas l'une des nôtres, j'aimerais savoir ce qu'elle est. Une mortelle lambda ne devrait pas pouvoir se lier à un vampire. Sauf si tu ne nous as pas tout dit à ce sujet, Azraël ?

Entendre parler de moi, et de ma nature, me rappela à la réalité et m'aida à retrouver mon calme. Je m'essuyai les yeux et tentai de reprendre mon souffle.

— On n'a pas la moindre idée de ce qu'elle pourrait être. Vicky a pensé à un mage solaire, mais on n'a aucune preuve tangible de quoi que ce soit.

— Très bien, Sydney va donc procéder aux examens d'usage. Il devrait pouvoir remonter son lignage, ce qui nous permettra d'en savoir plus.

— Et si je n'ai pas envie de subir vos tests ? osai-je demander.

— Sydney est l'un des meilleurs spécialistes en matière de médecine surnaturelle. Le docteur Miller est un élève de maternelle à côté, m'expliqua Azraël. C'est une occasion en or. Une occasion qui ne se représentera peut-être jamais.

— Mais, je ne sais pas si... Enfin, je...

— Je sais que tu as peur, me coupa Azraël alors que je balbutiais. Mais tu ne crois pas que rester dans l'incertitude, comme ça, c'est pire ? Une fois que tu sauras, tout cela sera fini. Plus de tentatives afin d'utiliser des pouvoirs que tu n'es pas certaine de détenir. Plus de questions qui trottent dans cette cervelle comme un hamster dans sa roue...

Les paroles d'Azraël étaient sensées, mais j'étais terrifiée.

— Tu peux rester avec moi ?

Les mots n'étaient pas sortis correctement de ma gorge nouée par l'angoisse, comme si les voyelles seules avaient réussi à s'y frayer un chemin.

Azraël se tourna vers Sydney avant de hocher la tête.

— OK, je resterai avec toi tout du long.

— Alors d'accord, finis-je par murmurer.

— Très bien, s'exclama Morgane en se relevant. Maintenant, j'aimerais me reposer, si vous le voulez bien. La soirée a été riche en émotions.

Azraël m'aida à me redresser alors que je vacillais sur mes jambes. Me cramponnant à son bras comme à une bouée de sauvetage, nous suivîmes Sydney vers la porte de la cabine.

— Tenez-moi informée de la moindre avancée dans l'affaire qui nous préoccupe, voulez-vous ? Peu importe l'heure du jour ou de la nuit.

— On fera ça, répondit Azraël à Morgane sans même prendre la peine de se retourner. À bientôt, alors !

— Si vous voulez bien venir avec moi jusqu'à l'infirmerie, nous demanda Sydney en nous guidant à travers le dédale des couloirs du bunker. Cela ne sera pas long.

Je regardais mes pieds, subissant le mouvement imposé par le corps d'Azraël. Je me reposais totalement contre lui à présent, incapable de relever la tête pour voir où nous allions. J'avais l'impression d'être conduite à l'échafaud.

— Mes affaires ! criai-je soudain en me figeant. J'ai oublié mes affaires chez Morgane.

— C'est moi qui les ai, ne t'en fais pas, me rassura Azraël en me tapotant le dos de la main. Respire, ne t'inquiète pas. On ne va pas te découper en morceaux.

— Si vous préférez, je peux vous découper en morceaux pour de vrai, proposa Sydney de sa voix nasillarde.

— Mais vous ne voyez pas qu'elle est terrifiée ! Ce n'est vraiment pas le moment de faire des blagues !

Sydney riait à gorge déployée.

— Tu es toujours sûr que c'est une bonne idée ? demandai-je à Azraël en levant mon visage vers lui.

— C'est de l'humour de médecin. C'est de mauvais goût, mais ce n'est qu'une blague. Et je serai là. Je ne le laisserai pas te disséquer, c'est promis.

Je hochai la tête et nous reprîmes notre marche. Les couinements résiduels du rire de Sydney ponctuaient notre progression. Visiblement, il était vraiment très fier de lui.

J'entendis un grincement et le sol sous mes pieds changea, le carrelage blanc laissant place à un linoléum de la même teinte.

— Installez-la dans ce fauteuil, vous voulez bien ?

Un siège plastifié bleu apparut dans mon champ de vision, et Azraël m'aida à m'asseoir dessus. Quand le vampire me lâcha, mes poumons laissèrent échapper tout l'air qu'ils contenaient, comme si je me noyais. Je cherchai sa main, frénétiquement.

— Chut ! Je suis juste là, regarde.

Je levai la tête et le vis, à peine à quelques dizaines de centimètres de moi.

— Vu votre état, Lena, je vais commencer par vous administrer un léger sédatif. Cela vous aidera à vous détendre.

Je voulus refuser sur-le-champ quand une petite voix dans mon esprit me suggéra qu'un peu d'assistance médicamenteuse ne me ferait pas de mal. Après tout, j'étais visiblement en train de vivre une crise d'angoisse, ou quelque chose de ce genre. Si le médecin avait une solution simple et efficace, pourquoi continuer de m'infliger cette torture ?

J'acceptai, regardant Sydney s'affairer. Il se retourna vers moi, une seringue à la main. J'essayai de me rassurer, de me dire que ce n'était qu'un mauvais moment à passer.

Sydney me fit relever la manche gauche de mon pull jusqu'à l'épaule. Avec une boule de coton humide, il frotta un endroit non loin du haut de mon bras. Je détournai le regard au moment où il approcha l'aiguille de ma peau.

Je sentis une piqûre, suivie d'une sensation de pesanteur qui dura un court instant. En quelques secondes à peine, mon corps se détendit, comme si quelqu'un venait d'ordonner à tous mes muscles de se décrisper. Je laissai ma tête s'enfoncer dans le dossier du fauteuil, prenant une grande inspiration.

Le flot de mes pensées commença à ralentir, leur immense cascade laissant place à un compte-goutte régulier. Je pivotai vers Azraël.

— Ça va ? me demanda-t-il, l'air amusé.

— Tu parles que ça va mieux ! lui rétorquai-je alors que ma langue me semblait anormalement encombrante. Et il a dit que c'était un sédatif léger. Tu imagines, sinon ?

Azraël rit avant de se retourner vers Sydney.

— Vous pensez réellement que la quantité de sang qu'on lui a administré a pu laisser des séquelles ?

— C'est un phénomène rare, mais qui existe. On le constate souvent dans le cadre de tentatives de transformation qui ne vont pas jusqu'au bout. C'est une sorte d'intoxication. Je vais vérifier tous ses signes vitaux, et faire une prise de sang.

— Une prise de sang ?

Ma voix me paraissait plus aiguë que d'habitude, et lointaine. Comme si je me tenais à un mètre de moi-même.

— Pour retracer votre lignage.

— Comment vous faites ?

— Analyse ADN. Cela va prendre deux petites semaines avant que je puisse vous rendre les résultats.

Sydney allait donc étudier mon ADN. Je pensai à ces tests que l'on pouvait acheter sur internet et qui proposaient de vous révéler vos origines ethniques. S'agissait-il du même genre d'analyses ?

L'homme de sciences de Sa Majesté, puisque c'était son titre officiel, semblait-il, s'approcha de moi, un flacon en verre teinté et un haricot de métal contenant le nécessaire pour l'examen en main. Il s'installa sur un tabouret à roulettes et déposa le récipient sur une petite desserte à côté du siège. Prenant une boule de coton, il l'imbiba avec le liquide de la bouteille. Une forte odeur d'alcool parvint à mes narines. Minutieusement, il s'employa à nettoyer tout mon avant-bras, depuis le poignet jusqu'au creux du coude.

— Cette cicatrice semble récente sans vraiment l'être, remarqua-t-il en suivant son tracé. Que vous est-il arrivé ?

— J'ai arraché mon cathéter et un méchant vampire m'a mordu.

— Le méchant vampire, c'était moi, expliqua Azraël.

— J'en déduis que vous avez toujours du mal à vous contenir en présence de sang... Cela s'est-il amélioré au fil des ans ?

Je tournai ma tête vers Azraël. Je ne l'avais jamais questionné à propos de son petit problème de boisson. Le vampire passa une main dans ses cheveux, l'air ennuyé.

— Disons qu'il y a des moments où je m'en sors mieux qu'à d'autres...

— Êtes-vous allé voir un psychologue, comme je vous l'avais suggéré ?

Je sentis alors que Sydney desserrait un garrot au-dessus de mon coude. Je n'avais même pas fait attention quand il l'avait mis en place ni même quand il m'avait piquée. J'entendis le clic du changement de tube à plusieurs reprises. Jamais on ne m'avait prélevé pendant autant de temps. Je me demandai s'il allait me vider complètement.

— Il est possible que j'aie repoussé mes rendez-vous à de multiples reprises, finit par admettre Azraël.

— Lena, ne vous en faites pas, c'est le dernier tube, me rassura le médecin. Ce n'est pas sérieux, Azraël. Imaginez que vous perdiez totalement pied et que vous blessiez quelqu'un...

— Vous vous rappelez que c'est lui qui m'a ouvert le bras ? m'exclamai-je. Non, parce qu'à vous entendre, on dirait que ce n'est jamais arrivé !

Sydney prit ma main droite pour que je maintienne en place une boule de coton humide au creux de mon coude. Il s'éloigna en roulant sur son tabouret.

— Je lance les analyses primaires et on va pouvoir s'occuper du reste...

18

Sydney vérifia que je ne présentais aucun signe de séquelles dues à mes ingestions répétées de sang de ces derniers jours. Apparemment, seuls le stress et la fatigue étaient responsables de mes crises d'angoisse. Il me conseilla de prendre des anxiolytiques si cela persistait, et me donna une boîte qui en contenait quelques comprimés en cas de besoin.

J'avais tout un tas de questions concernant le fait que j'aie reçu autant de sang, mais je préférais les garder pour plus tard et les poser à Azraël. Sydney n'était pas méchant, il faisait simplement preuve d'un manque de tact manifeste et son humour était plus que douteux.

Une fois sortie de l'infirmerie, je lançai un regard à Azraël. Il semblait fatigué, lui aussi.

— Tu crois qu'on passe au manoir maintenant, ou on se repose un peu avant ?

Il soupira en faisant rouler ses épaules en arrière pour les détendre.

— Je me dis que plus on attend, plus les chances que certains indices disparaissent augmentent, mais je suis complètement vanné. Conduire trois grosses heures jusqu'à St. Lucie, puis plus d'une heure jusqu'à la maison alors que si on rentre directement, on mettra à peine trois heures...

— J'ai compris, le coupai-je. On rentre, et on verra demain.

Il hocha la tête et je le suivis jusqu'au salon central. Je lançai un dernier coup d'œil à son étrange jardin. J'avais envie de fixer le souvenir de cette bulle de nature sous terre qui m'intriguait. Comment les plantes arrivaient-elles à y survivre ?

— C'est des fausses, m'expliqua Azraël.

Je me figeai avant de m'approcher pour regarder de plus près.

— Tu n'es pas sérieux ?

Elles ne possédaient pas ce côté luisant que pouvaient avoir les végétaux en plastique que j'avais déjà vus. C'était sidérant.

— C'est le top du top. Un mélange de plantes stabilisées et de plantes artificielles. Ça a coûté une petite fortune, mais je trouve que ça permet de faire oublier qu'on est en train de se terrer dans un abri antiatomique.

— Le résultat est dingue !

Je finis par m'extirper à contrecœur de la contemplation de la verrière. Je me demandai si je reverrai cet endroit, un jour, alors que nous suivions le couloir vers la sortie. Je remontai le col de mon manteau pendant qu'Azraël actionnait la lourde porte métallique.

Le vent glacé et humide de la nuit me gifla le visage. Je n'avais pas réalisé à quel point l'air était anormalement statique dans l'installation. J'eus l'impression que mes poumons revivaient, que chaque petite alvéole célébrait l'arrivée de tant d'oxygène.

Une fois sortie de la galerie, je pris un moment pour contempler le paysage. La lune argentée se reflétait dans les eaux du lac. Une brume cotonneuse se formait par endroits. C'était magique.

— Tu es prête ?

Je me retournai vivement. J'en avais presque oublié la présence d'Azraël.

— Comment ça va fonctionner ?

— Quoi donc ?

— Tu vas me dématérialiser et me reconstituer cellule par cellule à destination ?

Le sourire d'Azraël étincela dans la lueur de la lune.

— Non. Tu te souviens, avant de me laisser te... te mordre ?

— Oui, mais la distance était bien moindre !

— Ça va être pareil. On y va ?

Azraël s'approcha et me souleva, une main sous mes genoux et l'autre au creux de mon dos. Il me lança un regard alors que je me retrouvais blottie contre sa poitrine.

Puis le décor s'étira, s'effilocha. Le lac argenté laissa place à un dégradé de gris que je savais être la forêt. Je n'eus pas le temps de réaliser que l'air qui fouettait mon visage me glaçait et piquait mes yeux qu'Azraël me reposait au sol. Quelques secondes à peine s'étaient écoulées, et nous étions déjà arrivés.

— Merci, lui dis-je en essuyant les larmes qui humidifiaient mes joues. Je ne veux pas faire mon ingrate, mais pourquoi est-ce qu'on ne rentre pas à la maison comme ça ?

— Un, parce que c'est fatigant. Et deux, parce que l'équipe de Darius s'est chargée de ramener toutes nos voitures jusqu'ici.

— Mais nous, on n'en a pas !

Il s'appuya nonchalamment sur le capot d'une berline sombre pour me prouver que j'avais tort. Je n'avais même pas pris le temps de regarder où nous étions. Une petite dizaine de véhicules étaient garés à l'orée du sous-bois.

— Darius est passé récupérer la mienne.

— Il aime conduire tant que ça ?

— Tu n'as pas idée !

La voiture émit le cliquetis caractéristique du déverrouillage des portières et je me dirigeai vers le côté passager. Une fois installée, je laissai mon crâne aller contre l'appuie-tête et soupirai lentement.

— C'était intense, hein ? me demanda Azraël en mettant le contact.

— Oui ! Presque trop... Beaucoup de choses que je n'ai pas bien comprises, plein d'interrogations...

— On a trois heures de route, je vais essayer de t'apporter des réponses pendant le trajet.

Les cônes de lumière des phares percèrent l'obscurité et Azraël enclencha la marche arrière. Trois heures... J'avais au moins dix milliards de questions. Tout ce temps ne suffirait pas. Je ne savais même pas par où commencer.

— Tu ne trouves pas ça étrange que le lien ne se manifeste qu'à certains moments ? finis-je par dire alors que nous roulions déjà depuis plusieurs minutes.

— Est-ce que c'est vraiment dérangeant ?

— Ce n'est pas ça que je veux dire... C'est que presque tout le temps, j'ai l'impression que ce lien n'existe pas, et d'un coup, il va pointer le bout de son nez et me rappeler à l'ordre. C'est déstabilisant.

— Peut-être aussi qu'on a fini par s'habituer à ses manifestations de base.

Je tentai de lire les émotions qui l'habitaient dans le peu de lueur que le tableau de bord projetait sur son visage. Il était difficile d'en juger, mais il semblait concentré, et un peu soucieux.

— Comment ça ?

D'un geste de la main, il ramena ses cheveux en arrière avant de me jeter un rapide coup d'œil. Alors que son regard revenait sur la route, la certitude que les évènements l'avaient durement éprouvé s'installa en moi.

— Au début, nos émotions respectives nous paraissaient... étrangères, intrusives. Mais au fil du temps, ce jeu de vases communicants est devenu tout ce qu'on connaît. Je me demande si le mélange de nos émotions, nos humeurs, tout ça, n'est pas devenu notre état de base... Je ne sais pas si je suis clair.

Je pris un moment pour me répéter ses mots. Une certaine forme de logique y résidait effectivement, même si j'avais du mal à me la figurer.

— Et comment tu expliques les crises comme quand j'ai agressé ce pauvre Richard ?

Le vampire rit au souvenir de la scène. Je me revoyais avec embarras en train de lui crier dessus.

— Oh, crois-moi, il a vécu bien pire, pas besoin de le plaindre pour si peu !

— Je n'en doute pas.

— Sinon, je pense que les crises arrivent quand les niveaux débordent. On aurait peut-être dû profiter qu'on avait Sydney sous la main pour lui poser des questions. Il aurait probablement pu nous aiguiller...

Sa voix avait baissé d'un ton, comme s'il réfléchissait tout haut.

— Tu crois que le transfert devient plus brutal quand l'un de nous sort de son... Comment dire ? De son niveau de base ?

— Oui, un peu comme quand quelqu'un saute dans une piscine. Si le niveau de l'eau n'est pas trop élevé, il n'y a que quelques gouttes qui se retrouvent sur la margelle. Mais si la piscine est trop pleine, l'eau déborde complètement et éclabousse tout autour.

La comparaison était maladroite, mais assez imagée pour que je comprenne la façon dont il voyait les choses.

— Peut-être... Je n'en sais rien. Tu crois vraiment que Sydney aurait pu nous aider ?

Il haussa les épaules.

— Je ne sais pas. Je trouve ça étrange qu'il n'ait pas mentionné le lien. Je suis presque sûr que Morgane s'est empressée de lui poser des questions à ce propos. Je ne comprends pas qu'il n'en ait pas profité quand nous étions à l'infirmerie...

Il laissa sa phrase en suspens, comme s'il venait de penser à quelque chose.

— Qu'est-ce qui t'arrive ?

Il émit un petit claquement avec sa bouche, comme s'il était embarrassé.

— Je crois que j'ai été imprudent sur cette affaire...

— De quoi tu parles ?

— On n'aurait pas dû accepter les analyses... Je suis presque sûr que Morgane a d'autres idées en tête...

J'avais du mal à me figurer ce qu'elle pourrait faire avec mon ADN, mais j'étais probablement trop ignorante sur le sujet, tout simplement.

— Tu penses à quelque chose en particulier ?

Azraël soupira longuement. Plus longuement que nécessaire. L'espace d'un instant, je crus voir ses mains se crisper sur le volant.

— J'aurais aimé éviter qu'on aille se perdre dans ce genre de discussions, mais on n'a plus trop le choix, marmonna-t-il. Bon, tu te rappelles quand je t'ai dit que Morgane était devenue notre Reine ? Je ne t'ai pas raconté comment cela s'est passé, ni pourquoi.

— Tu avais dit qu'on verrait le jour où ça serait nécessaire. Je suppose que c'est maintenant ?

— Bingo ! Bon, je pense que tu as compris que presque chacun de nous possède une sorte de pouvoir, de capacité, qui lui est propre.

— Toi, tu rentres dans la tête des gens et tu t'y balades comme dans un supermarché. Esther, elle, détecte les mensonges... C'est de ça que tu parles ?

— Oui. Le pouvoir de Morgane est bien singulier et extrêmement rare au sein de notre espèce. Elle a des visions quand elle touche des objets, ou des personnes.

— Quel genre de visions ?

— Elle voit des évènements. Souvent, ce sont des évènements passés, mais parfois, ils n'ont pas encore eu lieu.

— Elle peut lire l'avenir ?

La conversation prenait un tour irréel. Depuis que je savais pour les créatures surnaturelles et la magie, je n'avais pas imaginé qu'une telle chose pouvait exister.

— C'est plus complexe que ça. Elle peut remonter très loin dans le passé, mais ses visions du futur ne lui permettent pas de voir très loin. Enfin, d'après ce que j'ai compris... Et c'est là que tout commence à devenir compliqué.

— C'était simple, c'est vrai !

— Tu as déjà fait cette blague, il me semble... Il va falloir que tu en trouves d'autres bientôt !

Bien que la moquerie s'entende dans son attaque, je lui adressai une grimace en représailles. Dans l'obscurité, et alors qu'il avait les yeux rivés sur la route, je me doutais que cela ne servait à rien à part à me soulager.

— Le souci avec Morgane, continua-t-il comme si de rien n'était, c'est qu'elle a eu une vision après notre arrivée sur le continent. Une vision qui ne paraissait pas respecter les règles habituelles du fonctionnement de son pouvoir. Elle nous a dit qu'elle avait été informée que la Terre n'appartenait pas aux humains, ni aux vampires, mais à une autre espèce.

— Qui ça ? demandai-je, perplexe. Des aliens ?

Azraël pencha la tête, comme dépité, avant de reprendre son récit.

— Une espèce qui n'existe pas encore, selon elle. Elle s'est alors autoproclamée Reine des vampires sur le continent américain, a décrété que l'autorité du

Conseil Vampirique européen ne s'y appliquait plus, et s'est mise en quête de cette nouvelle espèce.

— Je ne comprends pas ce que ça a à voir avec mes analyses...

— Est-ce qu'à un seul moment, une seule seconde, elle t'a touchée ?

Je n'eus pas à réfléchir longtemps. Le souvenir de sa main qui enserrait mon bras comme un étau suffit à raviver la douleur. Je portai mes doigts à l'endroit où elle m'avait attrapée quand un autre détail étrange me revint.

— Elle m'a touchée plusieurs fois. Déjà, pendant le rituel, quand elle m'a obligée à boire le sang de Karyna. Et aussi un peu avant, quand elle m'a ramenée alors que j'avais décidé de partir.

— C'est vrai ! Je n'y avais pas fait attention. Pourtant, je n'ai pas eu l'impression que son attitude ait changé...

— Et il y a eu un autre contact entre elle et moi, le coupai-je. C'est un peu confus, mais quand j'y pense, c'était bizarre.

— Bizarre comment ?

— C'est quand tu as été touché pendant la bataille, un peu avant que tu me rejoignes.

— Dans la salle bizarre où Sydney t'avait planquée ?

— Oui, c'est là que j'ai rencontré Morgane en fait. Je ne savais pas qui elle était, elle ne s'est pas présentée. Quand la douleur m'a fait m'effondrer, elle est venue, et elle a touché mon genou. Je crois qu'elle essayait de comprendre ce qui m'arrivait. Et puis, elle s'est arrêtée un instant avant de disparaître. Comme tu es arrivé, j'ai cru qu'elle t'avait entendu et qu'elle ne voulait pas te voir, ou quelque chose du genre.

— Elle a dû percevoir quelque chose. Quelque chose sur toi, sur ce que tu es...

— Tu n'es quand même pas en train de suggérer que je puisse être un spécimen de la nouvelle espèce qu'elle attend ?

Cette simple idée me donnait le tournis. Que je ne sois pas humaine, au moins en partie, commençait doucement à devenir une réalité. Mais quelque chose d'inconnu, d'inédit. Je n'y croyais pas. Ce n'était pas possible.

— Je ne dis pas ça ! s'empressa d'ajouter Azraël après s'être tourné vers moi. Je dis juste que le fait qu'elle souhaite que Sydney t'examine n'était probablement pas aussi altruiste et plein de gentillesse que ça...

Je passai mes doigts dans mes cheveux. Je sentais mon cœur battre à mes tempes. La quantité d'informations à assimiler me dépassait totalement. Azraël posa sa main sur ma cuisse avant de la serrer pour me montrer qu'il était là, avec moi, et que je n'avais pas à m'inquiéter.

— Tu en sais plus sur sa... prophétie et sur cette espèce mystérieuse ? finis-je par demander en relevant le regard vers la route.

— Non. Elle a toujours refusé de m'en dire plus. Elle m'a dit que quand je le verrai de mes propres yeux, je comprendrais que nous devons les aider à prendre la place qui leur revient de droit. C'est tout ce que je sais.

Je soufflai en laissant ma tête aller en arrière.

— Bon, les résultats des analyses de mon ADN nous diront ce qu'il en est. En attendant, on ne peut rien faire, à part des suppositions, et je n'en ai pas vraiment envie. Donc, je propose de clore ce chapitre pour l'instant.

Il acquiesça alors que je remarquais que toute cette conversation avait démarré à propos du lien.

— Je ne voulais pas te rajouter des soucis, je suis désolé, répondit-il à mes réflexions silencieuses. Quand j'ai réalisé que Sydney aurait dû profiter du fait qu'il nous avait sous la main pour nous interroger sur le lien, j'ai trouvé ça bizarre...

— J'ai dit qu'on changeait de sujet !

— Pardon, pardon ! Quelle est ta prochaine question ?

La voiture avalait les kilomètres d'asphalte dans la nuit. Je devais choisir avec soin la direction que je souhaitais donner à la discussion. J'aurais voulu parler de Darius, de Karyna, d'Esther, de Richard, d'Apollon, de Violet, d'Elena, et des autres vampires dont je ne connaissais pas le nom. J'aurais aimé l'interroger sur ce qui s'était passé pendant l'attaque. Tant de sujets me trottaient dans la tête !

— Tu sais, Karyna m'a mordue et plus tard, Esther m'a donné son sang pour me remettre de mes blessures... Est-ce que si Karyna m'avait pris plus de sang, ça aurait pu me transformer ?

J'avais posé ma question tellement doucement que je me doutais que le bruit du moteur aurait empêché un être humain de m'entendre. Evangelina avait laissé penser que Karyna comptait me transformer. Je savais qu'il n'avait pas eu l'air inquiet après l'incident, mais je n'étais pas sereine à ce sujet. L'idée qu'il ait manqué quelque chose et que je sois en train de devenir l'un d'entre eux revenait régulièrement dans mon esprit depuis le moment où nous en avions parlé. Je n'arrivais pas à l'en déloger.

— Je t'ai dit qu'on en était loin, murmura-t-il après un silence qui me parut trop long. Tu n'as rien à craindre.

— J'ai l'impression que ce n'est pas si simple et que tu ne me dis pas tout.

Azraël passa une de ses mains sur son visage, comme s'il cherchait à gagner du temps.

— Comment ça marche ? insistai-je. J'ai besoin de le savoir.

— D'accord, d'accord. Le vampirisme, ce n'est pas vraiment une espèce à part entière, mais plutôt un état pathologique de l'humain. Comme un virus, si tu veux. Le mortel doit être drainé, puis on lui fait ingérer du sang de vampire en grande quantité pour induire une sorte de choc immunitaire. Cela tue la personne et la place dans une espèce de stase qui permet au virus de faire son œuvre.

« Le sang contaminé imprègne les tissus de tous les organes, vient baigner la moindre cellule, et un mécanisme complexe de mutations se met en route. Quand la victime se réveille, tout son corps et toutes ses fonctions vitales se sont adaptés à sa nouvelle condition.

Je pris un moment pour assimiler le processus. Ainsi, le vampirisme n'était finalement qu'une sorte de maladie, rien de plus ? C'était presque décevant.

— Ce n'est jamais arrivé que quelqu'un à qui vous avez donné vraiment beaucoup de sang se transforme alors que ce n'était pas le but ?

— Pas à ma connaissance. De toute façon, la phase de stase dure au moins quarante-huit heures, et elle est obligatoire. Tant que tu n'entres pas dans cette phase, tu ne crains rien.

— Et l'empoisonnement dont vous avez parlé ?

— Ça n'a rien à voir. Et Sydney a dit que tu n'étais visiblement pas atteinte.

— Je suis désolée, mais tout ça, ça me tracasse quand même.

Je regardai le profil d'Azraël qui se découpait dans la lumière faible de l'habitacle. Mon instinct me criait que quelque chose le turlupinait lui aussi.

— Qu'est-ce que tu ne me dis pas ?

— Rien, je...

— Azraël, je le sens. Tu es comme inquiet.

— C'est que... Je ne sais pas si, dans le passé, un mortel lié à un vampire a subi autant d'épreuves que toi. On n'a pas trace que cela soit déjà arrivé avec certitude, alors bon... Et je n'ai pas la moindre idée des conséquences que cela peut avoir. Je ne vois pas en quoi ça changerait quelque chose, mais je n'arrive pas à me le sortir de la tête.

Finalement, il avait beau être un vampire et avoir vécu des dizaines d'années de plus que moi, quand une pensée se logeait dans son crâne, il ne l'avait pas ailleurs, lui non plus. Même s'il s'agissait d'une crainte sans fondement qui venait lui parasiter l'esprit. Je souris à cette réflexion.

Entre mes moments de questionnements internes, et nos longues discussions, j'avais perdu le fil du temps. Je voulus demander quand nous allions arriver, mais je me dis que cela me ferait furieusement ressembler à un enfant capricieux le jour du départ pour les vacances. Aussi, je me retins, et tentai de voir l'heure affichée sur le tableau de bord. Trois heures du matin. Je réalisai alors que je n'avais pas la moindre idée de l'heure à laquelle nous avions pris la route, et que cette information m'était donc totalement inutile.

Je bougeai sur mon assise afin d'étirer un peu mes jambes et mon dos. Le soulagement que cela me procura déclencha un long bâillement.

— Si tu veux dormir un moment, je te réveille quand on arrive, me proposa Azraël.

— Dans combien d'heures ?

— Un peu moins de deux...

— J'ai encore plein de choses qui trottent dans ma tête...

J'entendis un petit bruit s'échapper de sa gorge, ce qui me laissa penser qu'il n'était pas vraiment surpris.

Je pris toutefois un instant pour réfléchir à la suite des points que j'aurais aimé aborder avec lui. Certains s'avéraient plus importants que d'autres, mais aucun ne se révélait urgent.

— J'ai discuté avec Richard, tu sais ?

Azraël pivota pour me lancer un regard inquiet. Je devinais que quelque chose dans ma voix avait malgré moi déclenché une alerte rouge chez lui.

— Je suppose que par « discuter », tu veux dire « discuter » ?

— On n'a jamais été seuls tous les deux, espèce d'idiot ! Et puis en quoi ça te concernerait ?

L'attention d'Azraël revint sur la route alors que ses lèvres esquissaient un sourire. J'avais visiblement marqué un point.

— La façon dont tu l'as dit, ça m'a laissé penser que la suite n'allait pas me plaire.

— Oh, mais ça ne va pas te plaire ! Il m'a parlé de Sonya...

Malgré l'obscurité, je pus voir le visage du vampire perdre toute contenance. Je savais qu'il allait être contrarié. Je m'étais préparée à de la bouderie, à devoir lui tirer les vers du nez.

Je patientai quelques secondes afin qu'il puisse prendre les devants s'il le souhaitait, mais le silence perdura.

— Il m'a dit qu'elle avait été brûlée sur le bûcher comme sorcière...

Quelque chose sembla se briser dans ma poitrine. Les souvenirs paraissaient physiquement douloureux pour Azraël, mais je devais savoir.

— Il m'a aussi dit que tu l'avais aimée, mais que la réciproque n'était pas vraie.

Le vampire tapa du plat de la main sur le volant. Je sursautai et décidai de poser le bout de mes doigts sur son bras. Je le sentis esquisser un mouvement pour se dégager, puis se raviser. Après quelques secondes, il tordit son cou d'un côté, puis de l'autre, comme s'il cherchait à faire craquer ses cervicales. Je ne perçus toutefois aucun son. Il soupira longuement avant de prendre ma main dans la sienne.

— Pourquoi tu veux parler de ça ?

— J'ai besoin de savoir ce que ça signifie pour toi, tout ça...

— Tout ça, quoi ? Le fait que tu lui ressembles ?

— Oui. J'ai besoin d'avoir la certitude que cela n'influe pas sur notre relation. Surtout si nous devons travailler ensemble...

Je manquais quelque peu de sincérité dans mes propos. Bien sûr que cet aspect du problème me tracassait, mais j'avais surtout envie d'entendre toute l'histoire. Je voulais essayer de comprendre par quel mystérieux hasard je m'étais retrouvée liée à un vampire alors que je possédais les mêmes traits que son amour disparu. L'univers a un étrange sens de l'humour.

— Est-ce que je t'ai déjà donné la moindre raison de douter de moi ?

— Bien sûr que non !

— Alors pourquoi est-ce que ce point changerait quelque chose ?

Il était en train de me prendre à mon propre jeu afin que j'avoue que la curiosité l'emportait sur les réels questionnements professionnels.

— Tu m'as embrassée, tu te rappelles ? Je n'ai pas envie de te torturer au quotidien si on bosse ensemble.

Il leva les yeux au ciel, enfin... au plafond de la voiture.

— Tu as été plutôt claire à ce sujet. Je ne tenterai plus jamais rien à ce propos. Point.

Je notai dans un recoin de mon esprit qu'il ne fermait pas cette porte. Il sous-entendait me laisser l'initiative. Cela signifiait que si je venais à faire le premier pas, il ne lutterait pas. Cette pensée me causa une impression mitigée. Comme je ne savais pas comment interpréter cette information, je décidai de la ranger sur son étagère, dans mon cerveau, et de revenir à notre conversation.

— Toute cette affaire, tu ne trouves pas ça étrange ? Que tu te lies à quelqu'un qui ressemble à celle que tu as aimée ?

— Ce qui s'est passé est complexe, dit-il en haussant les épaules.

— J'aimerais vraiment que tu me racontes toute l'histoire.

— Pourquoi ? insista-t-il. Pourquoi est-ce que tu as tant besoin de savoir ?

— Parce que ça me perturbe de me dire que je pourrais être la putain de réincarnation d'une sorcière vampire !

Les mots étaient sortis si vite de ma bouche que je n'avais pas eu le temps de réfléchir. La formulation était indélicate et je m'en voulus immédiatement de m'être laissée emporter. Toutefois, alors que je m'attendais à ce qu'Azraël se renfrogne et se cantonne au mutisme, il me lança un regard qui me fit comprendre qu'il savait les interrogations que cela soulevait en moi.

— Très bien. Si tu veux que je te raconte l'histoire de Sonya, je vais te raconter l'histoire de Sonya. Mais je te préviens, il y en a pour un moment !

19

— Cela faisait quelques mois à peine que j'avais rejoint le Conseil Vampirique. Des rumeurs couraient dans un coin reculé d'Europe de l'Est, et Darius et moi, on devait encore faire nos preuves. Ils nous ont donc envoyés là-bas afin de voir ce qui se passait réellement, et si cela concernait bien des vampires, nous devions y mettre un terme.

— C'était quoi comme rumeurs ? demandai-je, curieuse.

— Je ne sais pas trop si c'était une sorte de bizutage ou s'ils n'en savaient réellement rien. On nous a juste dit qu'il se passait des choses étranges, que ça pourrait être des vampires renégats et qu'il fallait gérer la situation. Au cas où tu aurais du mal à te le figurer, le Conseil Vampirique, surtout à l'époque, ce n'étaient pas vraiment des rigolos.

« Donc, on traverse la moitié du continent, et on va là où ils nous ont demandé d'aller. On arrive dans un tout petit village en bordure de forêt. Deux étrangers à l'allure curieuse, tu imagines bien qu'on nous a tout de suite repérés. Se renseigner n'a pas été une tâche aisée. Personne ne voulait nous parler, et il n'y avait pas d'endroit où nous pouvions rester la journée. Pas d'auberge, pas d'hôtel, et demander à quelqu'un de nous héberger alors qu'ils ne voulaient même pas nous adresser la parole, c'était compliqué...

— Comment vous avez fait ?

J'étais déjà transportée par son récit alors qu'il ne faisait que planter le décor. Je l'entendais à ma voix qui paraissait beaucoup trop excitée au regard de ce qu'il était en train de raconter. J'avais toujours eu envie de lui poser beaucoup de questions sur son passé, mais je craignais qu'il se montre réticent à me répondre. Le moment que je vivais constituait une vraie bénédiction, et je ne comptais pas en perdre la moindre miette.

— On s'est replié dans une ville plus amicale, à quelques kilomètres de là. Cela nous obligeait à faire des allers-retours, mais ce n'était pas vraiment gênant. Nous mettions quelques minutes à peine à faire le trajet.

« Bref, après deux ou trois jours à tenter notre chance et à échouer, on s'est dit que c'était fichu, et qu'on n'arriverait jamais à savoir ce qui se passait dans le coin. Surtout que, de prime abord, rien ne nous avait semblé suspect. Et finalement, un soir, on a eu de la chance. Alors qu'on se disait que c'était notre dernière tentative avant de rentrer, on a assisté à un truc étrange.

Azraël marqua une pause. Je repliai une de mes jambes contre ma poitrine. Il ne me manquait qu'un plaid et une tasse de chocolat chaud. Bon, si le décor avait pu être un peu plus enchanteur que l'habitacle d'une voiture, je n'aurais rien eu contre, mais tout de même... Quelque chose dans la façon dont Azraël me racontait l'histoire me donnait l'impression de la vivre. J'imaginais très bien ces deux vampires arriver à la tombée de la nuit, les gens leur claquant la porte au nez.

— Quel genre de truc étrange ? Je veux savoir ! le pressai-je alors que le silence s'étirait beaucoup trop à mon goût.

— Une sorte de procession quitta le village, un peu avant minuit. Ils étaient une grosse dizaine, avec des flambeaux, et s'enfonçaient dans la forêt. On a décidé de les suivre, discrètement.

« Ils ont marché de longues minutes, et se sont arrêtés dans une clairière. Ils se sont affairés pendant un moment autour d'une structure qui paraissait naturelle avant de se positionner en cercle tout autour.

— C'était un autel ?

Azraël me lança un regard amusé.

— Tu n'es pas capable d'écouter sans poser de questions, hein ?

— Désolée, m'excusai-je en fermant un zip imaginaire devant mes lèvres. Je vais essayer de me taire.

— J'aimerais vraiment voir ça, un jour. Enfin... l'entendre !

— Si je me tais, tu n'entendras rien, tu sais ?

Il rit à ma blague. Ces moments où nous nous chamaillions comme des amis me plaisaient. Cela me rappelait la relation que j'avais avec Olivia. Le souvenir de sa colère me revint brutalement en pleine face.

Je n'avais pas eu le temps d'y penser ces derniers jours, et je m'en voulus. J'allais devoir régler ce problème dès que nous serions rentrés de nos vérifications à St. Lucie. Je notai cela dans mon agenda imaginaire et me concentrai à nouveau sur le récit d'Azraël.

— Ils avaient allumé des bougies et déposé des plantes sur ce qui, de loin, ressemblait à un dolmen assez bas. Le souci, c'est que ce n'est pas un type de structures préhistoriques qu'on retrouve habituellement dans cette partie de l'Europe. Celle-là paraissait relativement récente pour ainsi dire.

« Les villageois ont commencé à psalmodier une sorte d'incantation et une femme est venue à eux. C'était la plus belle femme sur laquelle mes yeux avaient eu la chance de se poser. La lumière des flammes dansait sur la peau de son visage avec grâce.

« Elle est sortie de la forêt et a marché vers les villageois. Elle portait une longue robe d'un blanc étincelant qui traînait au sol. Ses longs cheveux bruns, décorés de fleurs, coulaient sur ses épaules et jusqu'à ses fesses. Quelque chose dans son apparence m'a laissé sans voix.

Comme s'il revivait cet instant, il se tut à nouveau. Mon cœur battait la chamade, et pas seulement à cause du suspense grandissant. Je sentais qu'Azraël était profondément ému au souvenir du premier regard qu'il avait posé sur Sonya.

— Elle s'est approchée de l'autel et le silence est tombé sur la clairière. On aurait dit que le vent s'était arrêté de faire bruisser les feuilles, que tous les animaux de la forêt avaient stoppé leurs activités pour laisser passer cette apparition divine.

« Les villageois se sont agenouillés, et la femme en blanc a prononcé une phrase dans une langue inconnue en mettant le feu à une coupe de fleurs sur l'autel. D'un coup, un bruit est né, loin dans le bois. C'était une sorte de frottement, très fort, et qui allait en grandissant. Suivant le passage qu'avait emprunté la femme, des animaux par dizaines sont arrivés. Des daims, des cerfs, des sangliers... qui s'avançaient vers la femme en blanc.

« C'était surréaliste. Darius et moi, on a échangé un regard à cet instant. On sentait qu'il y avait de la magie dans l'air. Une magie plus puissante que tout ce qu'on avait vu jusque-là.

J'avais très envie de poser une question, aussi, j'ouvris la bouche, avant de me raviser. J'étais supposée essayer de ne plus l'interrompre.

J'entraperçus les lèvres d'Azraël se retrousser légèrement, comme s'il avait perçu que j'allais dire quelque chose et que je m'étais retenue. Il laissa passer quelques secondes avant de reprendre.

— La femme a ensuite attrapé une dague sur l'autel, et, alors que les animaux approchaient, un par un, elle les a égorgés.

Un petit cri de stupeur m'échappa. Je ne savais pas vraiment à quoi je m'étais attendue, mais je n'avais pas pensé à des sacrifices.

— Quand elle a eu fini, la femme en blanc, dont la robe était maintenant tachée de sang, est repartie comme elle était venue, alors que les villageois s'étaient remis à psalmodier quelque chose. Une fois qu'elle avait disparu, ils ont pris les carcasses et ont éteint les bougies avant de retourner au village.

« Darius et moi, on a attendu d'être certains que les villageois se soient assez éloignés pour nous approcher de l'autel. Les cendres des fleurs qu'ils avaient brûlées dans la vasque étaient encore rougeoyantes. Vu le temps qu'avait duré la cérémonie, c'était surprenant. Darius a posé sa main sur la dague ensanglantée et là, la jeune femme en blanc est apparue devant nous, de l'autre côté de l'autel. Cet idiot a tellement sursauté qu'il a lâché l'arme qui est tombée contre la pierre dans un bruit assourdissant !

« La femme a fait un mouvement de ses mains et un orbe lumineux est apparu entre elles. Comme un soleil miniature... Je n'avais pas revu le soleil depuis des années. Mon Maître m'avait expliqué que le soleil causerait ma perte, et je le croyais encore à cette époque. Je pense que Darius, comme moi, a été complètement hypnotisé par cette sphère chaude et lumineuse. Je me souviens avoir eu envie d'approcher ma main...

« Et elle nous a demandé ce que nous étions. J'ai réussi à quitter des yeux la source de lumière pour détailler son visage. Ses yeux m'ont coupé le souffle. Ils étaient d'un bleu foncé, pas tout à fait comme les tiens. Non pas que tes yeux ne soient pas beaux, hein, loin de là. Mais les siens étaient de la couleur de l'océan en pleine tempête, un bleu marine très sombre dans lequel on voyait les vagues s'agiter.

« Comme aucun de nous n'avait répondu, elle a reposé sa question dans une autre langue. Sa voix était très douce, comme fragile. Je nous ai présentés comme de simples voyageurs, et la sphère lumineuse a changé de teinte, devenant d'abord orange, puis rouge au fil de mes mots. Elle m'a accusé de mentir, et de ne pas répondre à la question. J'ai feint l'incompréhension, et elle a contourné l'autel pour venir de notre côté. On s'est retournés pour lui faire face, et elle a monté ses mains à hauteur de mon visage. J'entends encore sa voix me dire qu'elle ne m'a pas demandé mon nom, mais ce que j'étais. Que je n'étais pas humain, pas plus que mon supposé ami, et qu'elle n'avait jamais rien rencontré de tel.

« Elle a fini par aller étudier le visage de Darius, et après quelques secondes, elle lui a posé la main sur l'épaule. J'ai eu l'impression que ce contact brisait le silence, physiquement. Darius lui a expliqué qu'on était des vampires venus enquêter sur des phénomènes étranges apparus dans la forêt. Elle n'avait jamais entendu parler de nous, et était visiblement fascinée.

« On l'a suivie jusqu'à une cabane isolée, loin dans les bois. Elle vivait là. Elle avait été bannie de son village natal à cause de ses pouvoirs, mais ici, elle était comme vénérée. Elle nous a expliqué que le village avait perdu presque tous ses hommes après une bataille. Quelqu'un l'avait vue chasser un animal en utilisant la magie, et une sorte de culte s'était créé. Elle avouait en profiter. Les villageois lui faisaient des offrandes pour qu'elle leur fournisse de la viande à manger. C'était aussi simple que ça. Elle était devenue leur divinité de la chasse.

« On ne savait pas si le Conseil nous avait vraiment envoyés là pour des animaux égorgés, mais pour l'instant, c'était tout ce que nous avions à nous mettre sous la dent. Elle nous a permis de nous cacher dans son sous-sol pendant la journée, et après en avoir discuté avec Darius, on a décidé de lui faire confiance.

« Plus je la voyais, et plus j'avais envie de la toucher, et de ne jamais la quitter. C'était une sorte de besoin impérieux comme jamais je n'en avais ressenti, si on met de côté la soif de sang. Je ne comprenais pas ce besoin irrépressible d'être avec elle. Le souci, c'est que nous n'avions plus rien à faire sur place. Il fallait qu'on rentre au Conseil leur expliquer que les animaux égorgés, c'était une sorcière locale, et non pas des vampires sauvages.

« Darius a insisté pour partir, mais je ne voulais pas la laisser. Après une seconde nuit passée sur place, Darius a perdu patience. Il a dit qu'il partait faire notre rapport avec ou sans moi. Et je l'ai laissé partir. Je suis resté avec Sonya. J'espérais qu'elle ressente la même chose que moi, mais avec Darius dans les pattes, c'était compliqué d'aborder ce genre de sujet.

« Quand on s'est retrouvés seuls, elle et moi, j'ai tenté ma chance, et je me suis pris ce qui s'appelle à présent un râteau phénoménal. Elle m'a dit ne pas être intéressée, et le reste de la nuit a été un long moment de gêne sans fin. J'aurais dû partir dès qu'elle m'avait éconduit, mais j'ai voulu rester. Je crois que je pensais l'avoir à l'usure...

« Dès le coucher du soleil suivant, alors que je m'apprêtais à partir, un groupe d'une dizaine de vampires du Conseil est arrivé dans sa cabane. Ils se sont emparés d'elle et m'ont ordonné de rentrer. Je n'avais pas le choix.

— Pourquoi est-ce qu'ils l'ont emmenée, elle aussi ?

Je ne pouvais plus me retenir. Il fallait que ça sorte. Azraël me lança un regard qui signifiait clairement qu'il était ravi d'avoir gagné son pari avant de reprendre.

— Darius leur avait parlé de la magie qu'elle employait, et le Conseil avait été intéressé. Il voulait s'approprier son pouvoir, tout simplement. Il voulait qu'elle le mette à son service. Mais, comme quelqu'un que je connais plutôt bien, elle n'était pas du genre à se laisser faire. Ils ont essayé de me convaincre d'utiliser mes capacités pour la forcer à se rallier à nous, mais j'ai refusé. Le pouvoir de Darius n'était pas encore assez fort à cette époque. Ils ont envoyé tout un tas de vampires très puissants, mais aucun n'est ressorti victorieux. C'était comme si elle était capable de résister à tous les talents vampiriques de l'univers.

— Ça me fait penser à un très mauvais film de vampires très connu...

— Mouais, si on pouvait éviter d'en parler, j'aime autant. Bref, impossible de la contraindre. Au bout de quelques jours, je suis allé parler du rituel qu'elle menait pour le village aux dirigeants du Conseil. On ne pouvait pas laisser tous ces gens mourir de faim. J'ignorais à ce moment-là que je scellais son sort.

Azraël porta une main à sa poitrine alors que j'avais l'impression que mes poumons se trouvaient à l'étroit entre mes côtes. Je savais que ce qui allait suivre avait été terrible pour lui avant même que les mots ne commencent à sortir de sa bouche.

— Ils lui ont demandé si elle comptait retourner aider les villageois alors qu'elle refusait d'aider une cause bien plus grande. Elle leur a répondu que leur grande cause, elle n'en avait rien à faire. Bon, je paraphrase, mais tu comprends qu'elle les a envoyés balader, et pas de façon très poétique. Un des plus anciens vampires à la tête du Conseil à cette époque a perdu patience, et a décidé de transformer Sonya sans lui laisser le choix ni la prévenir. J'entends encore ses hurlements quand, à son réveil, elle a compris ce qu'on lui avait fait. Ils ont résonné dans tout le château pendant des heures.

« Celui qui l'a transformée détient un pouvoir très particulier. Une sorte de laisse métaphysique. Les vampires qu'il engendre sont obligés d'obéir à ses ordres. C'est physiologique. Sonya s'est donc retrouvée réduite à être son pantin, sa marionnette. Elle était autorisée à retourner dans ses bois, mais quand il la convoquait, elle était obligée de répondre à son appel.

— C'est affreux, murmurai-je sans même m'en rendre compte.

Je voulus poser une main sur le bras d'Azraël, mais stoppai mon geste à mi-distance. Je n'étais vraiment pas certaine que cela pouvait l'aider à ce moment précis. Alors qu'elle retrouvait sa place sur ma cuisse, celle d'Azraël vint s'en saisir. Sa peau était fraîche quand ses doigts entrelacèrent les miens.

— Pendant quelques années, le Conseil Vampirique l'a ainsi contrainte à utiliser ses pouvoirs pour plein de choses plus ridicules et stupides les unes que les autres. Moi, je me sentais coupable, et je n'avais pas osé l'approcher depuis sa transformation.

« Une nuit, j'ai décidé d'aller lui rendre visite. Le souvenir de son visage commençait à s'estomper, et j'avais besoin de savoir qu'elle s'était faite à sa nouvelle vie. Qu'elle allait bien. Il fallait que j'allège ma conscience, je suppose. Je me suis rendu à sa cabane, dans les bois, et j'ai frappé à la porte. Une jeune femme qui n'était pas Sonya m'a ouvert. Elle était enroulée dans un drap. J'ai d'abord cru qu'elle avait quitté les lieux et n'habitait plus sur place, et j'ai balbutié des excuses à la jolie rousse qui se tenait devant moi. Mais Sonya est apparue derrière elle, en tenue d'Ève. Les joues rougies, elle paraissait très heureuse, si tu vois ce que je veux dire...

« Je me suis enfui sans rien dire, bien trop blessé pour faire quoi que ce soit d'intelligent. J'ai tenté d'effacer son souvenir, en vain. C'est à cette époque que j'ai commencé à passer beaucoup de temps avec Richard. Il enchaînait les conquêtes d'un soir, s'en nourrissait et passait à la suivante. C'est un mode de vie que j'ai pratiqué quelque temps afin de maintenir mon esprit occupé et de ne pas penser à elle.

« J'avais beau lutter, son souvenir finissait toujours par me rattraper. Partout où j'allais, il y avait quelqu'un pour en parler. Beaucoup de mâles de notre espèce espéraient pouvoir s'en approcher et obtenir ses faveurs. Elle les repoussait les uns après les autres. Moi seul savais pourquoi, mais je me gardais bien de leur dire.

« Même Richard a tenté sa chance, et je ne l'en avais pas découragé. Cela m'avait fait rire à l'époque. Mais le Maître de Sonya avait d'autres plans. Afin d'accroître sa mainmise sur les vampires européens, il avait promis Sonya en mariage à un vampire anglais, je ne me souviens plus de son nom. C'est Richard qui m'en a parlé, un soir, alors qu'il me racontait toutes ses tentatives infructueuses.

« Je n'ai pas résisté et je me suis moqué de lui. Je lui ai expliqué que tant qu'il n'arriverait pas à faire disparaître ses parties génitales, il n'avait de toute façon aucune chance. Je me souviens que la surprise lui a fait cracher ce qu'il était en train de boire. Ce n'était vraiment pas des choses dont les gens parlaient librement à l'époque.

« Et Richard... Eh bien, c'est Richard ! Une vraie pipelette. Le Maître de Sonya l'a contrainte à arrêter ses activités féminines et à épouser l'anglais. L'idée qu'elle soit mariée de force et traitée comme un pion sur l'échiquier diplomatique me causait une douleur incommensurable. J'ai presque été soulagé qu'elle ne vive pas assez longtemps pour que le mariage soit célébré.

« Les croyances autour de la magie de Sonya étaient en train de se perdre depuis plusieurs années avec les progrès de la science. Certaines personnes la consultaient encore pour des problèmes d'amour, ou de fertilité, mais sans vraiment y croire. Ce n'était plus rien en comparaison de sa grande époque. Seule une petite poignée de femmes continuait de la consulter, et des rumeurs ont commencé à apparaître : elle pratiquerait des avortements, ce genre de choses. Des choses pas réellement vues d'un bon œil, surtout à cette époque-là.

« Et une épidémie de grippe a frappé le monde. C'était vers 1885, il me semble. Je ne sais plus précisément. La grippe russe. Dans le village, la première victime à succomber à la maladie s'était rendue chez Sonya quelques heures avant de montrer les premiers symptômes, puis une autre quelques jours plus tard. Sonya a été accusée d'avoir maudit la population qui ne la vénérait plus, et il s'en est suivi une chasse à la sorcière. Au sens le plus littéral du terme.

« Les vampires qui se sont rendus sur place quand elle n'a pas répondu aux ordres de son maître n'ont trouvé que des cendres. Les villageois avaient érigé un bûcher et l'avaient brûlée vive pour lever la malédiction.

Le silence s'installa dans la voiture. L'histoire était terminée, et je ne savais pas quoi dire.

— Je suis désolée, finis-je par articuler péniblement.

— Tu n'as pas à l'être, dit-il en retirant sa main de la mienne avant de s'essuyer les yeux. Tu n'as pas à l'être, je t'assure.

— Merci de m'avoir raconté.

Il enclencha le clignotant et ralentit la voiture avant de la stopper sur le bas-côté.

— J'ai besoin de prendre l'air quelques instants.

Il coupa le moteur et sortit. Je détachai ma ceinture. Me dégourdir les jambes me paraissait une bonne idée. Cette portion de la route n'était pas éclairée, et seule la lumière des phares qu'il avait laissé allumés fendait l'obscurité. Azraël faisait les cent pas à sa manière, beaucoup trop rapide et saccadée. Je m'approchai de lui avant de poser une main sur son bras. Il stoppa son mouvement.

— Merci de m'avoir raconté, répétai-je.

Il se retourna pour me faire face. Son visage était triste, mais pas autant que ce que je craignais. Ma poitrine me paraissait pourtant toujours trop étroite, et mon cœur trop lourd. Ses yeux se plantèrent dans les miens.

— Tu as peur que cela me fasse mal de t'avoir à mes côtés ?

Ce n'était pas tout à fait ce qui m'embêtait le plus dans toute cette histoire, mais mes interrogations restaient nombreuses.

— Ça en fait partie. Je ne veux pas te faire souffrir sans m'en rendre compte.

Il esquissa un sourire.

— Je dois avouer qu'au début, quand je savais que tu étais ligotée dans la cave, j'ai eu mal. Très mal. Je ne comprenais pas. J'ai cru qu'elle avait survécu, ou avait trouvé un moyen de transcender la mort, mais ton cœur était trop humain pour que la première possibilité soit vraie. J'ai cru l'avoir retrouvée, j'ai cru que, d'une façon ou d'une autre, l'univers me donnait une seconde chance. Quand tu ne m'as pas reconnu, j'ai compris que tu n'étais pas elle, et que c'était un hasard. Certes, un hasard merveilleux, mais rien de plus. Je me suis dit que mon cerveau me jouait des tours, que la ressemblance n'était pas si frappante.

« C'est quand Darius a, lui aussi, fait la remarque que j'ai arrêté de me voiler la face. Tu lui ressembles, c'est indéniable. La même couleur de cheveux, les mêmes yeux trop foncés sur une peau trop claire. Même ta bouche semble être la même...

Azraël effleura ma lèvre inférieure de son doigt avant de retirer sa main de mon visage.

— Qu'est-ce que tu crois que c'est ? Il doit bien y avoir une explication.

— Soit j'ai été maudit et je ne suis pas au courant, soit c'est juste un hasard...

— Violet a demandé si elle pouvait avoir eu des enfants... Tu y as pensé ?

Azraël laissa échapper un petit rire.

— Vu qu'elle préférait les femmes, je ne crois vraiment pas que cette théorie puisse tenir... Mais ce serait tellement beau. Les méandres des branches de ton arbre généalogique te menant à me croiser et à te lier à moi...

— Est-ce que, dans tous les cas, tu arriveras à rester à mes côtés à longueur de journée, pendant des années s'il le faut ?

Il prit un instant avant de répondre.

— Je n'ai aucun problème avec cette idée !

— Je suis contente de savoir que c'était quelqu'un de bien, même si j'ignore si on a un quelconque lien, elle et moi. Ça m'enlève un poids. Désolée de t'avoir infligé ça...

— J'aurais dû te raconter tout ça dès la première fois qu'on en a parlé. Ce n'était pas correct de ma part de te laisser mariner avec ce mystère. J'aurais dû savoir que cela te pèserait.

Je hochai la tête pour lui signifier que je ne lui en tenais pas rigueur. Il s'éloigna de moi et me dit qu'il était temps de se remettre en route.

20

Je me réveillai entre des draps d'une douceur infinie. Mes derniers souvenirs étaient le roulis du moteur qui me berçait, le silence alors que je n'osais plus poser de questions, et mes muscles qui se détendaient les uns après les autres. Je me rappelais avoir eu faim, également. Mon estomac gargouilla comme pour me dire que rien n'avait changé.

Je savais à la matière du linge de lit que j'étais chez Azraël. Mes draps étaient en coton tout ce qu'il y a de plus classique, et non pas dans cette espèce de satin soyeux dans lequel j'avais l'impression de glisser. Je pris un moment pour m'étirer avant de chercher à tâtons l'interrupteur de la lampe de chevet.

Mes vêtements jetés négligemment au sol ne laissaient aucun doute quant à la personne qui me les avait retirés : moi-même. Azraël aurait tout replié avec soin. Pourtant, j'avais beau me concentrer, je ne me souvenais vraiment pas être arrivée à la maison.

Je devais être encore plus fatiguée que je ne le pensais.

Après de longues minutes à me prélasser, à profiter d'être au calme, je finis par repousser les draps et enfiler une tenue décontractée. J'avais une furieuse envie de prendre une douche. J'attrapai mes affaires et descendis. Je cherchai l'horloge du salon, perdue dans les innombrables décorations de Noël. Il était 11 heures. Je n'avais pas tant dormi, finalement. J'allais devoir patienter plusieurs heures avant qu'Azraël se réveille, sauf si, lui non plus, n'arrivait pas à se reposer autant qu'il en avait besoin.

Quand j'aperçus mon reflet dans le miroir de la salle de bain, je ressemblais à un panda. Je ne m'étais pas donné la peine de me démaquiller avant de me coucher, et cela se voyait. Pourquoi mon maquillage ne résistait-il pas à une nuit de sommeil comme celui des personnages de série télé ?

Je pris une douche d'une longueur non réglementaire. D'habitude, je tentais au maximum de ne pas rester sous l'eau inutilement, mais là, après ces jours compliqués, je n'avais pas la tête à faire attention à la planète.

Une fois séchée, je me dirigeai vers la cuisine afin de trouver quelque chose à manger. Sur le frigo, une note épinglée rédigée en rouge attira mon regard. Je dus m'y reprendre à deux fois pour m'assurer de ce que j'y lisais.

Azraël avait fait livrer un brunch complet pour moi la veille, et avait tout remballé en voyant que je ne me réveillais pas. Je ne m'étais donc pas levée très tôt, mais très tard. J'avais dormi plus de vingt-quatre heures !

Une fois l'information assimilée, je partis en quête du repas qui m'attendait. Un bol de salade de fruits, des muffins anglais fourrés aux œufs et au bacon, des parts de cakes divers... C'était le paradis. Je sortis tout ce que je parvenais à empiler dans mes bras et commençai à m'installer sur l'îlot central. Je dus faire un aller-retour supplémentaire, car je n'arrivais pas à prendre assez de choses.

Je me battis ensuite avec la cafetière. Il s'agissait d'un de ces appareils qui moud le grain et dont l'utilisation nécessite de posséder plusieurs doctorats. Après quelques tentatives, je finis par réussir à remplir ma tasse et m'assis avec l'idée de ne pas bouger tant que mon estomac ne serait pas plein à craquer.

Pour m'occuper jusqu'au réveil d'Azraël, je m'installai ensuite dans notre bureau de fortune pour faire le point et ranger un peu. J'envoyai un SMS à Jack afin de lui dire que je lui rapporterais les dossiers au poste un peu avant 20 heures s'il pensait être encore sur place. J'avais fini de retirer toutes les punaises et de rassembler tous les documents quand il me répondit qu'il m'attendrait.

Je pris ensuite un moment pour noter tout ce que nous avions découvert. La paperasse m'obligeait à me concentrer sur l'essentiel afin d'éliminer tous les évènements parasites. C'était quelque chose que je trouvais reposant. L'enquête que Vicky nous avait confiée était bouclée, et nous allions devoir débuter notre seconde affaire le plus vite possible. Toutefois, nous devions facturer ce premier contrat, et nous n'avions pas du tout abordé le sujet, que ce soit avec Vicky ou avec Azraël.

Je pris le temps d'évaluer le nombre d'heures de travail et les frais de déplacement. Me concentrer sur des tâches aussi factuelles m'aidait à ne pas échafauder de théories sur l'identité des militaires et leurs motivations.

Je voulais plier définitivement la première affaire afin de mettre notre nouvelle activité sur de bons rails. Si nous commencions à être négligents sur l'administratif dès les premiers instants de notre association, cela n'était pas encourageant pour la suite.

— Pourquoi est-ce que tu es roulée en boule sur ce lit au lieu de t'installer confortablement sur la table du salon ?

Je sursautai quand Azraël entra dans la pièce. Je ne l'avais pas entendu approcher.

— Parce que le petit train et tout le reste, ça fait beaucoup de bruit. C'est insupportable ! Bonjour à toi aussi !

Azraël rit avant de tourner les talons. Je posai mon bloc-note à côté de moi et le suivis.

— Ah ! Tu as réussi à trouver à manger, dit-il en arrivant à la cuisine. J'avais peur que l'idée ne te traverse même pas l'esprit.

— En même temps, je n'avais pas fait de vrai repas depuis plusieurs jours ! Et ce cake à la noix de coco est un pur délice !

— Ce restaurant est un des plus prisés pour les brunchs. Au moins, leur réputation n'est pas usurpée. Tu as presque tout mangé !

Sa voix dégageait une sorte de fierté, comme s'il était impressionné.

— J'espère que ce n'était pas prévu pour me nourrir toute la semaine, m'empressai-je de vérifier, soudain prise de doute.

— Non, ne t'inquiète pas ! Je ne pensais pas que tu étais capable de manger autant ! Est-ce que je te refais un café ?

C'était une excellente idée. Il me déposa un mug chaud entre les mains avant de me demander ce que j'étais en train de faire là-haut.

— J'ai mis à plat toutes mes notes concernant l'affaire des disparitions. Tu regarderas si tu as des choses à y ajouter. Et il va falloir aussi qu'on parle tarification pour envoyer la facture à Vicky.

— J'imagine que tu as pensé à ajouter des majorations pour séquestration ?

— Je n'en sais trop rien. Il va falloir qu'on crée des opérations comptables pour ces choses-là ! J'ai aussi pensé à une prime de risque conséquente : j'ai quand même failli mourir deux fois...

Bien que nous abordions des sujets graves, le ton était léger. Peut-être que j'allais m'habituer à ce genre de vie, finalement...

— Ah, et je dois aller rendre les dossiers à Jack au poste. Tu pourras m'accompagner ?

— Laisse-moi prendre une douche et on est partis. Je te propose qu'on se mette en route pour St. Lucie juste après.

— On y va en voiture ?

— Au poste ? Oui, tu veux y aller comment ? En tapis volant ?

— Ce n'est pas très gentil de te comparer à un tapis... Non, je parlais de St. Lucie !

Le vampire me lança un regard afin de me faire comprendre que ma blague était nulle.

— Si tu veux qu'on passe plus de temps en voiture qu'à fouiller le quartier, on peut éventuellement faire comme ça, oui... Bon, je file à la douche, sinon, on n'est pas rendus.

Il était près de 19 heures quand j'entrai dans le poste de police de Cape Thorns. J'avais dû insister pour qu'Azraël se gare à deux rues de là afin qu'on ne me voie pas sortir de sa voiture. Je n'avais pas envie que certains des collègues de Jack jasent au sujet d'un autre homme. Je me frayai un chemin dans le dédale de couloirs qui menait à son bureau.

Je laissai tomber avec bruit la pile de dossiers à côté de son tapis de souris. Jack sursauta et leva les yeux de son ordinateur pour me fusiller du regard. Réalisant que c'était moi, ses traits s'adoucirent.

— Je ne t'attendais pas aussi tôt !

— Je ne voulais pas te faire faire des heures sup injustifiées !

Il se redressa et déposa un baiser rapide sur mes lèvres avant de vérifier que personne ne nous avait vus. Son attitude me fit penser à un adolescent qui craint que ses parents le surprennent.

— Alors ? Ça t'a aidée ?

– Oui, merci beaucoup. Qu'est-ce que je peux faire pour te remercier ?

Il se rassit avant de porter sa main à son menton comme s'il réfléchissait.

— Laisse-moi voir... Est-ce que, par hasard, tu pourrais accepter un dîner à mes côtés un de ces soirs ?

— Il va falloir que tu appelles mon assistante pour vérifier mes disponibilités. Il me semble que j'ai un créneau d'un petit quart d'heure dans une douzaine d'années...

— Je t'appelle alors !

— Et merci pour le téléphone aussi. C'est adorable, dis-je en le sortant de ma poche arrière. Il est tellement moderne qu'il pourrait envoyer une fusée sur la lune...

— Ça me fait plaisir ! Je suis content que tu aies réussi à plier ton affaire aussi.

Je sentis qu'il souhaitait m'interroger pour en savoir plus, mais se retenait. Avant qu'il change d'avis, je décidai de lui dire au revoir.

— Bon, il faut que je file. J'attends ton appel.

Je posai ma main sur la sienne afin d'éviter de l'embrasser à nouveau en public et tournai les talons. J'avais trouvé cela étrange qu'il semble gêné, et je ne voulais pas le mettre encore plus mal à l'aise. Même si je n'étais vraiment pas certaine d'être très attachée à lui, je ne nourrissais que de la bienveillance à son égard.

Je rejoignis Azraël en marchant aussi vite que je le pouvais. Je n'avais toujours pas eu le temps de partager avec lui une théorie qui avait germé dans mon esprit depuis que nous étions partis du bunker. Je comptais profiter du trajet retour jusqu'à la maison du phare pour lui en faire part. L'aller m'avait servi à lui expliquer deux cents fois pourquoi je voulais qu'il me dépose un peu plus loin, et non pas devant le poste de police.

— J'ai eu une idée concernant l'attaque de St. Lucie, mais elle comporte des trous et des doutes sur certains évènements, commençai-je dès que la portière fut ouverte. Est-ce que tu crois qu'il y a pu y avoir un espion dans les rangs de Karyna ?

Azraël me regarda alors que je bouclais ma ceinture. J'avais l'impression qu'il avait compris chacun de mes mots individuellement, mais que l'ensemble ne formait pas une phrase cohérente dans son esprit.

— Un espion ? finit-il par demander après quelques secondes. Le militaire qu'ils ont capturé a parlé du gouvernement, de l'armée, mais pas d'informateur vampire...

Je fis un signe pour lui signaler que nous pouvions rouler en même temps que nous avions cette discussion. J'avais hâte de retourner sur place et de tenter de trouver des indices, s'il en restait.

— C'est là qu'on en arrive à mes doutes parce que je n'ai pas les connaissances pour les lever. Mon raisonnement repose principalement sur le fait de savoir si, quand un esprit est manipulé, ou hypnotisé, ou peu importe quoi, le pouvoir d'Esther est capable d'identifier les propos tenus comme étant un mensonge.

— Oh ! Tu penses que le militaire capturé a eu sa mémoire modifiée pour ne pas pouvoir laisser fuiter d'informations !

— Tu as tout compris ! Alors ?

Il prit un temps de pause alors que nous nous arrêtions à un feu rouge.

— Je sais avec certitude que le pouvoir d'Esther n'est pas absolu.

— Qu'est-ce que ça veut dire ?

— Ça veut dire qu'elle est incapable de déterminer si je mens ou pas, moi. Déjà. Ensuite, si la personne a été convaincue que ce qu'on lui a imposé est la vérité, il n'y a pas de raison qu'Esther puisse savoir que ce n'est pas le cas.

— OK. Bon, alors je reprends depuis le début. On a des militaires armés jusqu'aux dents qui attaquent un nid de vampires. Ils disent qu'ils ont mis le quartier sous surveillance, et qu'ils appartiennent à une branche secrète de l'armée créée par le gouvernement. Mais en même temps, ce qu'ils savent des vampires est étonnamment peu vrai. Est-ce que tu crois qu'il est possible que quelqu'un chez Karyna ait orchestré tout ça pour la faire tomber ?

Azraël soupira avant de passer une main dans ses cheveux.

— Ça me semble compliqué, quand même... Tu imagines le dispositif ? Il faut quelqu'un qui a des pouvoirs de persuasion, qui arrive à tenir tous ces militaires sous son emprise, qui leur fournit des armes... Je n'y crois pas trop.

Je croisai mes bras sur ma poitrine en faisant la moue. J'aimais l'idée que l'attaque vienne de l'intérieur. J'avais du mal à avaler cette histoire de branche secrète de l'armée. Quelque chose me tracassait, mais je ne parvenais pas à mettre le doigt dessus.

— On peut quand même garder à l'esprit qu'il est possible que les militaires aient été conditionnés. Ou qu'ils ne sachent que ce qu'on veut bien leur faire croire.

— Et... l'encourageai-je en levant un sourcil inter-rogateur.

— Et que, peut-être que ce qu'il nous a raconté n'est pas vrai, ou du moins, pas totalement.

— Tu veux dire, si on lui a fait un lavage de cerveau ?

— Tu as décidément trop d'imagination ! Tu ne crois pas qu'un militaire d'un grade peu élevé ne doit pas avoir accès à toutes les informations, ou qu'elles aient pu volontairement être erronées ?

Comment se faisait-il que je n'y aie pas pensé ? Cette idée était tellement plus simple et évidente que la théorie du complot interne. J'avais envie de me frapper en réponse à tant de stupidité de ma part.

— On en arrive quand même à la conclusion qu'on ne peut pas vraiment faire confiance aux informa-tions qu'il nous a données. Il faut vraiment qu'on trouve un indice, quelque chose, pour essayer d'iden-tifier ces hommes.

— Si je ne dis pas de bêtises, il n'y a que deux bases militaires dans l'État, commença Azraël alors que je distinguais le phare non loin.

— Tu ne crois pas que, si c'est vraiment une branche secrète de l'armée, ils peuvent avoir des bases secrètes ?

À voix haute, ma phrase semblait particulièrement stupide, mais Azraël approuva alors qu'il s'engageait sur le sentier qui menait à la maison.

— De toute façon, on va bien voir ce qu'on trouve sur place, ajouta-t-il en garant la voiture. On prend les affaires dont on a besoin, tu t'habilles chaudement, et on décolle.

Azraël me reposa au sol devant la magnifique porte en vitrail bleu du hall d'entrée du manoir. Vide et plongé dans la pénombre nocturne, l'endroit paraissait beaucoup moins accueillant que dans mon souvenir. J'enlevai mon sac à dos avant d'en sortir une lampe de poche.

Je baladai le faisceau autour de moi. Pas la moindre trace de vie. Le lieu était désert. Seule la bande de scotch jaune qui barrait l'escalier du sous-sol trahissait qu'il y avait eu de la visite depuis notre départ. Je m'en approchai et vis les scellés rouges qui empêchaient d'ouvrir la porte.

— On sait si tout le monde s'en est sorti, demandai-je à voix basse.

— Pourquoi tu chuchotes ? Il n'y a personne, tu sais ?

Je souris un instant. J'avais l'impression que nous étions entrés par effraction quelque part où nous n'avions pas à être.

— Désolée.

— J'ai lu un article hier. Ils enquêtent sur un probable trafic d'organes vers la Chine si j'ai bien compris. Ne me demande pas comment ils en sont arrivés à cette conclusion : c'est le travail de Richard et Apollon qui a mené à ça !

Je haussai les épaules.

— Je veux observer les brèches qu'ils ont faites à l'explosif, déjà. Voir si on trouve quelque chose dans les débris pour identifier le matériel utilisé. Ensuite, il faudrait aller aux endroits où vous en avez tué.

— Bien, chef !

Azraël m'emmena d'abord au parking. Je me figeai quand les tubes fluorescents rescapés de l'attaque s'allumèrent. J'avais été blessée ici, et une tempête paraissait avoir dévasté le lieu.

L'air froid s'engouffrait par une large ouverture. Deux pans de métal blanc tordu étaient posés contre le mur adjacent.

— Pourquoi est-ce qu'il n'y a plus aucune voiture ?

— Chacun a récupéré la sienne. Tu en as vu une partie quand on est partis du bunker.

— Il y avait beaucoup plus de voitures que ça !

— Plusieurs ont été aussi tout bonnement détruites et Darius les a fait disparaître. Les immatriculations auraient pu mener à des identifications.

— Je vois. C'est bien la porte, ça, on est d'accord ? demandai-je en pointant les gros débris métalliques.

— On dirait bien.

— On dirait que le dispositif qu'ils ont utilisé était posé au milieu. Ça l'a coupée en deux…

— Quand tu vois que le souffle de l'explosion t'a propulsé contre le mur… C'était celui là-bas ?

Je me retournai et fis quelques pas.

— Je devais être quelque part par ici. Et j'ai atterri… Par là, il me semble.

Je me tenais à environ dix mètres de l'ouverture au moment de l'explosion. Et le mur était encore presque cinq mètres plus loin.

— Ils ont utilisé des trucs puissants. Tu t'y connais en explosifs ?

La question d'Azraël me laissa sans voix. J'avais entendu certains mots dans des films, ou à la télé : dynamite, C4, nitroglycérine. Mais c'était tout.

— Et toi ?

Il secoua la tête avant de retourner aux morceaux de la porte. Il les posa par terre comme s'il alignait deux pièces de puzzle. Une zone de près d'un mètre carré manquait. Je balayai du faisceau de ma lampe les environs, mais tout avait été nettoyé. Pas le moindre éclat de métal. Je sortis par l'ouverture et scrutai le mur extérieur.

La structure du manoir ne semblait pas avoir trop souffert. C'était comme si la porte avait été proprement dégondée. Les graviers au sol empêchaient de distinguer des empreintes de pas, ou de pneu. Je m'éloignai un peu. Un des buissons qui bordaient l'allée menant à l'entrée attira mon regard.

Alors que les autres étaient parfaitement taillés afin qu'aucune feuille ne dépasse, celui-ci paraissait avoir été écrasé.

Je m'en approchai et, à la lueur de ma lampe-torche, tentai de comprendre ce qui avait bien pu se passer. Il semblait que quelqu'un était tombé dessus de tout son poids.

— Azraël ! Viens voir, s'il te plaît !

Le vampire apparut à mes côtés.

— Tu veux te mettre au jardinage ?

— Regarde, insistai-je en désignant d'un doigt les branches cassées. On dirait que quelqu'un s'est effondré là-dedans.

Il me prit la lampe des mains et s'approcha.

— Là, fit-il en pointant une minuscule chose accrochée à une brindille.

— Ne touche à rien !

Je posai mon sac à dos au sol pour pouvoir fouiller à l'intérieur. J'en sortis une pince et un sac congélation. Alors qu'Azraël me tenait la lampe, j'attrapai ce qui semblait être un morceau de tissu. Avec une infinie précaution, je le glissai dans le sachet avant de le fermer avec un scotch. Le vampire me le prit des mains dès que j'eus fini.

— On dirait la même couleur que les uniformes des militaires.

— Vu la dégaine de certains des vampires qui vivaient ici, la conclusion est peut-être hâtive.

— Comment ça ?

— Karyna et Evangelina n'étaient pas les seules à arborer des tenues dignes de maîtresses de donjon SM. Il n'est pas impossible selon moi qu'un des vampires de la zone aime le style camouflage !

Azraël éclata de rire. Je ne savais pas trop s'il se moquait de moi, ou des goûts vestimentaires locaux.

— Ce n'est pas complètement faux, finit-il par admettre. C'est dommage qu'on ne puisse pas comparer avec ceux des hommes qui ont été capturés.

— On sait ce qu'ils ont fait des corps ?

— Je peux tenter de me renseigner, mais s'ils ont bien fait leur travail, on ne trouvera rien du tout.

— Laisse tomber alors. Continuons à chercher.

Il m'emmena ensuite en direction du toit. L'escalier qui permettait d'y monter n'était plus qu'un tas de décombres. On aurait dit qu'un éboulement avait eu lieu. Les débris formaient un mur infranchissable.

— Est-ce qu'il y a un autre accès ?

Azraël m'attrapa et je me retrouvai au bord de la cavité béante que les assaillants avaient créée. Je remerciai mon vampire de transport d'un geste de la tête avant de m'agenouiller. Contrairement à l'explosion du garage qui avait laissé une ouverture nette et n'avait pas endommagé la structure, ici, les pierres et le ciment avaient été mis à rude épreuve. Toutefois, je ne distinguais aucune trace noircie, rien qui suggérait de la chaleur.

— Comment ont-ils ouvert celle-là ?

— Le capitaine de la Nuée Sacrée a parlé d'explosifs. Je n'en sais pas plus.

— On ne dirait pas la même chose...

Je me relevai et m'approchai du rebord du toit. Pas d'échelle, pas d'escalier de secours.

— On dirait qu'ils sont arrivés par les airs, remarqua Azraël comme s'il avait lu dans mes pensées.

— Tu crois qu'ils ont pu se parachuter sur la zone ?

— Je ne crois pas avoir entendu d'hélicoptère pendant la bataille... Mais bon, j'avais autre chose en tête que scruter les airs.

Si les assaillants avaient accès à des explosifs et à un hélicoptère, il s'agissait vraiment d'une opération de grande envergure, planifiée avec soin. Le tableau qui se dessinait dans mon esprit me faisait peur. Très peur.

— Je voudrais voir les alentours, là où les combats ont fait rage. Là où des gens sont tombés. Ils n'ont pas pu faire disparaître totalement toutes les traces. Il doit bien rester quelque chose !

Afin de ne pas paraître trop suspects alors que nous arpentions les ruelles adjacentes, j'éteignis ma lampe de poche. Après plusieurs minutes à marcher en scrutant le sol, je réalisai que nous n'avions pas croisé âme qui vive.

— Il n'y a personne dans le quartier... C'est normal ?

— De ce côté, il n'y a que des entrepôts abandonnés. Les quelques bars et boîtes peu fréquentables sont quelques rues plus bas.

Ainsi, il était peu probable de trouver un témoin direct. En revanche, les coups de feu, les explosions... Cela s'entend de loin.

Quand j'expliquai cela à Azraël, nous nous dirigeâmes vers la zone plus animée. Je voulais savoir pourquoi personne n'avait rien dit concernant tout ce grabuge.

Le vampire m'emmena jusqu'à une boîte de nuit, mais la musique était si forte que je doutais que quiconque ait pu entendre quoi que ce soit. En face, par contre, nous avions plus de chance d'obtenir des renseignements.

Je poussai la porte d'un bar aux vitres rendues opaques par la crasse. L'enseigne d'une marque de bière clignotait en orange en façade. Deux lampes posées sur le comptoir et des appliques faiblardes n'arrivaient pas à éclairer décemment l'endroit. J'apercevais quelques tables alignées contre le mur. Quelqu'un était assis à l'une d'elles, silhouette indistincte dans l'ombre. Une chanson d'Elvis jouait en sourdine. Je ne la reconnus que parce qu'elle avait servi dans une publicité à la télé.

Azraël me poussa un peu. J'étais restée dans l'encadrement de la porte. Il referma derrière lui, et me fit signe d'aller jusqu'au bar. Je me hissai sur un des tabourets hauts en regrettant d'avoir pris appui sur le comptoir. Le bois collait, comme si le vernis avait fondu, ou si une épaisse couche de graisse et de poussière le recouvrait. Je retirai vivement mes mains, les doigts écartés, ne sachant pas trop quoi faire.

— Deux pressions, s'il vous plaît.

Il avait parlé d'une voix un peu plus rauque que d'habitude, et ses intonations étaient également plus bourrues. Une forme que je n'avais pas encore distinguée se découpa dans l'ombre et avança vers nous.

Le barman devait avoir près de soixante ans. Ses tempes grisonnantes et sa calvitie lui ajoutaient peut-être artificiellement des années au compteur. Il prit le torchon qu'il avait sur l'épaule et essuya deux verres. Derrière des lunettes sans monture, ses yeux allaient d'Azraël à moi, comme s'il nous scannait.

Il actionna la tireuse à bière avant de déposer nos boissons devant nous.

— Z'êtes nouveaux dans le quartier ?

— On est là pour la fête de la lumière, répondit Azraël en faisant glisser un billet sur le bar.

— Z'avez une semaine de retard, les amoureux. C'est tout fini.

— Oh, mince ! C'est pour ça que c'est aussi calme !

— C'est quand même dommage... C'pas comme si y'avait aut'chose à faire dans le coin...

— On nous a pourtant raconté qu'il y avait eu de l'agitation il y a quelques soirs de ça, ajoutai-je en prenant mon verre de bière avant de le porter à mes lèvres.

— Qu'est-ce qu'elle dit, la p'tite dame ?

Je n'avais visiblement pas parlé assez fort, ou assez distinctement.

— On nous a dit qu'il y avait eu une teuf d'enfer, y'a quelques jours, traduisit Azraël. Vous savez ce que c'était ?

Le barman prit deux minuscules verres avant de les poser devant nous et de les remplir.

— C'est la maison qu'offre, dit-il en les poussant un peu.

— Merci bien !

Azraël but d'une traite le sien. Quand il me lança un regard insistant, je compris que je n'avais pas le choix. La seule odeur de l'alcool me fit pleurer les yeux avant même que je n'en avale une gorgée. Le liquide me brûla et je toussotai.

Le vampire me tapa dans le dos avant de poursuivre la conversation.

— On nous a parlé d'une sorte de jeu de guerre, grandeur nature. Ça avait l'air d'être quelque chose... On espérait participer !

— Parlez des exercices de guérilla ? C'tait pas un jeu !

— Des exercices ? demandai-je après avoir fini ce que je pensais être de la tequila.

Le bonhomme haussa les épaules.

— C'est c'qui z'ont dit. Qu'ils allaient faire des exercices de combat urbain.

Il leva ses doigts pour dessiner des guillemets.

— C'était qui ?

— Un militaire, haut gradé en plus, qu'est venu pour qu'on s'inquiète pas. Nous a ordonné de fermer boutique c'te nuit-là. Avec de gros billets. Même si c'taient des balles à blanc qu'il a dit, valait mieux pas qu'les gens s'baladent dans l'coin.

— Quel dommage que ce ne soit pas un jeu ! s'exclama Azraël en me caressant le dos. T'es pas trop déçue, ma chérie ?

— Tant pis, soupirai-je en plongeant mes lèvres dans la bière.

— Faites souvent ces trucs-là ? demanda le barman en s'appuyant au comptoir devant Azraël.

— Les reconstitutions de batailles historiques, tout ça, c'est notre truc, expliqua-t-il en me désignant du pouce. On s'est rencontrés comme ça. Vous la verriez dans un uniforme d'infirmière de combat...

Il émit un sifflement admiratif et l'homme me lança un sourire qui me donna envie de vomir.

— Bon, on va être obligés de rentrer alors, dis-je en commençant à me lever.

Azraël m'imita, et alors que nous allions sortir, le vampire se retourna.

— Je savais pas qu'il y avait des bases militaires dans le coin !

— Y'en a pas, c'pour ça !

— Merci pour le tuyau !

Une fois dans le froid de la nuit, je demandai à Azraël ce qui lui avait pris dans le bar.

— Il y a plein de gens qui passent leur week-end à reproduire des batailles de la guerre de Sécession. Ce n'est pas plus étrange que ces gens qui restent devant leurs consoles de jeux, si tu veux mon avis.

— On a vu plus subtil, quand même, pour obtenir des informations...

— N'empêche qu'on a eu nos renseignements !

Effectivement, je ne pouvais pas le nier. Nous avions découvert que les militaires avaient acheté la population pour qu'elle quitte la zone sous prétexte d'exercices de combat grandeur réelle.

— Tu crois vraiment qu'ils s'amusent à jouer à la guerre ?

— Il faut bien qu'ils s'entraînent au combat, j'imagine. Ça ne me paraît pas totalement absurde.

Nous remontions l'avenue principale vers le manoir. Maintenant que je savais que personne ne s'y baladait, je voulais faire un dernier tour des rues alentour avec la lampe de poche. Au détour d'un carrefour, je me figeai.

Le mur de briques en face de moi était constellé d'impacts de coups de feu. Le faisceau de lumière me permit de découvrir de la fine poudre rouge au sol. Ces tirs avaient eu lieu récemment. Je m'approchai pour vérifier si les balles se trouvaient toujours logées à l'intérieur.

— Faut qu'on récupère une de ces balles, au moins, expliquai-je à Azraël après avoir distingué un éclat brillant dans un des trous.

Je tentai d'en extraire une avec ma pince, mais sans succès. Le vampire me prit l'outil des mains et, avec l'autre extrémité, commença à creuser autour de l'orifice pour en sortir le projectile plus facilement.

— Et voilà, finit-il par dire en me montrant un morceau de métal doré tout déformé. Je t'en sors une autre ?

Je lui tendis un sac congélation et il laissa tomber la balle dedans.

— Je ne pense pas que ce soit nécessaire...

Je me retournai. Si les impacts étaient ici, alors les attaquants devaient se trouver à l'opposée. Je traversai prestement et regardai partout. Le mur beige était recouvert de graffitis à la peinture rouge. Entre plusieurs messages très subtils concernant certaines parties du corps d'un dénommé Bobby et le fait qu'une Stacy s'adonnait à certaines pratiques, je distinguai une tâche qui ne semblait pas exactement de la même teinte. Elle paraissait plus sombre.

— C'est du sang, me confirma Azraël. Il a séché, mais c'est bien du sang.

Je pris un coton-tige et l'humidifiai avec un peu d'eau minérale que j'avais emportée. Je le frottai contre le mur afin d'en prélever un maximum avant de le mettre dans un nouveau sac congélation.

— Tu crois que ça va nous servir à quelque chose ?

— On pourrait demander à Sydney une analyse ADN par exemple. Il réalise bien la mienne en ce moment...

— Je ne suis pas sûr que ça marche comme ça...

Je haussai les épaules, continuant à observer chaque centimètre carré de la façade et du trottoir. Alors que je m'apprêtais à déclarer forfait, quelque chose miroita dans l'ombre. Je mis quelques instants à retrouver l'origine de cet éclat argenté. Là, quelque chose s'était logé dans une petite fissure entre le goudron et le mur. Je tendis la main vers Azraël et il y déposa la pince. Elle était abîmée après le traitement qu'il lui avait fait subir pour extraire la balle, mais je n'avais pas besoin de précision. Je lui donnai en échange le sac plastique vide que j'avais préparé et m'agenouillai.

J'attrapai ainsi ce qui ressemblait à la chaîne d'un bijou. Alors que je l'extirpais de son logement, quelque chose bloqua.

— Ça doit être juste un collier que quelqu'un a perdu... Rien à voir avec nos militaires.

L'idée d'Azraël était sensée. Si je trouvais là un pendentif noté « Mary », ou une licorne en argent, j'en serais certaine. Mais par acquit de conscience, je préférais vérifier. Après beaucoup d'efforts et d'acharnement, je finis par sortir complètement le bijou. Azraël et moi restâmes un long moment à l'observer à travers le plastique du sachet congélation.

— On dirait une sorte de boussole...

— Ou une étoile ? demanda Azraël. Il en manque un trop gros morceau pour savoir. Il est très abîmé...

— Tu as déjà vu un truc comme ça ?

— Non, ça ne me rappelle rien.

— Tu as peut-être raison, en fait. Ce n'est probablement qu'un bijou égaré.

21

Je m'étais levée tôt dans l'après-midi pour pouvoir aller voir Olivia. Azraël m'avait autorisée à emprunter sa voiture. J'avais longuement parlé avec lui, et nous en étions arrivés à la même conclusion : je devais tout lui dire. Elle était ma meilleure amie, et je ne supportais pas de lui mentir. Il m'avait donné son accord à condition qu'aucun autre vampire ne sache qu'elle savait. Cela me convenait.

J'étais garée en bas de son immeuble depuis dix bonnes minutes déjà, et je n'avais toujours pas la moindre idée de comment lui expliquer les choses. Je me disais qu'avec un peu de chance, cela sortirait tout seul. Après tout, la forme importait peu, mais j'étais anormalement angoissée.

À cause de moi, elle allait mettre un pied dans ce monde de ténèbres qui était devenu le mien. J'avais eu du mal à m'y faire, et si je devais être parfaitement honnête avec moi-même, j'avais encore du chemin à parcourir pour y arriver. L'entraîner avec moi me donnait l'impression de faire preuve d'égoïsme. Est-ce que j'avais vraiment le droit de l'embarquer dans cette aventure folle avec moi ?

Je sursautai quand on frappa au carreau. Ces cheveux roses, ce ne pouvait être qu'une seule personne. Je me sentis rougir alors que je cherchais la commande pour baisser la vitre.

— Qu'est-ce que tu fiches garée en bas de chez moi, comme ça ?

Son ton était sec, mais pas autant que ce que je craignais. Je levai mes yeux vers elle.

— Je suis venue pour m'excuser, et pour qu'on parle.

— Va falloir sortir de là, alors. Parce qu'on se pèle !

Je vis alors qu'elle ne portait pas de manteau. Ses bras étaient croisés sur sa poitrine, une peluche de panda à la main. Je connaissais ce porte-clé, car je le lui avais offert de nombreuses années plus tôt. Était-elle descendue pour m'inviter à entrer ?

— Comment tu as su que c'était moi ?

— Une voiture pareille dans ce quartier, garée sous un lampadaire depuis des plombes, sans que personne n'en sorte... Et je me suis rappelé que je l'avais vue en bas de chez toi la dernière fois... Allez, magne-toi ! J'ai trop froid !

Mes mains tremblaient alors que je refermais la vitre et récupérais la clé sur le contact. Verrouiller la voiture me prit quelques secondes, et je dus trottiner pour rejoindre Olivia qui m'attendait devant la porte de son immeuble. Je ne voulais pas la faire patienter plus que nécessaire dans le froid, sinon je devrais l'ajouter à la longue liste d'excuses que je lui devais.

Je n'étais pas venue chez Olivia depuis de nombreux mois. Elle avait décoré son appartement de façon beaucoup moins traditionnelle que le mien, et le résultat était époustouflant. Le mur du fond et le plafond, blancs, permettaient de refléter la lumière qui entrait par la vaste fenêtre qui donnait sur la baie. La teinte prune qu'elle avait choisie pour les autres cloisons ne m'avait pas persuadée quand nous étions allées acheter la peinture au magasin. C'était trop audacieux pour moi, mais splendide. Les coussins mauves sur le canapé beige clair, les meubles noirs... Le cocon d'Olivia était à son image : un endroit confortable et accueillant où il faisait bon vivre.

— J'ai fait du thé. Tu préfères du café ?

— Non, le thé, ça ira très bien, dis-je en me laissant tomber dans le canapé.

Je pris un coussin sur mes genoux et commençai à en lisser le tissu soyeux. Je n'osais pas regarder Olivia qui s'approchait, un plateau dans les mains. Elle le déposa sur la table basse et s'assit à mes côtés. Une tasse dans sa soucoupe apparut dans mon champ de vision, et je daignai enfin lever la tête pour m'en saisir.

Les yeux qui me fixaient étaient durs, contrastant avec les traits de son visage qui restaient doux. Elle m'en voulait toujours, et je le comprenais, mais pas au point de me détester. Cela me rassura un peu.

Je bus une petite gorgée de thé à la pêche. Par où commencer ? Comment le formuler ? Je tentais de gagner du temps en me posant ce genre de questions inutiles. Encore. Je devais arrêter et me jeter à l'eau.

— Je... Je dois te dire des choses pas évidentes. Des choses que tu risques de ne pas croire. Pourtant, elles sont vraies. Et si je ne te les ai pas révélées plus tôt, je veux que tu sois certaine que c'était juste pour te protéger, et rien de plus.

Je me tus. J'avais l'impression de trembler. Olivia, avec une délicatesse infinie, me prit ma tasse. Je ne savais pas si c'était pour préserver son coussin, ou pour me soulager. Elle serra ensuite mes mains dans les siennes. Ses yeux noirs n'étaient pas maquillés, mais ils n'en restaient pas moins magnifiques.

— Vas-y, je t'écoute. C'est promis.

Mon monologue me parut durer une éternité. Je lui expliquai tout depuis le début. Azraël, le fait qu'il soit un vampire, et que j'étais liée à lui. Je lui racontai comment il avait manipulé son esprit le soir où elle avait failli lui ouvrir le crâne avec ma lampe de bureau. Les larmes me vinrent en lui révélant les vraies causes de la mort de Benjamin Cruise, puis en évoquant celles de mon accident de voiture. Le souvenir de notre dispute m'était douloureux. J'aurais aussi voulu lui parler du bunker, de la cérémonie d'exécution de Karyna... Toutefois, j'estimais qu'elle en avait déjà bien assez à se mettre sous la dent avec ma guérison miraculeuse et le fait que les vampires existent.

Quand le silence s'installa, ses mains étaient toujours sur les miennes. À plusieurs reprises, elle les avait serrées un peu plus fort. Son visage était passé par toute une palette d'émotions, mais elle ne m'avait pas interrompue. Pas une seule fois. Maintenant, tout ce que je souhaitais entendre, c'était le son de sa voix, savoir si elle me prenait pour une folle ou non.

Elle avait tourné la tête et fixait à présent un point, loin sur sa gauche. Le suspense était insoutenable. Quand enfin, elle ouvrit la bouche, je sentis mon cœur faire un salto arrière dans ma poitrine.

— Je... ça fait beaucoup, tout ça...

— Je suis désolée, j'aurais aimé que tu n'aies pas à savoir tout ça.

— Je ne veux surtout pas remettre en question ce que tu me dis, hein. Loin de moi l'idée de douter de toi et de te traiter de menteuse, mais...

— Quoi ?

— Tu es sûre que tu n'as pas été menée en bateau ?

— Comment ça ?

— Genre, ce serait des histoires qu'on t'a racontées et auxquelles tu as cru ?

— Tu peux me faire confiance. J'ai vu des choses qui ne laissent aucune place au doute. Et ce lien étrange, de toute façon, c'est irréfutable. Malheureusement.

Olivia resta calme encore un moment, comme si elle cherchait une autre solution. Je comprenais sa méfiance, et sa nécessité de trouver une explication rationnelle à tout ce que je lui avais raconté.

— Et rappelle-toi que tu ne te souviens pas d'Azraël à cause de son pouvoir.

— L'hypnose existe. Ce n'est vraiment pas le meilleur argument pour me convaincre !

— Tu me prends pour une folle alors ?

Je pris ma tête dans mes mains. Je la savais sceptique de base, sur à peu près tous les sujets, mais je n'avais pas envisagé qu'elle rejette totalement mon histoire.

— Lena, dit-elle en posant une main sur mon genou. Je vois que tu y crois, et je te crois, même si ça paraît impossible.

Je sentais que cela lui coûtait, qu'elle cédait pour moi, pour notre amitié.

— Je sais, mais ça a été dur pour moi de vivre tout ça.

— Ma pauvre chérie !

Elle me prit dans ses bras et m'attira contre elle après s'être rapprochée. Nos genoux étaient en contact et ma tête reposait sur son épaule gauche. Sa main allait et venait dans mes cheveux alors que les miennes faisaient la même chose dans son dos.

— Je suis désolée d'avoir dû te mentir...

— Je suis désolée de ne pas avoir pu t'aider dans tout ça. Tu as dû te sentir tellement seule...

— Heureusement qu'Azraël est un chic vampire...

— Il faudra que je le rencontre en bonne et due forme, un de ces jours...

— Il a dit que si tu en avais envie, ou besoin, tu pouvais rentrer avec moi.

— Genre, maintenant, je peux aller dans la maison d'un vampire si je veux ?

Je hochai la tête. Sa voix trahissait beaucoup trop d'entrain et d'excitation. La curiosité prenait finalement le pas sur son scepticisme.

— Alors, je vais rencontrer cet Azraël... J'ai deux-trois choses à lui dire !

— Vas-y mollo avec lui. Tu sais, il n'y est pour rien...

— Je me maquille, je me change, et on est parties !

Quand nous rompîmes notre étreinte, le sourire qu'elle m'adressait était plein de douceur et de bienveillance. J'avais une nouvelle alliée pour m'aider à affronter le monde des ténèbres. Une alliée de taille. La meilleure des alliées.

Alors qu'Olivia me suivait sur le petit pont de bois blanc qui menait à la maison d'Azraël, j'étais partagée entre l'excitation et l'appréhension. J'avais à la fois hâte que ces deux-là se rencontrent, et en même temps, je craignais que cela ne se passe pas bien.

J'insérai la clé dans la serrure et poussai la porte.

— Azraël, j'ai amené une visiteuse.

Azraël se leva du canapé et pivota vers nous, un sourire étincelant vissé à ses lèvres. La main d'Olivia se glissa dans la mienne. Elle faisait moins la maligne maintenant qu'elle lui faisait face.

— Olivia ! Je suis ravi de te rencontrer enfin de façon... Enfin, bref, enchanté.

— Bonjour, Monsieur, euh...

Je me retournai et découvris une Olivia totalement intimidée. Son visage avait rougi et elle bafouillait comme jamais.

— Tu peux m'appeler Azraël, voyons !

Dans une sorte de démonstration de pouvoir, Azraël apparut devant nous, et Olivia recula d'un pas alors qu'il lui tendait une main.

— Arrête de faire exprès, espèce d'idiot ! le réprimandai-je. Ce n'est pas drôle !

— Un peu, quand même, je suppose, murmura Olivia en serrant la main du vampire.

Olivia était légèrement plus petite que moi, ce qui l'obligeait à lever les yeux pour observer son interlocuteur. Il fallait dire qu'il était plutôt grand.

— Je voulais m'excuser d'avoir dû m'introduire dans votre esprit lors de notre première rencontre. Vous comprendrez que nous ne pouvions rien vous dire.

Elle hocha vivement la tête en retirant sa main qui s'était trop longtemps attardée sur celle d'Azraël.

— Je vous répondrais bien que vous pouvez vous introduire où vous voulez, mais on ne se connaît pas encore assez pour ces blagues-là, hein ?

Azraël éclata de rire. Sa bouche était tellement ouverte que la pointe de ses crocs qu'il dissimulait habilement se dévoila. Olivia les aperçut et pâlit.

— Tu sais que si tu veux les voir, tu peux lui demander, tout simplement, lui suggérai-je en appuyant mon propos d'une pression de ma main sur la sienne.

— C'est vrai ? chuchota-t-elle.

— Si vous demandez gentiment, peut-être que, comme vous êtes une amie de Lena, je ferai un effort, lui répondit Azraël qui avait retrouvé son calme.

— S'il vous plaît.

Azraël retroussa ses lèvres. Olivia resta bouche bée. J'eus envie de la prévenir que le spectacle n'avait même pas commencé, mais Azraël me devança. Beaucoup plus rapidement que je ne l'avais jamais vu faire, ses yeux virèrent au noir, comme si leur pupille venait recouvrir tout son globe oculaire. Ses mâchoires bougèrent et se dilatèrent alors que ses crocs s'allongeaient progressivement.

— Putain de merde...

Elle leva une main avant de la laisser retomber. Azraël patienta pour qu'elle puisse le regarder quelques secondes supplémentaires, puis rendit son apparence normale à son visage.

— Alors, c'est vraiment vrai, hein ?

La question d'Olivia me fit sourire. Finalement, elle ne m'avait peut-être pas totalement prise au sérieux jusque-là, malgré ses dires. Il avait fallu qu'elle le voie de ses propres yeux pour s'en assurer. J'aurais dû m'y attendre, de sa part. Bien qu'elle ait reçu une éducation religieuse dans son enfance, elle était du genre à ne croire qu'à ce qu'elle voyait. En ce moment, j'étais certaine que son monde était en train de subir un tremblement de terre qui dépassait largement le niveau maximum de l'échelle de Richter.

— Elle n'est pas aussi effrayée ou surprise que ce à quoi je m'attendais. Je suis un peu déçu, me dit Azraël en souriant. Toi, tu es une chochotte à côté !

— Ça va, hein. Tu ne lui as pas mangé le bras à elle !

— Touché.

— Est-ce que, si vous me mordez, là maintenant, je deviendrai un vampire moi aussi ?

Azraël parut réfléchir avant de répondre, comme s'il cherchait une bonne façon de formuler les choses, ou une bêtise à rétorquer.

— Seulement si j'en ai envie. Et toi aussi. Je peux te tutoyer ?

— Bien sûr. Et moi ?

— Pareil.

Quelque chose d'étrange était en train de se passer. Quelque chose que je n'avais pas vu venir. Olivia était totalement fascinée par Azraël.

— Je... Je suis désolée. C'est malpoli de fixer les gens, comme ça.

— Ne t'en fais pas. Il va te falloir un peu de temps pour t'y faire. Après, ce sera juste un grand mec musclé comme un autre, dis-je en rigolant.

— Un peu de temps ? Tu plaisantes ! Excuse-moi d'être sidérée. Tu n'as jamais pensé que devant toi, y'a un type qui a vécu plusieurs siècles ? Il doit savoir plein de choses, dans plein de domaines, avoir vécu des trucs de dingue. J'ai huit milliards de questions qui me viennent en tête, sans même compter les questions relatives au fait d'être un vampire, tout simplement.

L'excitation dans la voix d'Olivia était contagieuse. Elle éprouvait une curiosité folle à l'idée de découvrir ce qui se trouvait derrière la porte qu'elle avait entrouverte. Elle ne semblait pas ressentir les craintes qui, parfois, me paralysaient. Et c'était là la principale différence entre elle et moi.

— Et si on commandait des pizzas, ça vous dit ?

Olivia était donc officiellement invitée à dîner. Je me demandais combien de temps elle allait réussir à se retenir avant de le mitrailler de questions.

— Je croyais qu'on devait regarder les annonces immobilières, m'enquis-je.

— Quelle rabat-joie ! Ça peut attendre demain, non ? On s'en fiche, c'est nous les patrons !

— Hé ! Il me semblait que c'était moi, la patronne !

— C'est quoi cette histoire ? Tu vas déménager ?

Azraël invita Olivia à s'installer sur le canapé. Alors qu'elle observait pour la première fois la pièce, elle me lança un regard inquisiteur.

— En fait, c'est lui qui a fait la déco, chez toi, hein ?

— Tu as vraiment cru un seul instant que c'était moi ?

— Ça, non ! Je savais que ce n'était pas toi ! Mais je pensais à Jack...

— Il a dû passer quinze minutes en tout et pour tout chez moi, il n'aurait pas eu le temps !

Le visage d'Olivia changea de couleur, virant au rose. Elle s'apprêtait à poser une question gênante.

— Est-ce que vous... commença-t-elle en désignant alternativement Azraël et moi du doigt.

— Non ! m'empressai-je de répondre.

— Et il a décoré ton appart... Vous savez que votre dynamique est super étrange ?

— Je m'ennuyais, se défendit Azraël. Il fallait bien que je m'occupe !

— J'avoue que quand je pense à des passe-temps de vampires, je pense à autre chose que refaire la déco chez les gens...

Tout le monde rit de bon cœur. La soirée s'annonçait des plus agréables.

ÉPILOGUE

— Tu es sûr qu'on ne devrait pas mettre les bureaux dans l'autre sens ?

C'était au moins la troisième fois que je posais cette question. Nous avions eu un coup de cœur pour cet ancien entrepôt désaffecté. Idéalement situé en périphérie du port, côté ville, il était facile d'accès tout en se trouvant non loin de la maison d'Azraël.

Des fenêtres au verre renforcé d'une sorte de résille de métal courraient sous la bordure du toit, tout autour du bâtiment. Le plafond de tôle était soutenu en divers endroits par des pylônes. À leur exception, le hangar était immense et vide.

Azraël s'affairait à marquer les emplacements des pièces et des meubles au sol avec une craie. Il avait déjà prévu d'aller chercher des échantillons pour faire des essais de peinture alors que les cloisons n'étaient même pas encore montées. Il voulait remplacer les vitres afin qu'elles filtrent les UV, bref, je n'étais plus en mesure de l'arrêter dans ses projets.

Grâce à ses pouvoirs, il avait réussi à nous obtenir une belle ristourne. Le propriétaire possédait trois entrepôts dans la zone, et tentait de les louer individuellement. Azraël lui avait racheté l'ensemble. Le plus grand, dans lequel nous nous tenions, allait abriter nos bureaux. Je n'avais pas encore décidé lequel des deux autres allait devenir mon appartement. L'idée qu'Azraël me loge gratuitement m'avait gênée et nous avions convenu que je lui verserais un loyer. Je n'avais réussi à négocier cet accord qu'à la simple condition que je le laisse s'occuper des travaux pour aménager, meubler et décorer mon futur chez-moi. Cet homme était dur en affaires.

J'espérais que notre agence tourne correctement et rapidement. Cela m'embêterait qu'il ait investi tant d'argent dans un projet qui tombe à l'eau.

— Et là, on peut prévoir une salle d'attente, m'expliqua-t-il, un mètre laser à la main. Cela serait quand même plus agréable pour les clients.

— Tu crois qu'on a besoin d'une salle d'attente ?

— Pas forcément immense, mais ça éviterait aux gens de patienter debout dans un coin...

— Tu peux me rappeler pourquoi je suis là, vu que tu as déjà pensé à tout ?

— Parce que c'est Noël, et qu'on doit fêter ça, tu ne crois pas ?

— Noël ?

— Non ! Ça !

Il leva les bras et tourna sur lui-même. Azraël était un monstre. Pas à cause du fait qu'il soit un vampire, non ! À cause du fait qu'il était déjà en train de réfléchir à l'essence de bois parfaite pour les meubles, à la couleur du carrelage, et à la marque de cafetière qui serait installée en salle de réunion.

— J'ai l'impression de perdre mon temps. Je pourrais être en train de faire des recherches pour trouver nos mystérieux militaires...

— Les travaux devraient durer à peine quinze jours. Tu sais bien que cette enquête va être longue. Tu ne crois pas que l'on puisse attendre d'avoir des bureaux et du matériel dignes de ce nom ?

Il marquait un point. Peu importe qui ils étaient, planifier une nouvelle attaque leur prendrait des semaines, peut-être même des mois.

— J'ai un cadeau pour toi, finis-je par dire.

J'avais patienté toute la soirée, mais aucun moment ne m'avait paru adéquat.

— Pour moi ?

Je sortis le paquet de mon sac et le lui tendis. Il me sourit et l'ouvrit avant d'écarquiller les yeux, comme surpris.

— Il est magnifique ! Merci, Lena.

Il prit le stylo en main et l'observa avec soin. Les différentes teintes de bleu qui semblaient couler sous la résille de métal m'avaient fait penser à ses yeux lorsque je l'avais vu dans la boutique.

— Avoir un bon outil, c'est important, répondis-je sans me souvenir d'où me venait cette phrase.

— J'ai moi aussi un cadeau pour toi !

Il sortit quelques instants et revint avec une plaque dorée.

— Et voilà ! dit-il en la retournant pour que je puisse la lire.

« Lena Scarlett & Associés — Détectives privés »

— Mais elle est immense, m'exclamai-je !

— C'est que la porte est plutôt grande ! Elle ne te plaît pas ?

— Si, Azraël. Elle est même parfaite.

NOTE DE L'AUTEURE

Avant toute chose, je tiens à vous remercier pour votre lecture. J'espère que la suite des aventures de Lena Scarlett aura été à la hauteur de vos attentes.

Si vous souhaitez m'aider à faire connaître mon travail, n'hésitez pas à laisser un commentaire sur sa page Amazon. Mais surtout, parlez-en à vos proches, à vos amis, à votre famille ! Le bouche-à-oreille reste la meilleure façon de partager ou de recommander un livre qui nous a plu.

Pour vous tenir informé de mon actualité, vous pouvez me rejoindre sur Facebook ou Instagram. Ainsi, vous serez certain de ne pas rater les annonces concernant la publication de mon prochain roman.

celia.barrachina.auteur

celia.barrachina.auteur

Merci encore, et à bientôt.

Célia Barrachina

Dépôt légal : avril 2023